나라의
치욕을
크게 씻어라

소설 이순신 어머니

나라의 치욕을 크게 씻어라

박기현 지음

시루

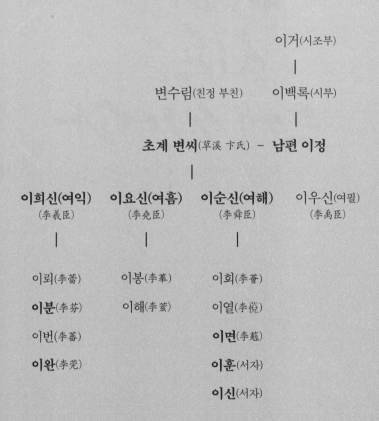

초계 변씨 가계도

이거(시조부)
│
변수림(친정 부친)　　이백록(시부)
│　　　　　　　　　　│
초계 변씨(草溪 卞氏) **－ 남편 이정**
│

이희신(여익)	**이요신(여흠)**	**이순신(여해)**	이우신(여필)
(李羲臣)	(李堯臣)	(李舜臣)	(李禹臣)
│	│	│	
이뢰(李蕾)	이봉(李菶)	이회(李薈)	
이분(李芬)	이해(李荄)	이열(李莈)	
이번(李蕃)		**이면**(李葂)	
이완(李莞)		**이훈**(서자)	
		이신(서자)	

＊ 이희신은 이분과 이번 사이에 李苗을 낳았으나 일찍 사망함.
＊ 이순신의 둘째 아들 울은 후에 열, 셋째 아들 염은 면으로 개명.

- 이희신(1535-1587) : 변씨의 장남. 자 여익.
- 이요신(1542-1580) : 변씨의 차남. 자 여흠.
- 이분 : 참전, 이희신의 둘째 아들.
  이순신 막하 종군. 군중 문서 담당. 명나라 장수 접대.
  정유재란 후 이순신 행장을 기록함. 그 덕분에 오늘날 이순신을
  알게 됨. 병조정랑까지 오름.
- 이완 : 참전, 이희신의 넷째 아들. 19세부터 이순신 막하 종군.
  노량해전 때 순신의 마지막을 지키고 숙부 대신 독전함.
  충청병사를 거쳐 의주부윤으로 정묘호란 중에 청태종의
  침략에 맞서 싸우다 인조 5년 전사.
- 이면 : 이순신의 셋째 아들. 정유재란 발발 후 16세 때
  아산 본가에서 왜군과 접전 끝에 전사.
- 이훈 : 인조 2년 이괄의 난 때 전사.
- 이신 : 정묘호란 중에 이완과 같이 전사.

갑오년 　甲午年, 1594년

1월 11일(경인) 흐리되 비는 오지 아니했다

아침에 어머님을 뵈옵기 위해 배를 타고 바람을 따라 바로 고음
내에 대었다. 남의길, 윤사행, 조카 분과 함께 갔었다. 어머니께서
는 아직 주무시고 계시어 일어나지 않으셨다. 웅성대는 바람에
놀라 깨셨는데 기운이 아주 가물가물해 얼마 남지 않으신 듯하
니 다만 애달픈 눈물을 흘릴 뿐이다. 그러나 말씀하시는 데는 착
오가 없으셨다. 적을 토벌할 일이 급하여 오래 머무르지 못하였
다. 이날 밤 손수약의 아내가 죽었다는 기별을 받았다.

1월 12일(신묘) 맑음

아침을 먹은 뒤 어머니께 하직을 고하니 "잘 가거라, 나라의 치욕
을 크게 씻어라." 하고 두 번 세 번 타이르시며 조금도 이별하는
것을 탄식하지는 아니하셨다. 선창에 돌아와서는 몸이 불편한
것 같아 바로 뒷방으로 들어갔다.

병신년　丙申年, 1596년

10월 7일(경오) 맑고 따스했다

일찍이 어머님을 위한 수연(壽宴)을 베풀고 종일토록 즐기니 다행 또 다행이다. 남해는 선대(先代)의 제삿날이어서 먼저 돌아갔다.

10월 8일(신미) 맑음

어머니께서 편안하시니 다행 또 다행이다. 순천부사와 작별 술잔을 나누고 보냈다.

10월 9일(임신) 맑음

서류를 처결하여 보냈다. 종일토록 어머님을 모셨다. 내일 진중으로 돌아가는 일로 어머님이 퍽 서운해하시는 기색이었다.

10월 10일(계유) 맑음

자정에 뒷방으로 갔다가 새벽 2시에 다락방으로 돌아왔다. 정오에 어머님을 하직하고 오후 2시께 배를 탔다. 바람 따라 돛을 달고서 밤새도록 노를 재촉해 왔다.

정유년 丁酉年, 1597년

4월 11일(신미) 맑음

새벽에 꿈이 몹시 산란하여 이루 다 말할 수 없었다. 덕이를 불러 대강 이야기하고, 또 아들 울에게 이야기하였다. 마음이 매우 언짢아서 취한 듯 미친 듯 걷잡을 수 없으니 이 무슨 징조일까? 병드신 어머님을 생각하며 눈물이 흐르는 것을 깨닫지 못하였다. 종을 보내서 어머니의 안후를 알아오게 하였다. 금부도사가 온양으로 돌아갔다.

4월 12일(임신) 맑음

종 태문이 안흥량으로부터 들어와 편지를 전하는데 어머님의 근력은 아주 쇠약하시나, 9일 위아래 여러 사람이 무사히 안흥에 닿았다고 한다. 법성포에 이르러 자고 있을 때에 닻이 떠내려가서 배에 머무른 지 엿새 만에 서로 나뉘었다가 무사히 만났다고 한다. 아들 울을 먼저 바닷가로 보냈다.

4월 13일(계유) 맑음

일찍 아침을 먹고 어머님을 마중하려고 바닷가로 가는 길에 홍찰방 집에 잠깐 들러 이야기하는 동안 울이 종 애수를 들여보내어 "아직 배 오는 소식이 없다."고 했다. 또 들으니 황천상이 술병을 들고 홍백의 집에 왔다 하므로 홍과 작별하고, 홍백의 집에 이르렀더니, 조금 있다가 종 순화가 배에서 와서 어머님의 부고를 알린다. 뛰쳐나가 뛰며 슬퍼하니 하늘의 해조차 캄캄했다. 곧 해암(海巖)으로 달려가니 벌써 와 있다. 길에서 바라보는 가슴이 미어지는 슬픔이야 어찌 다 적으랴. 뒷날 대강 적었다.

4월 14일(갑술) 맑음

홍찰방, 이별좌 등이 들어와 곡하고 관을 짰는데, 관은 본영에서 준비해 가지고 온 것으로 조금도 흠난 데가 없다고 한다.

4월 19일(기묘) 맑음

일찍 길을 떠나며, 어머님 영정 앞에 하직을 고하고 울며 부르짖었다. "어찌하랴. 어찌하랴. 천지간에 나 같은 사정이 또 어디 있으랴. 어서 죽는 것 같지 못하구나." 뢰의 집에 이르러 선조의 사당에 하직을 아뢰고 그길로 금곡 강선전의 집 앞에 이르러 강정, 강영수를 만나 말에서 내려 곡하고, 다시 그길로 보산원에 이르니, 천안군수가 먼저 와 말에서 내려 냇가에서 쉬고 있으며, 임천군수 한술이 중시 보러 서울 가는 길에 앞길을 지나다가 내가 있다는 말을 듣고 들어와서 조문하고 갔다. 회, 면, 울, 해, 분, 완과 주부 변존서 등이 함께 천안까지 따라왔다. 원인남도 보러 왔기에 작별한 뒤 말에 올랐다. 일신역에 이르러 잤다. 저녁에 비가 뿌렸다.

목차

1부 · 너 관을 짜서 실어라

옹졸한 선조

"장계요!"

"전라좌수사 이순신의 장계이옵니다."

연전연패하던 전쟁에서 이순신의 승전 소식은 선조에게 유일한 희망이었다. 그러나 그것도 잠시, 계속되는 승전에 왠지 모를 불안감이 안개처럼 스멀스멀 피어오르기 시작했다. 그렇잖아도 왜군이 몰려오자 서울을 버리고 의주로 피난 갔다는 곱지 않은 시선이 마뜩잖은 마당에, 백성의 사랑과 존경을 한 몸에 받는 이순신이 좋을 리 만무했다. 분명히 이순신만 한 장수가 없어 전쟁에 꼭 필요한 인물임에는 틀림이 없는데, 툭하면 자신의 명을 무시하거나 조정의 지시에 불복종하는 태도는 괘씸하기 짝이 없었다. 굽히지 않는 그 강직한 성품이 마음에 들지 않았던 것이다. 그렇다고 연승을 거두는 장수를 말 안 듣는다는 이유만으로 전시에 처벌하기도 마땅치 않아 속앓이를 하던 차에 자신뿐만 아니라 그런 이순신을 시기하는 무리가 하나둘 늘어나는 것이 오히려 반갑기만 했다.

때마침 기회가 찾아왔다. 왜에서 귀화한 요시라라는 인사가 기막힌 정보를 가져왔다. 정유년(1597년) 정초, 명나라와 협상이 깨진 도요토미 히데요시가 조선을 다시 침범하려고 하는데 선봉으로 오는 가토 기요마사를 제거할 좋은 기회가 있다는 정보였다. 이순신만 나선다면 틀림없이 성공할 계책인데, 어찌된 일인지 이순신은 꿈쩍을 않다가 기회를 놓치고 말았다. 이는 분명 이순신에게 역심이 있음이 아닌가?

실상 왜의 음모였다. 요시라는 일본의 첩자 역할을 수행하면서 조선 조정을 드나들고 있는 자였다. 사실 이순신을 제거해야 할 필요성은 선조보다 왜에게 더 있었다. 이순신이 버티고 있는 한 바닷길이 막혀 꼼짝달싹도 못하기 때문이었다. 임진년(1592년) 한산도 패전 이후 전쟁 주도권을 완전히 내준 경험이 있는 왜로서는 어떻게 해서든 이순신을 없애야만 했다. 이렇듯 이순신 제거 음모는 왜의 고니시 유키나가로부터 시작되었다. 임진년 제1군을 이끌고 선봉에 섰던 그는 문무를 겸비하여 도요토미 히데요시의 신임이 두터운 인물이었다. 부산포, 충주, 서울을 거쳐 평양까지 파죽지세로 함락시켰으나, 조명연합군에 막혀 퇴각해야 했던 그는 정유년 재침에 앞서 자신의 통역관으로 활약했던 이중간첩 요시라를 통해 조선 조정과 군부에 헛소문을 흘리게 하였다. 요시라는 경상우병사 김경서의 환심을 얻은 후 왜군 내에 불화설이 있는 것처럼 거짓 정보를 흘려대기 시작했다.

"우병사 어른, 아시다시피 가토 기요마사와 고니시 유키나가님은 이번 전쟁을 하면서 사이가 아주 나빠졌습니다. 도요토미 히데요시 님 앞에서 전공을 다투기도 하고 책임을 미루기도 하면서 아주 사이가 벌어져 서로 죽이고 싶어 할 정도가 되었다니까요. 그러니 가토가 조선으로 건너올 때와 그가 배를 댈 장소를 귀띔해 드릴 테니 조선에서 그를 제거해 주시면 그야말로 서로 좋은 일이 될 것입니다. 고니시 유키나가 님도 이를 간절히 원하고 있습니다. 어떻습니까?"

그럴 듯한 제안이었다.

'모월 모일 가토 기요마사가 어느 섬에 머물 텐데 그때를 노려서 기습하라. 가토 기요마사가 있어 강화가 제대로 되지 않는다. 이 일만 성사되면 강화가 속히 이루어질 것이다'라는 헛소문은 돌고 돌아 선조와 조정 대신에게 전달되었다.

전쟁의 선봉에 섰던 왜 장수 두 사람의 알력과 다툼은 조선 안에서도 꽤 알려진 사실인지라 모두 여기에 깜박 속아 넘어갔다. 본래 헛소문과 거짓말은 달콤하게 들리는 법 아닌가? 선조는 즉시 도원수 권율을 통해 삼도수군통제사 이순신에게 이 기회를 놓치지 말라고 독려하며 반드시 가토를 죽이라는 명을 내렸다.

한편 군령을 받은 이순신도 이미 소문으로 정보를 들은 참이었다.

'이처럼 중요한 정보가 소문으로 돌고 있다니……'

이순신은 여기에 왜적들의 간사한 속임수가 있다는 사실을 알아차렸다. 마침 아산 본가를 다녀온 둘째 아들 울이 순신에게 물었다.

"아버님, 왜 가토를 치러 출정하지 않으십니까? 조정에서 난리고 도원수도 저리 독촉하는 마당인데 말입니다."

"울아, 장수는 항상 만약을 대비해야 한다. 반드시 여러 가지 측면을 살필 수 있어야 하느니라. 왜놈들이 요사스러운 것은 너도 잘 알 게야. 가토가 들어온다는 곳은 바닷길이 험하고 바닷속이 얕아서 방향을 바꾸기가 쉽지 않은 곳이지. 만약에 왜적이 복병을 설치하고 기다린다면 너는 어떻게 피할 테냐? 그렇다고 곧이곧대로 믿는다고 해도 우리가 가토 군을 상대하기 위해서는 꽤 많은 전선을 출동시켜야 할 터인데 그러면 적도 금방 알게 되니 무용지물일 것이고, 적은 수로 습격하려다가는 오히려 반격을 당할 것 아니냐? 그처럼 승산 없는 싸움을 할 필요가 과연 있겠느냐?"

"…… 왕명이 지엄한데 아버님께 해가 미치지 않겠습니까?"

"나라고 왕명의 지엄함을 왜 모르겠느냐? 허나 왕명을 따르자고 전장에서 함께 싸워온 우리 수군의 목숨을 걸 수는 없는 일이다. 내 목숨 하나로 책임지면 될 터……."

"아버님……."

이렇게 순신은 명을 따르지 않고 관망하는 자세를 취하기로 했다.

가토 기요마사는 요시라가 말한 것처럼 실제로 대군을 이끌고 다대포 앞바다로 건너와서 서생포로 뱃머리를 돌렸다. 이순신과 조선 수군을 유인하여 함께 치고자 하는 계략이었던 것이다. 이순신은 그 계략에 걸려들지 않았다.

이런 계략을 눈치채지 못한 조정은 발칵 뒤집혔다. 왕명을 따르지 않은 이순신을 체포하여 죄를 물어야 한다는 주장이 대세를 이루었다. 선조는 이제 속마음을 숨길 필요가 없었다. 그는 한술 더 떠 이순신을 힐난했다. 적어도 이순신이 명령을 듣는 시늉은 해야 한다고 생각했다.

"내 이런 사태가 생길 줄 이미 짐작했다. 이순신이 처음에는 제법 힘껏 싸웠으나 차츰 뒤로 빼더니 작은 적도 잡는 데 성실하지 않았고, 또 군사를 일으켜 적을 토벌하는 일은 아예 하지 않으려 하니 내가 평소 그를 의심하였다. 결국 이런 일이 벌어졌는데 이 일의 책임을 어떻게 물으면 좋겠는가? 가토의 목을 베라고 한 것도 아니었다. 단지 배를 시위하여 해상을 순회하는 것뿐이었는데 끝내 하지 못했으니 참으로 한탄스럽다. 우리나라 장수란 자가 왜놈 장수 고니시보다 못하다니."

선조는 노골적으로 순신의 파직 여론을 형성하기 시작했다. 임금이 이러하니 그렇잖아도 시기심 많은 이들이 벌떼처럼 들고 일어났다. 아부와 간사가 전문인 신하들은 더는 이순신을 내치는 것을 눈치 볼 필요가 없게 되었다.

그들은 선조로 하여금 이순신의 뒤를 봐주던 류성룡을 지방 순찰을 명분으로 서울을 떠나 있게 한 다음, 본격적으로 이순신을 쳐내기로 했다. 손발이 척척 맞는 형국이었다. 신하들은 하나같이 이순신의 죄를 묻는 상소를 올리고, 선조는 여론에 떠밀리는 척 이순신을 파직하도록 동부승지에게 명을 내렸다.

"이순신은 조정을 속였으니 임금을 업신여긴 죄요, 적을 놓아주고 잡지 않았으니 나라를 저버린 죄요, 남의 공로를 빼앗았으니 방자하고 거리낌이 없는 죄로다. 마땅히 그를 체포하여 서울로 압송하라."

그러고는 동부승지 김홍미를 따로 불러 체포하러 떠나는 토포사에게 자신의 뜻을 조용히 전하도록 했다. 토포사는 보통 도적을 수색, 체포하기 위하여 특정 수령이나 진영장에게 겸임시킨 관직이다.

"내 말을 잘 전하라. 토포사에게 표신(標信)과 밀부(密符)를 주어 이순신을 잡아오는 데 문제가 없도록 하고, 반드시 원균과 교대한 뒤에 체포하여 군령이 잘 이관되게 하여야 할 것이다. 혹 이순신이 만약 군사를 거느리고 적과 대치하여 있다면 잡아오기에 온당하지 못할 것이니, 전투가 끝난 틈을 타서 잡아올 것도 당부해라."

동부승지는 의금부로 가 토포사에게 밀명과 함께 궁궐과 군진 및 성문의 출입증인 표신을 전달하며 신신당부했다. 선조는 그만큼 이순신을 향한 미움과 질투가 많았으며 한편으로는 이순신의 군사적 세력에 불안감을 보였던 것이다. 조선 최초 서자 출신 임금인 선조는 필연적으로 정치적 기반이 약했고, 그러한 탓에 자격지심이 심해 주변의 누구에게도 믿음을 주지 않았다. 먼 전장에서 연전연승을 하며 백성의 절대적인 지지를 얻는 이순신의 존재는 불안 그 자체일 수밖에 없었던 것이다. 이순신 죽이기는 이렇게 시작되었고, 이를 막아줄 이가 거의 없다시피 한 조정안에서 이순신은 쓸쓸히 고립된 외로운 처지가 되었다.

이순신은 통제영에서 체포되어 곧바로 서울로 압송되었다. 조선의 필승 장군, 삼도수군통제사가 죄수 호송수레에 실린 채 의금부로 끌려온 것이다. 끌려오는 도중 마을이 있는 곳마다 백성들이 나와 수레를 붙잡고 통곡했다.

"우리는 어떻게 살라고 통제사께서 이리 끌려가십니까? 이놈들아, 우리도 데려가라. 우리 장군님이 무슨 죄가 있다고 이리 몹쓸 짓을 하느냐. 우리 대감을 살려내라. 이놈들아."

"대감, 어떻게 이런 일이 다 생긴답니까? 꼭 살아 돌아오소서!"

그때마다 순신은 오히려 그들을 위로했다.

"아니오, 아무 걱정 마시오. 임금님이 무슨 오해가 있었던 모양이오. 아무 일 없을 테니 믿고 기다리시오."

풍랑이는 가막만

정유년(1597년) 2월 27일 아침, 하늘은 잔뜩 흐리고 바람이 심상찮은 날. 앞뜰에서 바람을 막아주는 대나무밭이 누가 수성거리기라도 하는 양 잔뜩 소란하고 초가집 추녀가 들썩이는 것이 막바지 늦겨울 폭풍우가 몰아칠 기세다.

전라도 여수 고음천, 소호 바다가 훤히 내려다보이는 변씨의 초가집 마당이 갑자기 시끌벅적해졌다.

"마님, 큰일 났습니다!"

긴박하고 낮게 떨리는 낯선 목소리가 안방까지 울려퍼졌다.

"누군가? 뢰야, 무슨 일이냐?"

변씨는 장손 뢰를 먼저 찾았다. 왜란의 난리통 속에서도 전장에 나가 있는 아들 순신을 대신하여 자신의 곁을 묵묵히 지키며 집안 대소사를 챙겨온 손자였다. 변씨의 장남 희신이 생전에 가장 사랑하던 아들이었다. 마당 끝에서 갑작스런 소란에 당황하고 있던 손자 뢰가 머뭇거리며 다가왔다.

"할머니, 전라좌수영에서 온 전갈입니다."

"네 숙부에게 무슨 일이라도 생긴 게냐?"

뢰는 감히 말을 전할 수 없어 할머니 변씨의 눈치만 살폈다.

변고가 생겼음을 직감한 변씨가 전령의 얼굴을 쳐다보며 다시 물었다.

"무슨 일인가?"

"마님…… 통제사께서 파직당하시고 서울로 압송되셨다 하옵니다."

"뭐라?"

아들 순신이 겸직하고 있는 전라좌수영에서 온 연락이니 의심할 필요도 없는 확실한 정보겠지만, 도저히 믿어지지 않는 일이었다.

"아니, 어떻게 그런 일이……. 그럴 리가. 도대체 무엇 때문에 우리 임금님께서 그러셨단 말이냐?"

"숙부께서 왜군의 침입을 알고도 출정하지 않았다는 억울한 누명을 쓰셨답니다."

뢰가 가라앉은 목소리로 한숨을 내쉬며 대답했다.

"어떻게 그런 일이 있을 수가."

아들이 파직당하고 죄인까지 되었다는 소식에 변씨는 하늘이 무너지는 심정이었다.

"그래, 지금 순신 숙부는 어디에 있다고 하더냐?"

"숙부님은 함거에 실려 서울로 압송되고 있다고 들었습니다."

"도저히 믿을 수가 없구나. 그 착하고 충성스런 사람에게 누가 그런 모함을 한단 말이냐. 어찌 이런 일이 생긴단 말이냐?"

변씨는 더는 말을 잇지 못한 채 가슴을 움켜쥐고 눈을 부릅뜨더니 그 자리에 쓰러져 몸져눕고 말았다.

그러고는 의원 정종지가 달려와 침과 뜸을 놓고 약을 달이는 등 갖은 치료를 계속하자 사흘 만에 간신히 눈을 떴다. 그녀는 그 와중에도 혼잣말처럼 배를 타고 서울로 올라가야 한다고 중얼거렸다. 한낮이 지나서야 의식을 회복한 변씨는 아직 어지러워 혼자 앉아 있지도 못하는 몸이었지만 손주들과 시종들에게 당장 서울로 올라갈 채비를 차리라고 주문했다.

"애들아, 통제사가 서울에 곧 도착할 것 아니냐? 나도 즉시 올라갈 것이니 그리 알고 배편을 준비하거라."

변씨의 말에 모두 아연실색 펄쩍 뛰며 말리고 나섰다.

"할머님, 지금 그 몸으로 어딜 가신다고 이러십니까? 큰일 나십니다."

손자들이 할머니 앞에서 머리를 조아리고 말리는가 하면 출타했다가 돌아온 하인들마저 변씨를 말리러 뛰어들었다.

"마님, 요맘때의 바다가 얼매나 거칠어지는지 아시면서 어쩔라고 그러세요. 앞바다인 소호가 조용해서 그렇지, 조금만 나가면 파도가 미쳐 날뛸 것이구만요. 그라고 바다를 아는 뱃사람이라면 이참에 배를 띄울 간 큰 위인도 없을 것이구만요. 그라니 그런 생각일랑 허덜 마세요. 큰일 난당께요."

이런 소리를 들어도 정신이 나간 사람처럼 배를 불러달라고 강청하던 변씨는 저녁부터 다시 혼수상태에 빠져들었다. 그러고는 간간이 눈을 떠 정신을 차리고 나면 자신을 서울로 보내줘야

한다며 손자들을 채근했다.

희신의 둘째 아들 분은 순신의 상황을 살펴보겠다며 먼저 서울로 떠나고 나머지 식솔은 그녀가 깨어나기만 기다리고 있었다.

변씨는 쓰러진 지 보름이 지나서야 기력을 회복하기 시작했다. 겨우 미음도 넘기고 몸을 추슬러 앉을 수 있게 되었으나 애타게 서울 소식을 기다려봐도 아들이 방면되었다는 연락이 없자 식솔을 불러 모았다.

"안 되겠다. 내가 올라가 봐야겠구나. 직접 가서 아들을 봐야 한다. 포도청에서 고문을 당해 살아남은 자가 없다지 않느냐. 너희 순신 숙부의 목숨이 경각에 달렸다는데 내가 여기서 가만히 손을 처매고 있을 수는 없는 일이다. 그러니 너희들은 당장 나가서 배편을 준비하거라."

손자들과 하인들이 또다시 일제히 나서서 말렸다.

"안 됩니다. 할머님, 지금 병세가 심한데 길을 나서시다뇨. 육지길도 아니고 뱃길을 나서실 수는 없습니다. 불가합니다."

순신의 맏아들 회가 할머니의 치맛자락을 붙잡고 말렸다.

변씨의 막내아들 우신은 흥양에 갔다가 형 순신의 소식을 듣고 부랴부랴 돌아오는 길이었다.

"어머님이 가셔서 해결될 문제가 아닙니다. 알 만한 이들이 다 서울로 달려가 구명을 호소하고 있다고 하니 여기서 기다리셔야 합니다. 사지가 건강한 이도 뱃길로 서울까지 가는 게 힘들 텐데 연로하신 어머님이 배를 타신다는 것은 도저히 말이 안 되는 일입니다. 절대 보내드릴 수가 없습니다."

우신은 변씨 슬하 자식들 가운데 가장 막내로 눈물도 많고 정도 많은 사람이었다. 형 순신을 대신해 장손 뢰와 함께 집안의 대소사를 챙기며 묵묵히 어머니 변씨를 도운 그였기에 연로한 어머니를 말리다가 기어코 눈물을 흘리고 말았다.

"어머님, 고정하셔야 합니다. 제가 평생 후회할 일을 시키지 마세요. 그 몸으로는 길을 나설 수가 없다니까요."

어머니 변씨의 고집이 얼마나 센지 잘 아는 우신이었지만, 험한 뱃길을 병약한 노인의 몸으로 견디는 것은 절대 불가능한 일이었다. 그렇기에 그로서도 절대 양보할 수 없는 사안이었다.

변씨는 막내아들이 딱 버티고 나오자 손자 회를 바라보며 눈짓으로 도움을 요청했다. 그러나 둘은 아예 얼굴을 돌려 못 본 척 외면해 버리고 말았다. 변씨는 다시 주위를 둘러보다가 종 옥지를 발견하고 그를 붙잡았다.

"어이, 옥지 이 사람아. 내 소원 좀 들어주게나. 다들 말리면 내가 어떻게 떠나겠는가? 자넨 내 고집도 잘 알고 뱃길도 잘 아니 이들을 좀 설득해 주게나."

종 옥지는 한평생 변씨 곁을 지키며 수발을 들어온 사람 아니던가? 어릴 적부터 이 집안을 지켜온 사람으로 순신이 거북선을 건조할 때는 목수로 한몫 크게 한 그였으니 가족보다 더 정든 인물이었다. 작년 여름 목재가 무너져 내리면서 크게 다쳐 아직 거동이 자유롭지 않은 상태였음에도 변씨의 안위가 걱정이 되어 달려온 참이었다. 그녀의 간절한 마음을 누구보다 잘 알기에 그는 불편한 무릎을 꿇고 울면서 변씨를 말리기 시작했다.

"마님, 그것만은 아니 되옵니다. 마님, 절대 못 가십니다요. 절대로요."

장손 뢰를 필두로 모든 손자가 말리고, 아산에서 달려온 종이나 여수에서 그녀를 섬기는 종들까지 하나같이 변씨를 붙잡고 말렸다. 그렇게 서너 시간은 족히 지났음에도 변씨는 고집을 꺾지 않았다. 모두가 자기 말을 들어주지 않자 변씨는 아예 곡기를 끊겠다고 선언해 버렸다.

아들 우신과 손자들이 난감해져서 한 방에 모여 대책회의를 가졌지만 지금 그녀의 몸 상태로는 도저히 배를 탈 수 없다는 결론밖에 없었다. 육로로 보내드리는 것은 어떤가 하며 아들과 손자들이 다른 방안을 찾느라 시간을 허비하자 누워 있던 변씨는 애가 탔다. 변씨는 만만한 막내아들 우신을 다시 방 안으로 불러들였다.

"우신아! 나를 말리지 마라. 넌 내 성정을 알지 않느냐? 가지 못하게 하면 나는 여기에서 죽을 것이다. 그러니 혹 죽더라도 가다가 죽게 나를 보내주어라. 나가서 말리는 저 손자 녀석들을 다 쫓아내고 떠날 수 있는 배부터 빨리 찾아야 할 것이야. 알겠느냐?"

이쯤 되면 어머니 변씨를 더는 막을 수 없는 것이었다. 우신은 건넌방으로 와서 조카들에게 변씨의 뜻을 전했다. 집안에서 형 순신이 잘못되면 이제 자신밖에 남지 않기 때문에 어떻든 결론을 내려야 할 상황이었다. 우신이 설득하고 있는 참을 기다리지 못한 변씨가 지팡이를 짚고 사랑으로 건너와 손자들을 나무라기 시작했다. 대청을 울려 퍼지는 쩌렁쩌렁한 목소리는 도무지 깊은 병이 든 여든 넘은 노인 같지가 않았다.

"너희야말로 왜 이 난리들이냐? 내 아들이 임금님에게 밉보여 파직당하고 감옥에 갇혔다는데 내가 가지 않으면 누가 가겠느냐? 아들이 죄를 지었다는 것은 모함이거나 뭔가 착오가 있을 터. 내가 나라님에게 가서 고하더라도 진실을 밝혀낼 것이다. 천리 길이면 어떠냐? 내가 못 갈 곳이 어디란 말이냐? 내가 살면 얼마나 산다고 아들도 보지 못하고 눈을 감으란 말이냐?"

여든셋이라는 고령인 데다 한평생 겪은 고생으로 마를 대로 마른 작은 몸이었지만, 변씨의 강단은 조금도 약해지지 않았다.

"서둘러라. 내 이번에 아산에 올라가면 다시는 내려오지 못할 터이니 내가 입을 수의와 관을 미리 준비해서 올라갈 것이다. 그리 알고 준비하거라!"

"아니, 무슨 말씀이세요?"

"관을 짜서 실으라는 말 못 들었느냐?"

변씨를 쳐다보고 있던 이들이 모두 깜짝 놀랐다. 관을 짜서 실으라니. 죽기를 각오하고 떠나겠다는 것이 아닌가?

모두 더는 말릴 수 없음을 직감한 표정이었다. 평소에는 온화한 그녀지만 한번 고집을 부리면 아무도 꺾을 수 없는 황소고집 아니던가? 남편 이정을 먼저 보내고 두 아들 희신, 요신마저 저세상으로 떠나보냈음에도 조금도 흔들리지 않고 손자들까지 모두 챙겨 정읍으로, 그리고 왜란이 터지자 여기 여수까지 내려온 그녀 아니던가? 그 고집을 아는 식솔로서는 생각하기도 싫지만 변씨가 기어코 서울로 올라갈 것임을 짐작하고도 남을 일이었다. 하지만 '내 관을 짜서 배에 실으라'는 말은 모두의 가슴을 철렁 내려앉게 하였다. 기어이 큰일이 일어날 것만 같았다.

이미 지난해 겨울부터 몸져누웠다 일어나기를 계속해 극도로 몸이 쇠약해진 상태에서 순신의 파직과 압송 소식을 들은 터라, 이번 서울행은 아무래도 죽음을 각오한 마지막 여행길이 될 것이 틀림없었다.

"뭘 하는 게냐? 빨리 제 할 일들 하지 않고?"

도대체 자신의 몸이 이번 여행을 감당하고도 남는다는 듯 큰소리를 쳐대는 저 확신은 어디서부터 나온 것일까? 변씨의 호통에 모두가 고개를 흔들고는 그 앞을 물러날 수밖에 없었다.

마음이 아리지만 준비는 해야 할 상황이었다. 누구보다 지척에서 변씨를 돌봐 온 시종 옥지가 먼저 나서서 광에 들어가 미리 벌채해 그늘에 말려 다듬어 두었던 오동나무판을 소달구지에 실었다. 옥지의 눈에 굵은 눈물이 덩그러니 맺혔다가 쭈글쭈글한 얼굴 위로 주르륵 떨어졌다. 그 역시 이번 길이 마지막이 될 것임을 본능적으로 알아차릴 수 있었다. 달구지를 변씨가 기거하는 안방 앞에 세워두고 방 안으로 들어가 머리를 조아렸다.

"마님! 마님이 하시자는 대로 준비는 하겠습니다요. 허지만 뱃사람들은 관을 실어가는 걸 좋아하지 않습니다. 불길하다고 생각허니까요. 그러니 준비한 마님 관은 만약에, 만약에…… 혹 안 좋은 일이 생기면 그때 제가 배를 따로 준비해서 보내드리겠습니다. 틀림없이 약조를 할 터이니 마님은 저를 믿고 뱃사람이나 잘 구슬려 얼른 올라가시는 게 좋겠습니다. 지금부터 관을 짜는 걸 기다리시면 또 며칠 지체되니 얼른 가시는 게 좋지 않겠습니까?"

딴은 그랬다. 변씨도 생각해 보니 그 말이 맞는 듯했다. 뱃사람을 잘 구슬려 빨리 가서 아들 순신을 보는 게 상책 아닌가?

뱃길과 배편이라면 변씨도 누구 못지않게 잘 안다. 젊은 시절 아산만에서 친정아버지의 도움으로 중개 무역을 하며 가산을 모았던 그녀였기에 이맘때 서해 바다의 변덕스런 속내를 알고도 남음이 있었다. 오죽하면 봄이 오기 전 2월 바다를, 뱃사람들이 미친 바다라 부를까? 그렇다고 개나리가 피고 봄이 오도록 기다리자면 의금부에 갇힌 순신이 어찌 될지 모르는 일이라 마냥 기다릴 수도 없는 노릇이다. 그러나 아무리 생각해도 지금 자신의 몸으로는 다시는 여수 고음천으로 내려온다는 것이 불가능할 것처럼 생각되었다.

"그래, 자네 말이 맞긴 하이. 어쨌거나 이번 길이 마지막이 될 듯싶네. 재작년에 준비해 둔 오동나무판으로 내 관을 만들어 짜 주게나. 그래야 아산이나 여기 식솔이 만일의 경우에 당황하지 않게 되네. 수의도 준비하기로 기왕에 계획을 세웠던 일이니 너무 안타까워 말고 바로 만들어두게. 그럼 뒷일을 자네에게 맡길 테니 잘 부탁하네. 몸 불편한데 무리하지 말고 다른 아이들을 시키고……."

"네, 마님."

머리를 한껏 조아리고 나가는 옥지를 변씨는 측은한 듯 바라보았다.

마음 깊숙한 곳에서 뭉클한 것이 솟아올랐다. 신분은 달랐어도 가장 가까운 곳에서 자신과 같이 해 온 옥지였다. 그래서 누구보다도 더 정이 가는 인물이었다. 늙고 지친 변씨의 눈동자에 눈물이 그렁그렁 맺혔다가 뺨 위를 내달렸다. 변씨는 누가 볼 새라 얼른 눈물을 훔치고는 떠나기 전에 자신이 해야 할 일을 정리하기 시작했다. 먼저 자식들 이름으로 분급한 재산 문서를 농짝에서 찾아내 책상 위에 올려놓고 정리하는 한편, 그동안 모아놓은 약간의 패물과 돈을 챙겨 보자기에 야무지게 쌌다. 감옥에 갇힌 순신을 돌보는 데는 재물이 필요할 것이니 뭐라도 있는 대로 챙겨야 했다. 갑자기 마음이 분주해진 그녀는 눈에 보이는 대로 이것저것 당장 필요한 물목들도 골라 보자기에 담았다. 그러고는 막내아들 우신을 불렀다.

"우신아, 먹을 좀 갈아라."

"편지라도 쓰시게요?"

"그려, 손자들한테 쓸까 하고."

"네, 그럼."

우신이 공을 들여 먹을 가는 동안에 그녀는 장롱 깊숙이 넣어 두었던 한지 두루마리를 꺼내 정성스레 폈다. 변씨는 우신에게 붓을 들게 하여 그 한 장 한 장에 우신과 손자들 이름을 써 넣게 했다. 말하자면 오늘 변씨는 자손들 앞으로 유언장을 쓰고 그동안 자신이 관리해 왔던 집안의 재산을 나누려는 참이었다.

오후 늦게 배를 구하러 나갔던 장손 뢰가 할머니에게 경황을 전하러 안방으로 들어오다가 깜짝 놀라 물었다.

"할머니, 이게 다 뭐예요?"

방바닥에는 막내 우신, 그리고 손자 뢰와 그의 동생들 분, 번, 완과 두 딸, 둘째 요신이 낳은 봉, 해와 딸, 셋째 순신이 낳은 회, 울, 면과 딸 모두에게 전해 줄 편지가 놓여 있었다. 각 편지에는 재산을 나눈 과정과 현재 시점에서 소속된 노비, 논과 밭의 소유분, 임야 등도 자세히 적어두었다.

"아이구, 할머님! 지금 이런 걸 왜 다 적어놓고 계셔요?"

뢰가 버럭 소리를 질렀다. 맏손자인 그로서는 할머니의 유언 같은 서류들이 민구하고 못마땅했던 것이리라. 그러나 변씨는 그렇게 해 두어야 직성이 풀렸다. 원래도 꼼꼼하고 세밀한 데다 뭐든지 철두철미하게 처리해야 하는 자신의 성격을 잘 아는 변씨는 살아 돌아오지 못할 수도 있다는 생각이 들자 가문의 모든 재산 문제를 정리해 주고 떠나야겠다고 결심한 참이었다.

"섭섭하게 생각지 마라. 너희에게도 우리 가문에게도 필요한 일을 내가 하는 것뿐이다."

뢰는 눈가에 눈물이 가득한 채로 할머니 손을 붙잡고 말했다.

"조심하셔야 돼요. 할머니 고집을 아니까 보내드리는 거예요. 정말 조심히, 그리고 무사히 다녀오세요."

"아무렴, 내 얼른 달려가서 네 순신 숙부가 다시 나라의 부름을 받아 왜놈들을 혼내주러 떠나는 걸 보고 오마. 아무 걱정 말어!"

그러나 여든셋 할머니 기력으로는 험한 뱃길의 긴 여정을 무탈하게 다녀오기란 쉽지 않다는 것을 서로 잘 알고 있었다. 우신은 답답한 마음에 밖으로 나가버리고 큰 손자 뢰가 이 문서들을 모두에게 전달하기로 약조했다.

"제가 모두에게 전달할 터이니 염려 놓으세요."

"그래, 고맙구나. 다른 손자들은 다 제대로 준비를 하고 있는지 살펴보고 오너라."

뢰는 하는 수 없이 명을 받고 물러나와 할머니 가실 길을 준비하도록 동생과 종들에게 해야 할 일을 지시하기 시작했다.

옥지는 변씨에게 인사하고 통제사와 친했던 오종수의 집으로 수레를 몰고 가 변씨의 상황을 알렸다.

회는 아버지 순신과 가까운 전경복에게 연락을 취해 만일을 대비해 상복을 준비해 달라고 부탁해 두었다. 전경복은 근방에 살면서 오랫동안 옷이며 필요한 물품들을 챙겨준 고마운 사람이었다. 전경복은 귀하디 귀한 안동 삼베로 변씨 수의를 만들기 시작했다. 그동안 아끼고 아껴서 마련해 둔 값진 삼베였기에 변씨에게 딱 어울리는 수의라고 생각하여 정성을 들여 만들기로 한 것이었다.

회는 송현마을 어른들, 특히 여수 고음천에 살 집을 마련해 준 정대수 집안 어른들에게도 할머니의 뱃길 상경을 알렸다.

막상 일이 진행되자 급작스럽게 돌아가기 시작했다.

이제 튼실한 배와 물길을 잘 아는 뱃사람을 구하는 게 급선무였다.

험난한 뱃길

삼월 그믐날 아침부터 고요한 바다가 들끓었다. 바람이 요란한 데다 빗방울이 뚝뚝 떨어지는 것이 예삿날이 아닌 듯싶었다.

저수지처럼 고요하기만 한 소호가 이 정도면 눈앞의 백야도도 벗어나기 쉽지 않을 날씨다.

뱃사람들이 서로 눈치를 보았다. 우신과 약조를 한 데다 뱃삯도 두둑이 받아났으니 못 간다고 할 수도 없고 눈치만 보고 있는 중이었다.

뱃사람들은 원래 2, 3월에는 배를 띄우지 않는 것이 상례였다. 바닷물은 공기보다 두세 달 늦게 차가워져 한겨울보다 오히려 이맘때의 수온이 낮은 법이다. 차가운 바닷물은 고기도 피해 도망가서 어부들이 배를 띄울 이유가 없지만, 그보다는 차가운 바닷물과 따뜻해지는 공기의 기온차로 인해 바다가 그야말로 종잡을 수 없게 되는 것이다. 특히 바람이 제멋대로 불어 뱃길이 예측 불가능해진다. 조수 간만의 차도 커서 얼었다 풀렸다 반복하는 황해 고군산열도와 태안 근방은 벌안개까지 자주 끼어 늙은 사공들조차 고개를 절레절레 흔드는 곳이다.

우신이 수심에 찬 그들을 보며 한마디 했다.

"한 닷새 정도면 도착하겠는가?"

"아이고, 그러기만 하면야 좋습죠. 저희로서는."

"날씨만 도와준다면 닷새도 안 걸리는 거리입니다만, 가늠이 안 되는 계절이라……."

젊은 뱃사람이 받았다.

"백야도를 벗어나 여도, 낭도, 사도를 거쳐 흥양 발포까지는 그

럭저럭 괜찮을 것 같습니다만, 나로도를 지나 고금도 앞바다부터는 큰 바다라 쉽지 않습니다. 거길 무사히 지나면 완도를 거쳐 땅끝을 돌아 벽파진으로 뱃길을 잡아야 하는데, 조선 천지에서 물살 세기로 제일가는 진도의 울돌목을 지나는 것도 만만치 않습니다요. 거기만 지나면 천 개의 섬들이 줄줄이 늘어서 바람을 막아주는 신안과 법성포까지는 조금 수월할 것입니다."

늙은 뱃사람이 거들었다.

"법성포, 변산을 무사히 통과하면 고군산도를 지나야 하는데 이곳이 한 치 앞도 안 보인다는 벌안개로 유명합죠. 징하게 안개가 끼는 날이면 한낮에도 사라지지 않으니 말입니다. 고군산도를 지나도 태안 앞바다에서 한 번 더 신경을 곤두세워야 합니다. 수많은 세곡선이 좌초한 곳이니 말입니다. 하늘님이 도우신다면 무탈하게 갈 것입니다. 장군님의 은혜를 입은 저희가 마님을 어찌 소홀히 모시겠습니까?"

우신은 걱정이 앞섰지만 뱃사람들의 말을 들으니 조금은 안심이 되었다. 근심 어린 얼굴을 애써 감추고 뱃사람들 손을 일일이 잡아주면서 무사 운항을 부탁했다.

"자자, 걱정들 그만하고…… 그러니 무사히 다녀오게끔 빌어야지. 잘들 다녀오시게."

그러는 사이 동쪽 바다 끝으로 한바탕 시커먼 구름이 일더니 그 가운데서 번개가 근처 대나무밭으로 떨어졌는지 '꽈당탕' 하며 큰 대나무 쪼개지는 소리가 들려왔다. 모두 깜짝 놀라서 몸을 움츠리는데 변씨는 놀라지도 않고 태연하게 배 안으로 걸어 들어 갔다.

"뭐 하는가? 늦기 전에 빨리 떠나세. 저 백야도만 돌아서면 날 씨가 괜찮아질 테니 걱정하지 말고. 내가 비만 오면 허리가 쑤시 는데 오늘은 멀쩡한 걸 보니 괜찮을 거라고. 자, 아무 염려들 말 고 떠나자니까. 얘들아, 뭐하느냐. 빨리 배를 타지 않고……."

마치 마실이라도 떠나는 양 변씨는 너무도 들뜬 표정이었다. 어디서 기력이 생겨난 것일까? 아마도 아들을 보러 간다는 생각 에 없던 기운까지 솟아난 것이리라.

변씨의 이번 서울행은 친정 집안 손주인 변유헌이 동행하며 책임지기로 했다. 그는 순신에게는 종조카뻘이 되는 사람인데 순 신을 따라 무관으로 활약하고 있었다. 순신을 도와 여러 차례 전 투에 참여하여 공적을 세우기도 한 까닭에 힘쓰는 거로나 뱃길 잡는 거로나 맞춤인 셈이었다. 변씨 수발은 순신의 흥양 출신 종 춘화와 태문이 맡기로 하고 함께 배에 올랐다. 이들은 변씨가 정 읍에서 이곳 고음천으로 내려왔을 때부터 합류하여 벌써 다섯 해 동안 곁에서 모시고 있었다. 낯설고 물설은 여수 생활이 그들 덕분에나마 한결 부드러워졌던 것이다. 모두 배에 오르자 떠날 채비가 된 셈이다. 궂은 날씨에 천리 길를 가려는 이들의 얼굴이 밝을 리는 없다. 다시 돌아올 수 없을지도 모를 변씨 또한 마음이 무겁기는 마찬가지였으나, 애써 밝은 표정을 하고 목례로 배웅하는 이들에게 인사를 대신했다.

고음천 작은 포구에는 변씨를 배웅하기 위해 막내아들 우신을 비롯한 장손 뢰와 손자들, 그리고 평생 함께해 온 종 옥지를 비롯한 식솔이 나와 눈시울을 적시고 있었다. 한쪽으로는 정씨 가문 원로 다섯 분이 나와 그녀를 배웅해 주었다. 전란 중임에도 변씨를 비롯한 순신의 가족을 자신들의 가족처럼 반갑게 맞아 여수 땅에서 불편 없이 살게 해 준 창원 정씨 가문과는 참으로 각별했다.

"아이고. 궂은 날씨에 여기까지 오시었소?"

변씨가 변유헌의 부축을 받고 뱃전에서 낯익은 정씨 가문 원로들을 바라보며 공손히 감사의 인사를 전했다.

"먼 길 떠나시는데 우리가 당연히 나와 봐야지요. 부디 몸조심하시고 통제사 어른 잘 살펴보시고 무사히 돌아오시기 바랍니다."

아흔을 바라보는 원로 정갑원이 정씨 일가를 대표하여 변씨에게 인사말을 전했다. 흐트러짐이라고는 없는, 평생을 꼿꼿한 선비로 살아온 그였지만 작별을 고하는 목소리에는 애틋함이 묻어 있다. 두 사람 모두 다시 보기 어려우리라는 걸 짐작하기에는 어렵지 않은 세월들 아닌가?

"고맙습니다. 잘 다녀오겠습니다."

고개를 숙인 변씨를 바라보는 원로들의 눈에도 눈물이 맺혔다. 그때 좌수영에 있어야 할 별장 정대수가 달려와 그녀를 배웅했다.

"늦어서 송구합니다. 할머님, 벌써 배에 오르셨네요. 잘 다녀오십시오. 건강 조심하시고요. 오실 때 서울에서 좋은 과자라도 좀 사 오셔요. 우리 모두 목 빼고 기다릴랍니다요."

모두의 입가에 웃음이 번졌다. 순신보다 스무 살가량 젊은 정대수가 농 섞인 애교로 마지막 길이 될지도 모를 아쉬움과 슬픔을 대신했다.

그때 뱃사람들이 닻을 거두어 올리고 노 저을 자리를 잡고 떠날 준비를 마쳤다. 배가 막 선창을 떠나려 하는데 여우고개에서 한 사람이 큰 소리를 지르며 달려 내려왔다.

"마니임, 마니임! 잠시만 기다리셔요. 잠시만요."

의원 정종지였다. 변씨 일가와 식솔이 아플 때마다 정성스레 돌봐준 사람으로 순신의 주치의를 겸하고 있었다. 헉헉거리며 달려온 정종지는 뱃전으로 휙 뛰어오르더니 품속에서 무명 주머니 두 개를 꺼내 변씨에게 전해 주었다.

"조금만 늦었으면 섭할 뻔했습니다요. 하나는 생강 봉지이고 하나는 솔잎이 들어 있는데 멀미를 예방하는 데 도움이 될 겁니다. 생강은 조금씩 씹으면 몸에 열이 나게 하고 속을 편하게 해줄 것이고, 솔잎 향을 맡으면 심신이 안정되어 멀미에 다소간 유용할 겁니다. 마님! 무사히 다녀오셔야 합니다. 옥체를 부디 보존

하십시오. 절대로 통제사 어르신을 실망시키시면 안 됩니다."

인사를 크게 꾸벅하고 난 정종지는 배에서 휙 뛰어내리며 한 마디 더 했다.

"조심해서 다녀오세요."

"고마우이. 내 요긴히 쓰겠네. 그만 들어들 가게나."

배가 움직이기 시작하자 모두 눈물을 흘리며 변씨를 향해 큰 절을 올렸다. 이들은 한결같이 근심 어린 모습으로 변씨가 무사히 돌아오기를 간절히 기원하는 참이었다.

변씨가 탄 배가 여수 고음천을 떠났다. 세찬 바람에 일엽편주가 금방이라도 쪼개질 듯 흔들거렸다.

변씨가 문득 뒤를 돌아보니 장도라고 불리는 진섬이 그녀를 배웅하기라도 하는 듯 비구름 속에서 길게 누워 있었다. 거뭇거뭇 바위틈에 치솟은 소나무들이 그녀에게 손이라도 흔드는 듯 어지러운 가지를 이리저리 흔들어댔다. 여수 선소에 나갈 때면 빤히 보아온 이 수줍은 섬이 오늘따라 유난히 정들어 보이는 것은 헤어질 때가 되어서일까?

'너를 다시 볼 수나 있을까? 부디 잘 있거라.'

그녀는 혼잣말로 진섬과 이별하면서 바닷길이 평안해지길 간절히 빌었다.

진섬을 지나 연안뱃길로 배는 조금씩 나아갔다. 곧이어 비안개 속에서 가막만이 모습을 드러냈다. 여수는 원래 큰 나무들이 쉬이 자라지 못하는 곳이지만 가막만은 숲이 우거져 시커멓다고 해서 이름 붙여진 곳이었다. 여기서부터는 조류의 속도가 빨라지는 곳. 외해와 이어지면서 조류가 거칠어지는 곳이라 거센 바람과 함께 배를 제어하기가 어려워지자 뱃사람들이 진땀을 흘리며 노를 저었다.

가막만을 지나 백도와 백야도 사이의 첫 번째 난관인 좁은 바다를 지나는데 높은 파도가 뱃전에 부딪치며 일행을 덮쳐왔다. 머리 한 길 위로 높이 솟구쳐 오르는 파도에 마치 배가 바닷속으로 깊이 빨려 들어가기라도 하는 양 오금을 저리게 했다.

"앗, 마님. 조심하셔요!"

종 춘화가 변씨를 끌어안다시피 하며 비명을 질렀다.

"괜찮다. 이 정도는 아직 괜찮아. 소란 떨지 마라."

뱃길을 잘 알고 있는 변씨가 오히려 춘화를 다독여 주었다.

"네, 마님. 곧 좋아지겠죠."

의연한 변씨 말에 놀란 가슴을 진정한 춘화가 변씨를 끌어안고 있던 손을 풀었다.

뱃전 앞으로는 백야도의 풍광이 펼쳐지고 있었다. 백호산 허리를 단단히 감싼 구름 덕분에 백야도는 더욱 신비로운 자태다. 백호산 정상이 투구처럼 둥실둥실한 데다 범(虎) 모양의 돌들이 모두 흰색을 띠고 있어, 마치 범이 새끼를 품은 것 같다 하여 '백호도'로도 불리는 곳이다. 한편 풍랑이 거칠 때면 백야도 앞바다 암초들이 날랜 범처럼 갑자기 모습을 드러내곤 하는 바람에 뱃사람들은 범굴 앞을 지나는 것처럼 조심스러워했다. 그러니 오늘도 조심스럽게 배를 몰아야 할 수밖에.

백야도를 돌아나오자 어느새 찬바람이 따뜻한 바람으로 바뀌면서 바다도 조금씩 잔잔해지고 있었다. 눈앞으로 상화도, 하계도, 조발도, 낭도가 차례로 길을 비켜서며 엎드려 머리를 조아린다. 그 모습에 변씨도 조금씩 안정을 되찾고 있었다. 어차피 떠난 길이다. 날씨야 하늘이 주관하는 일, 사람이 걱정한다고 해결될 것은 없다. 이따금 올라오는 멀미 기운은 정종지가 싸준 솔잎 향이 있어 이겨낼 수 있다.

"종지 그 사람이 우리 곁에 있어 다행이었어. 이 얼마나 고마운 일인지."

낭도가 비켜준 뱃길은 어느새 홍양 땅을 마주보며 비스듬히 열리고 있다. 뱃길 오른쪽으로는 낙안, 순천까지 품고 있는 여자만이 마치 호리병처럼 깊이를 알 수 없게 펼쳐진다. 바람이 잦아든 여자만 어귀를 지나자 섬들마다 흰 모래가 눈부신 사도가 나오고, 곧 순신이 십수 년 전에 근무했던 발포가 가까워질 것이었다.

이곳 발포 출신인 종 태문이 뱃사람들을 향해 중얼거린다.

"바람 없는 아침나절에 여그는 안개가 많지라."

홍양(興陽)이라는 지명은 볕이 넘친다고 해서 붙여진 이름이다. 어느 곳보다 햇볕이 많고 땅이 순해 먹을 것이 넘쳐나는 곳이다. 근방의 보성, 홍양, 낙안, 순천, 여수를 통틀어 가장 넓은 땅에 가장 많은 사람이 살고 있는 고을이기도 하다. 헌데 홍양에는 남도에서 보기 드물게 높은 팔영산이 떡하니 버티고 있다. 제법 높은 이 산으로 인해 이맘때면 바다에서 올라오는 차가운 바람이 막혀 온통 안개 속이다. 배가 팔영산을 지나 나아가니 태문의 말대로 안개가 스멀스멀 밀려들어 나로도를 지날 때는 한 치 앞도 보이지 않았다. 거칠던 바람도 멈추면서 사방이 조용해졌다.

"어허, 큰일일세. 바람이 없으니 돛을 쓰지도 못하고 천상 노를 저어 가야겠네그려."

뱃사람들이 나지막하게 투덜거렸다.

천지 사방이 조용해지면서 삐걱삐걱 노 젓는 소리만 들려왔다. 답답하고 지루한 시간이 흘러갔다. 오전을 다 쓰고도 서너 식경은 더 지난 듯했다. 갑자기 바람이 거칠게 일더니 안개를 순식간에 날려버렸다. 바다는 다시 소란스러워졌다.

배가 소록도 근처에 이르니 배고픔과 멀미로 변씨의 기력은 이미 바닥난 상태였다. 변유헌과 춘화가 그녀를 걱정하자 뱃사람들이 눈치를 채고 거들었다.

"멀미는 육지로 내려서야만 가라앉습니다요. 일정이 바쁘시겠지만 오늘은 저기 녹도에서 쉬고 내일 가심이 어떨는지요?"

변유헌이 변씨를 슬쩍 쳐다보자 그녀는 이미 죽은 듯 지쳐 떨어져 더는 항해를 계속하는 것이 불가능해 보였다.

"그럽시다. 민가를 하나 잡아서 쉬시게 하고 내일 떠나기로 합시다."

급한 김에 유헌은 녹도 어부들이 임시로 기거하는 초가집 한 채를 빌려 변씨를 누이고 방에 불을 때서 몸을 녹이도록 해 주었다.

그 와중에도 변씨는 계속해서 혼잣말로 뱃길을 재촉하다가 잠이 들었다.

"덕현아, 어서 일어나라. 어서."

갑옷을 챙겨 입은 아버지가 자신의 이름을 부르며 재촉한다. 마치 전장에라도 나가는 듯 잔뜩 긴장한 모습이라 무서운 생각마저 들 정도였다.

"덕현아, 어서."

분명히 뱃전에서 잠이 든 것 같은데, 까마득한 옛날에 돌아가신 아버지가 다시 살아나셨단 말인가? 어안이 벙벙한 변씨가 정신을 차리지 못하는데 아버지는 엄한 얼굴로 자신을 잠에서 다시 깨우고 있었다.

"아버님, 어인 일이세요?"

"일어나서 나를 따라라. 함께 갈 곳이 있구나."

아버지가 서두는 통에 급히 나가다가 문지방에 멈춰선 그녀는 문득 방 안을 돌아보았다. 아이들이 이불을 차고 깊이 잠들어 있었다. 나가려다 이불이라도 덮어줄 요량으로 돌아와 아이들을 자세히 살피니 희신과 요신은 안 보이고 순신과 우신만이 쌔근거리며 자고 있었다.

"뭘 그리 꾸물대느냐. 어서 따라 오너라!"

재촉이 불같았다. 그녀는 얼른 아이들 잠자리를 살핀 후 마당으로 내려섰다. 그러나 아버지는 이미 보이지 않았다.

"아버님, 아버님! 어디 계셔요?"

깨고 보니 꿈이었다. 꿈치고는 정말 이상했다. 돌아가신 아버지가 찾아오시다니.

이미 세상을 떠난 희신과 요신은 방에 없고, 순신과 우신만 있었다. 그렇다면 순신이 이번 옥고를 이겨내고 살아난다는 말인가? 그리고 나는 아버지를 따르게 되는 것인가?

희망이 솟아올랐다. 그렇게만 된다면 자신의 목숨쯤 조금도 아깝지 않겠다고 생각했다.

'그럼요, 아버님. 내 목숨을 주고라도 우리 순신이가 살아날 수만 있다면요.'

잠이 깬 변씨는 하늘에 빌고 바다에 빌다가 아침을 맞았다. 날씨는 여전히 흐렸지만 일정을 생각하면 뱃길을 서둘러야 할 판이라, 유헌에게 일러 배를 출발시켰다. 파도는 어제보다 거칠었고 바람마저 역풍이라 배는 제대로 나아가지 못했다. 갈지자로 이리 저리 바다 위를 불려 다녔다.

바람이 무서워 연안으로 배를 붙이려 해도 부서지는 파도에 휩쓸려 더욱 요동칠 뿐이었다. 이쯤 되자 나이 든 뱃사람이 유헌에게 다가와 조심스레 말을 걸었다.

"좀 위험하더라도 더 외해로 나가야겠습니다. 벽파항을 지나면 먼 바다로 나가도록 허락해 주십시오."

배가 흔들릴수록 변씨의 멀미가 심해지니 오히려 그 방법이 낫겠다 싶었다.

조약도를 지나 완도를 통과하는 것도 쉽지 않았다. 어렵사리 땅끝 마을을 돌아서 나오니 진도 벽파항이다. 노련한 뱃사람조차 거센 비바람에 지친 모습이었다. 요기도 해야 하고 막걸리도 한잔할 겸 벽파항에 잠시 피항하기로 했다.

파도가 쉴 새 없이 밀어닥치는 벽파항에 배를 가까스로 매어두는 뱃사람들이 안쓰러워 보였던지 변씨는 변유헌에게 눈짓을 보냈다. 눈치 빠른 유헌이 몇 푼의 술값을 던져주자 그들은 연신 고개를 숙이고서는 부둣가 주막으로 쏜살같이 달려 나갔다. 그 모습이 안쓰러운 변씨는 나지막이 중얼거렸다.

"민구스런 일이로다."

"멀미는 좀 어떠십니까?"

변씨를 걱정하는 유헌이 그녀의 안색을 살폈다. 그도 멀미와 파도에 시달리느라 지친 모습이었다.

"괜찮다. 멀미가 나를 막겠느냐? 염려 말고 너도 좀 쉬어라."

"예, 젊은 저야 좀 쉬면 됩니다만 오늘 밤은 여기서 머물고 내일 일찍 떠나시면 어떨까요?"

벽파항부터는 전라우수영 관할이었다. 유헌은 좋은 날에도 통과하기가 어렵다는 울돌목을 앞두고 있어 이 상태로는 무리라는 생각이 들었던 것이다.

이미 변씨는 심한 멀미로 얼굴이 백지장처럼 하얗게 변했다. 유헌은 조그만 몸에 힘이라고는 하나도 없는 변씨가 너무도 걱정이 되기 시작했다.

그러나 간신히 미음 몇 숟가락을 뜨고 잠자리에 누운 변씨는 뼈밖에 남지 않은 가녀린 몸이었지만 갈수록 정신이 또렷해지고 있었다.

'그래, 순신은 살아날 게야. 암, 조상님들이 지켜주실 게야……'

어젯밤 꿈에 순신과 우신을 보지 않았는가? 더는 자식을 앞세우지 않게 해 달라는 간절한 기원을 하고서야 변씨는 겨우 잠을 청하였다.

진도의 좁은 울돌목은 역시 어려운 길이었다. 거센 조류에 밀려 이리저리 끌려다니기를 여러 식경, 비로소 울돌목의 거친 바다를 벗어났다. 장산도, 안좌도, 팔금도, 암태도, 증도, 지도 등 천여 개가 넘는 섬들이 감싸주는 목포 앞 뱃길은 한결 수월했다.

이제부터는 외해로 나가 바람을 믿고 쭉 달려가면 될 일이었다.
다행히 지도를 지나 외해로 들어서자 비는 멎기 시작했다. 하늘
은 여전히 시커멓게 화가 나 있었지만 바람도 조금씩 잦아들고
있었다. 뱃사람들이 한숨을 내쉬며 변씨를 염려했다.

"마님, 멀미는 어떠십니까요?"

"아직은 괜찮네. 고마우이. 염려해 줘서."

말은 그랬지만 속이 뒤집힐 만치 멀미가 심해져 그녀는 정신을
놓고 싶을 정도로 힘이 들고 괴로웠다. 그래도 먼바다로 나오니
한결 나은 듯싶었다. 비를 피해 작은 선실에 누워 있던 변씨는 비
로소 안도의 한숨을 쉬었다.

'곧 도착하겠지. 끝까지 살아남아서 아들 순신을 만나 용기를
줘야지.'

생각이 거기에 미치자 미소가 피어올랐다. 문득 지나간 세월이
주마등처럼 스쳐 지나갔다.

생일잔치

병신년(1596년) 10월 7일, 그날은 변씨 일생에서 가장 기쁜 날
이었다. 통제사가 된 아들이 고음천에 머물던 자신을 전라좌수영
으로 데려와서 잔치를 열어주었기 때문이다. 전란 중이지만 순신

은 가족과 가까운 이웃, 그리고 정씨 가문 몇몇 어른들을 초대하고 변씨 앞에서 큰절을 올렸다.

"어머님, 백 세까지 사시오소서."

"아이구, 이 사람아. 무슨 그런 험한 말씀을."

말은 그렇게 했어도 싫지 않은 것이 변씨의 속내였다. 험지를 돌며 숱한 부침을 거듭해 온 아들이 드디어 조선수군통제사 겸 전라좌수사로 연전연승해, 왜적들은 그 이름만 들어도 덜덜 떨게 되었으니 참으로 기쁜 일이 아닐 수 없었다. 게다가 전쟁 중에 이렇게 생일상이라도 받을 수 있다니 감사한 일이고 감격스러운 일이었다.

이런 변씨의 마음을 읽어낸 정갑원이 통제사에게 말했다.

"통제사 대감, 오늘 모친을 업고 춤 한번 춰 드리시오. 언제 또 기회가 있겠소?"

순신이 그 이야기를 듣자마자 대청마루 섬돌 아래 엎드려 등을 들이밀었다.

"어머님! 어릴 적엔 저를 업어 키우셨으니 이제 제가 업을 차례입니다. 이리 오셔서 제 등에 업히세요."

"아이고, 무슨 그런…… 난 못하네. 두 발로 멀쩡히 걸어 다니는데 왜 업힌단 말인가?"

"어머님께서 부끄러워하시는 것을 처음 뵙습니다! 그러지 마시고 업히세요."

변씨는 주변에서 모두 업히라고 박수를 치며 등을 떠미는 바람에 하는 수 없이 순신의 등에 업혔다. 그러나 사실을 말할라치면 편안하고 좋았다. 아들 등이 어찌 그리 편안한지. 모두 웃으며 이들 모자를 격려해 주었다. 전쟁 중이라 언감생심 기생까지야 못 부를망정 변씨가 좋아하는 소리 한 소절은 있어야 하지 않을까? 마침 진중에 기막힌 소리꾼이 있어 새타령을 생일 선물로 바쳤다.

새가 날아든다. 온갖 잡새가 날아든다. 새 중에는 봉황새 만수문전의 풍년새. 산고곡심 무인처 울림비조 뭇새들이 농춘화답에 짝을 지어 쌍거쌍래 날아든다. 저 쑥국새가 울음 운다. 이 산으로 가면 쑥국 쑥국, 저 산으로 가면 쑥쑥국 쑥국, 에 이- 이- 이 어- 어 좌우로 다녀 울음 운다. 저 집비둘기 날아든다. 막둥이 불러 비둘기 콩 줘라 파란콩 한 줌을 덥석 쥐어 자르르르 흩어 주니, 숫비둘기 거동 봐 춘비춘흥을 못 이기어 주홍 같은 혀를 내어 파란콩 하나를 입에다 덥석 물고 암비둘기를 덥석 안고……

모두 술 한잔씩 걸치고 어깨춤에 덩실거리는 모습이 너무 좋아 보였다. 고단한 전란 속에서 모처럼 즐거운 한 마당이니.

변씨는 등에 업혀 순신의 귀에 중얼거렸다.

"좋구나. 이런 좋은 날이 내게도 오다니. 네 아버지가 살아 있었다면 얼마나 기뻐하셨을꼬……"

이승과 저승으로 갈라진 지 오랜 세월이 흘렀건만 오늘따라 유난히 남편 이정이 보고 싶은 그녀였다.

"나리, 나리…… 이 광경을 하늘에서 보시는가요?"

변씨의 눈에 눈물이 가득 고였다가 뚝 떨어졌다. 순신은 어머니가 아버지를 그리워하는 모습에 깜짝 놀랐다. 한 번도 내색하지 않았던 모친 아니던가?

"어머님, 돌아가신 아버님도 보고 계실 겁니다. 암요. 어머님이 지금 제 등에 업혀 계시는 모습을 보시며 누구보다 기뻐하실 겁니다."

"오냐. 고맙고 또 고맙구나. 네 아버지도 기뻐하실 테지. 그러나저러나 언제 이런 생각을 다 했누. 전란 중에 이런 호사를 누리다니."

순신은 모친을 업고 잔치 마당을 한바탕 돈 다음 술 한 잔을 올렸다.

"어머님, 가을에 따서 빚어낸 홍양 유자술입니다. 해소, 천식에 좋아서 어머님 고뿔을 치료하는 데 도움이 될 약술이니 사양치 마시고 드셔보세요."

"유자 향이 참 좋구나. 향긋하고 새큼하니 내 입에 맞는구나. 고맙네. 그래 자네도 한 잔 받으시게나."

순신은 단숨에 한 잔을 들이켠 후 곁에 서 있던 수하에게 눈짓을 했다. 잠시 후 비단 보자기에 싸인 암갈색 호리병 하나가 놓였다.

"어머님, 제 잔을 한 잔 더 받으세요."

변씨는 순신이 따라준 잔을 입술로 가져갔다가 눈이 휘둥그레졌다.

"이 술은? 혹시 아산의 연엽주 아닌가? 이런 귀한 것을 어떻게. 어허, 고맙고 고맙네. 이런 호사를 누리다니."

변씨는 아들의 세심한 정성에 진심으로 감격했다.

"맞습니다. 금방 알아보시는군요. 아산 명주로 소문난 외암리 엽주가 맞습니다."

"어찌 이 연잎 향을 잊겠는가? 난리 속에 이 귀한 술을 어떻게 구했누?"

"아산 외가에서 어머님 생신이라고 보내왔습니다. 승화 이모님이 보낸 거랍니다."

"그래? 그 아이가?"

사촌 동생 승화 이름을 듣는 순간 변씨의 생각은 이미 친정으로 달려가고 있었다.

어릴 적 변씨는 사촌들과 유난히 친하게 지냈다. 달랑 남매에 불과했던 변씨인지라 만나는 형제자매들은 주로 사촌과 육촌들이었다. 그런 형제들을 예닐곱 모아놓고 그녀는 스스로 우두머리가 되어 전쟁놀이를 하곤 했다.

"지금부터 칼싸움을 하여 장군과 군사를 뽑기로 하자. 모두 나가서 칼로 쓸 만한 나무 작대기를 하나씩 구해 오렴."

개중에 덩치가 좀 큰 사내 녀석이 볼멘소리로 툴툴거렸다.

"누나, 누가 대장이야?"

그녀의 눈꼬리가 치켜 올라갔다.

"내가 대장이지. 그리고 대장에게 반말을 해도 되니?"

사내애가 움찔하며 입을 닫았다. 세 살 차이의 사촌 자매 승화가 먼저 나가서 칼로 쓰기에 적절한 나무를 구해 돌아오니 다른 이들도 앞다투어 자기 칼을 구해 왔다.

"대장님, 다 모였습니다."

"좋아, 어디 보자. 승화 네가 장군이다."

"누나, 내가 나이도 더 위인데 왜 여자애를 장군 시켜?"

사내 녀석이 다시 볼멘소리를 해 댔다.

"대장 마음이지. 그리고 구해 온 칼을 봐. 네 것은 한번 후려치면 부러질 것 같은데 승화의 칼을 봐. 진짜 칼 같지 않아? 장군감은 역시 달라. 넌 졸병이나 하고 있어."

그녀는 사촌들, 그것도 사내 녀석들을 종 부리듯 한다고 집안 어른들로부터 핀잔을 들은 적이 한두 번이 아니었지만 조금도 굴하지 않았고, 그녀의 아버지 변수림도 개의치 않았다.

"넌 누굴 닮아 그리 사내 같으냐? 제발 좀 얌전한 규수처럼 굴 수는 없는 게냐?"

이런 모친 앞에서, 아버지는 오히려 그녀를 감싸주었다.

"그냥 두시오. 제 앞가림은 하고도 남을 아이라오. 당찬 기세를 보시오. 아깝지 않소? 저 녀석이 사내였다면 나라를 구할 도원수감인데……."

그 인자했던 아버지의 모습이 아들 순신으로 바뀌었다.

"어머님, 무슨 생각이 그리 깊으십니까? 귀한 연엽주니 한 잔 쭉 드시지요."

추억은 술잔에 담겨 진한 고향 내음으로 폐부를 찌르고 들어왔다.

기분 좋은 취기에 변씨가 잠시 등을 기대고 앉자 순신이 한지 한 장을 펴서 보여주었다.

"어머님, 제가 어머님을 위해 시 한 수 썼습니다. 좀 읽어드려도 될까요?"

"언제 그것까지 준비했을꼬?"

거친 풍상 지나느라

고비마다 이마에 주름을 묻었네

아들 넷 고이 길러내느라

손가락마다 굵은 마디 붙였네

하해 같은 그 은혜를 대신할 수 없으니

남은 세월 등에 모시고 산천이나 주유할까

변씨는 아무 말도 하지 못한 채 눈물만 흘렸다. 이 얼마 만에 맛보는 행복인가? 아들 순신이 써준 그날의 시는 꿈속에서도 기억하고 있었다.

뱃전에 부딪힌 파도가 선실 안으로 튀어드는 바람에 변씨의 옷이 흠뻑 젖었다. 뼈를 찌르는 한기가 갑자기 몰려오면서 그녀는 꿈에서 깨어났다. 놓치기 싫은 아름다운 추억이었다. 변유헌이 놀라 달려들었다.

"아이구, 다 젖으셨네요."

그는 황급히 옆에 보자기로 싸 두었던 솜이불을 꺼내 옷 위로 걸쳐 드렸다.

"멀미는 좀 어떠십니까?"

그녀는 사라져버린 기분 좋은 추억을 아쉬워하며 유헌을 바라보았다.

"나한테 신경 쓰다가 일정을 놓치지 말게. 나는 어떻게든 견딜 테니. 죽어서라도 갈 테니 걱정들 말고……."

"아이고, 그런 흉한 말씀을요. 예, 알겠습니다."

유헌이 밖으로 나가자 변씨는 다시 잠에 빠져들었다. 그런데 신기하게도 바로 전에 꾸던 꿈속으로 다시 들어갔다.

어느새 여수 고음천 앞바다가 그녀 눈에 들어왔다. 고음천으로 거처를 정하고는 고요한 앞바다처럼 그런대로 순조로운 삶이었다. 다만 변씨는 순신의 아내인 며느리 방씨가 고음천으로 내려왔다가 내내 병을 앓는 바람에 며칠 있지도 못하고 아산으로 돌아간 것이 못내 마음에 걸렸다. 당차고 지혜로운 며느리였는데 짧은 시간도 같이 있지 못하고 떠나보내고 나니 아쉽고 애석하기 짝이 없었다.

장남 희신은 너그럽고 성품이 착한 아들이었고, 둘째 요신은 똑똑하고 지혜로웠다. 고음천으로 내려올 때는 이미 희신과 요신을 잃고 순신만을 의지한 채 막내 우신과 손자들까지 데려왔다. 돌이켜보면 어느 한 세월 쉬운 적이 없었다.

경진년(1580년)부터 10년간은 그녀에게 너무도 끔찍했다. 둘째 아들 요신을 떠나보내자마자 3년 만에 남편과 또 사별해야 했고, 4년 뒤에는 장남 희신까지 앞세워야 했다. 엎친 데 덮친다고 집에 불이 나 모든 가산을 다 날려버리기도 하는 기막힌 일도 겪었다.

보통 사람이라면 넋을 놓고 울며불며 좌절할 일이었으나 변씨는 거짓말처럼 일어나 불탄 가재도구를 정리하고 다시 가산을 모으기 시작했다. 그러다가 순신이 정읍현감으로 발령이 남에 따라 삼부자가 남긴 식솔을 데리고 친정 아산을 떠나기로 한 것이 기축년(1589년) 12월이었다. 그때 데려간 식솔이 무려 삼십여 명에 이르렀다. 장남 희신의 아들 넷, 차남 요신의 아들 둘, 순신의 아들 셋 등 손자만 열하나였고 종들까지 거의 집안 전체가 움직인 것이었다.

세상을 떠난 두 아들의 자식 문제를 두고 순신과 상의했던 기억이 새록새록 떠올랐다.

"순신아, 네 형들이 병으로 저렇게 먼저 세상을 떠나고 보니 남겨진 자식들이 기거할 마땅한 곳이 없구나."

"어머님, 걱정하지 마세요. 형님 자식이면 제 자식이나 마찬가지입니다. 당연히 데려가야죠."

"말 많은 세상이라 신임 현감이 많은 식솔을 데려와 나랏돈을 축낸다고 험담이나 일지 않을까 염려가 되는구나."

"그렇다 해도 조카들을 두고 갈 수는 없습니다. 어머님께서 제게 늘 가르치시지 않았습니까? 사내로 태어나서 자기 식솔을 돌보는 것은 당연한 책임이라고요. 그러니 더 염려 마시고 임지로 부임하고 나서 적당한 때에 전갈을 보낼 테니 모두 인솔하시고 데려오십시오. 동생 우신과 장손 뢰를 잘 쓰셔서 정읍으로 이사하시면 됩니다. 염려 놓으세요."

변씨는 순신이 한없이 고마웠다. 순신은 어느새 두려움 없이 기댈 수 있는 기둥 같은 존재가 되어 있었다. 그때만 해도 아들 순신에게 이런 날벼락 같은 일이 생겨날 줄 꿈에도 몰랐다. 삼도수군통제사에서 하루아침에 죄인이 되다니. 변씨는 고개를 절레절레 흔들었다.

뒤에서 부는 바람 덕분에 배는 미끄러지듯 달리고, 뱃전을 때리는 파도 소리는 귀가 울릴 정도였다.

순신아, 너에겐 아직

한편 의금부로 잡혀온 순신은 다짜고짜 하옥되었다. 한마디 변명이나 소명할 기회조차 주어지지 않았다. 임금의 명을 불복한 죄, 군령을 소홀히 한 죄, 남의 공을 시기하고 가로챈 죄 등 누가 봐도 이해하기 어려운 죄목이 덮어씌워졌다. 이미 죽이기로 작정한 선조와 조정인지라 순신은 변명 한 번 제대로 못 하고 모진 고문을 받아야 했다. 아산 출신으로 순신의 집안과 처지를 아는 옥리가 보다 못해 수소문하여 감옥 밖에서 순신의 가족을 찾았다. 얼마 지나지 않아 목이 빠져라 좋은 소식을 기다리고 있던 순신의 조카 분을 만날 수 있었다.

"통제사 조카님, 저를 아시지요? 제가 대감마님 댁에 가끔씩 들른 적이 있었습니다."

분이 보니 아산에서 몇 번 본 인물이었다. 할머니 변씨가 인사차 온 그에게 밥 한 상을 듬뿍 차려 먹이고 약재도 손에 쥐어서 보냈던 것을 기억했다.

"알다마다요. 여기서 근무하시는군요. 다행입니다. 우리 숙부님은 지금 어떻습니까?"

옥리는 주변을 둘러보고는 낮은 목소리로 말했다.

"지금 고문을 당해서 몸이 많이 쇠약해지셨습니다. 빨리 손을 써셔야 합니다. 제가 통제사 대감을 빼드릴 힘은 없지만 고문은 피할 방도를 알려드릴 수 있습니다. 호조 쪽에 있는 조정 관료들에게 뇌물을 한번 써 보시죠. 운 좋으면 고문을 덜 당할 수도 있고 잘하면 풀려나갈 수도 있습니다."

"고맙습니다. 그런데 대감을 잠시 뵈올 수 없을까요?"

"지금은 좀 곤란합니다. 이따 밤에 오시죠. 그때 제가 모른 척할 테니 잠시 들어가 보시는 것이 좋겠습니다."

분은 옥리에게 감사의 인사로 약간의 사례를 집어주고는 밤까지 기다렸다가 순신을 만나러 감옥에 들어갔다. 순신의 몰골은 말이 아니었다. 얼굴도 피투성이고 장 맞은 몸에서는 피고름이 배어나오고 있었다.

"숙부님……."

"울지 마라. 그런데 어떻게 여기까지 들어왔느냐?"

"아산 출신 옥리가 형편을 봐줘서 들어왔습니다. 숙부님, 조금만 기다려 주십시오. 저와 정씨 가문 인사들이 밖에서 힘을 쓰고 있으니 조만간 좋은 소식이 있을 겁니다."

"쓸데없이 힘 빼지 마라. 죽을 운명이면 죽을 뿐이다. 도리에 맞지 않는 짓은 하지 말고."

순신은 오히려 태연했다. 마치 죽음을 예견이라도 하는 것처럼 담담하고 초연하게 받아들이고 있었다.

"지금 류성룡 대감과 정탁 대감 등에 전갈도 넣고 탄원서를 만들어 임금님께 올리고 있습니다. 전국 각지의 뜻있는 백성, 의병들까지 숙부님의 구명을 위해 상소문을 올린다 합니다. 낙심하지 마시고 몸을 잘 보전하셔야 합니다. 숙부님."

"오냐, 고맙다. 허나 내 운명은 하늘에 달려 있느니라."

순신은 전혀 흔들림이 없었다.

실제로 당쟁에 빠진 관료들은 이순신의 목을 당장 베어 효시하라고 난리들이었지만, 한쪽에선 그를 살리려고 백방으로 탄원서와 상소문을 올렸다.

가장 청렴하고 올곧기로 소문난 도체찰사 이원익이 첫 상소문을 올렸다.

"전하, 왜적이 가장 두려워하는 것이 누구라고 생각하시옵니까? 바로 이순신이고 우리 수군이라는 것을 왜 모르시옵니까? 지금 그를 죽여 무엇을 얻으시겠습니까? 부디 간언컨대 순신을 살려 전장으로 보내 공을 세우게 하옵소서. 공을 세워 나라도 구하고 죄도 갚게 하소서."

한음 이덕형도 순신을 위해 나섰다.

"순신을 죽이면 두고두고 후회할 것이니 그를 살려 나라를 위해 싸우게 하심이 마땅하신 줄로 아뢰옵니다."

이순신의 심복 정경달도 백성을 동원해 탄원을 넣었다.

"이순신 대감을 죽이면 나라가 망합니다. 남해를 내주면 온 나라가 도탄에 빠질 것이 분명하니 통제사를 풀어주소서."

여기저기서 순신을 살려달라고 상소문이 올라왔고 조정 여론도 조금씩 변화되기 시작했다.

일흔이 넘은 노장 판중추부사 정탁이 나섰다. 그도 처음에는 순신이 잘못한 줄 알고 있었으나 진상을 듣고 난 후 자신의 목숨을 걸고 탄원서를 썼다.

"더는 이순신을 고문하고 매질을 가하면 살아남기 어려울 것이니 나라의 장래를 생각해서라도 그의 목숨을 살려 전공을 세워 죄를 갚도록 해 주십시오."

류성룡은 지방 순찰을 나가 있다가 뒤늦게 소식을 듣고는 선조에게 순신을 적극 옹호하기 시작했다. 조정 안팎에서 그와 이순신을 공격하는 이들이 많음을 알아차린 그는 이 모든 구명 운동을 뒤에서 조정하며 여론을 좋게 바꾸어서 선조의 변덕스러운 심기를 바꾸려고 애썼다.

선조는 노신들의 탄원과 여론에 밀려, 순신을 죽음 일보 직전에 풀어주었다.

옥에 갇힌 지 34일 만이었다. 복직이 아닌 백의종군이었다.

선조가 순신을 풀어준 데에는 지난해 권율 막하에서 선전관으로 활약하던 의병장 김덕령을 고문하여 장독으로 죽게 만든 일이 내내 마음에 걸렸던 것도 작용했다고 볼 수 있다. 특히 정탁이 올린 '더 이상 매질하면 살아남기 어려울 것'이라는 상소가 마음을 찔렀던 것이었다.

이순신은 비록 통제사에서 무명소졸이 되어버렸지만 일단 목숨은 건졌으니 그나마 다행한 일이었다. 그는 몸도 마음도 피폐해진 채 옥문을 나와 종 윤간의 집에 우선 몸을 의지했다. 종이라고 무시하거나 박대하지 않았던 성품 덕에 남대문 밖 윤간의 집에는 귀천을 가리지 않고 반가운 얼굴들이 모두 모여 기다리고 있었다.

조카 봉과 분, 둘째 아들 울 그리고 원경과 마주 앉으니 서로 말을 꺼내지도 못하고 눈물만 흘렸다.

이어서 순신이 어머니 소식을 묻자 조카 분이 한참을 망설이다가 답했다.

"서울로 오시겠다고 고집을 부리시다가 쓰러지셨는데 좀 나아지시는 것을 보고 저만 먼저 올라왔습니다. 할머님 고집으로는 배를 타고라도 올라오실 태세였습니다."

"어허, 이 불효자가 어머니를 더 힘들게 해 드렸구나. 그래, 설마 올라오시지는 못하실 테지. 그 몸으로⋯⋯."

순신은 금부도사의 재촉으로 다음 날 길을 떠나 사흘 뒤에는 아산 선영에 도착했다. 젊은 시절의 아련한 추억과 아버지, 어머니의 자취가 그대로 머물러 있는 곳이다. 아내 방씨가 그를 반겨 주었다.

"대감, 대감…… 어찌 이런."

애처로운 눈빛으로 남편을 바라보던 방씨의 눈에서 눈물이 흘러내렸다.

"어서 들어가십시오. 몸을 좀 추스르고 임지로 가셔야죠."

"그럽시다. 여수에 계신 어머니 소식은 들었소? 내가 듣기로는 혹여 아산으로 올라오실지 모른다고 하던데."

"아직 소식을 못 들으셨군요. 어머님은 지금 뱃길로 상경하고 계십니다. 곧 도착하실 때가 되었다 들었습니다."

"그 말이 사실이오?"

"아무리 말려도 듣지 않으셔서 어쩔 수 없었다 합니다."

"아니, 우신이는 대체 뭘 하고 있었기에."

"어머님 고집을 아시지 않습니까? 그러지 마시고 들어가셔서 좀 쉬시다 보면 어머님도 도착하실 겁니다. 대감은 그러나 여기 얼마나 머무실 수 있을까요?"

"죄인 된 몸이라 오래 머물러 있기는 어렵소. 부인이 고생이 많구려. 하여튼 들어갑시다."

순신은 밤새 깊은 잠을 이루지 못하고 뒤척였다. 꿈인지 생시인지 아버지가 나타난 것 같기도 하고, 어머니가 자신을 부르는 것 같기도 한 채 번잡스러운 밤을 보내야 했다. 아침에 일어나니

머리가 깨질 듯하여 사환을 불러 찬물 한 사발을 들이켜고는 종을 보내 어머니 소식을 알아오게 했다.

이에 앞서 변씨가 탄 작은 배는 법성포에서 뱃사공들이 잠시 눈이라도 붙일까 하여 닻을 내리고 잠을 청하느라 정박하고 있었다. 변씨는 지난 며칠간 계속 멀미를 하다 보니 거의 먹은 게 없어 기력이 바닥을 치고 있었다. 잠을 이루지 못하던 새벽녘, 문득 이상한 느낌이 들었다. 배가 삐걱거리면서 움직이는 느낌이 들었던 것이다.

"여보게들, 거기 있는가? 좀 살펴보게나. 바다가 이상한 듯하이! 여보게, 사공!"

잇단 항해로 지쳐 곯아떨어져 자던 사공들이 깨는 소리가 들려왔다.

"어, 여기 어디야?"

"뭐야? 배가 떠내려왔잖아?"

"닻줄이 끊어지고 없어졌네?"

"이거 어떡하지?"

허둥대는 뱃사공들의 목소리에 놀라 밖을 내다보니 사방은 안개로 뒤덮여 어디가 어디인지 도무지 알 길이 없었다. 뱃사공들도 난감한 표정이었다. 별을 보면 방향을 알 수 있을 터인데 지독하게 끼어 있는 안개 탓에 어디로 방향을 잡아야 할지 속수무책이었다. 자칫 잘못 방향을 잡고 돛을 올렸다가는 명나라까지 흘러갈 수도 있기에 사공들은 안개가 걷힐 때까지 배를 흘러가게 두기로 했다.

"여보게들, 난 반드시 살아 돌아가야 하네. 아산까지는 무슨 수가 있어도 가야 한다고. 거기서 육지로 어떻게든 가볼 터이니 꼭 나를 데려다주게나."

"예, 마님. 너무 심려 마십시오. 저희가 곧 물길을 찾아 돌아가겠습니다."

그러나 변씨의 간절한 외침과 뱃사람들의 노력에도 불구하고 무심한 하늘은 뱃길을 열어주지 않았다. 변씨 일행과 뱃사람 모두 초주검이 되어 갔다. 그러기를 무려 엿새, 조금씩 안개가 걷히면서 다행스럽게도 별이 모습을 드러내기 시작했다. 그 별을 보고 간신히 뱃길을 알아낸 후 다시 돛을 올려 안흥량 근해에 이르렀다.

태안 근처 안흥량은 수많은 배가 침몰한 악명 높은 곳으로, 거센 파도가 밀려들었다가 다시 토해내는 반동의 물결이 배를 자꾸 밀어내기만 하는 것이었다. 그러기를 몇 시간, 거친 파도를 헤치고 다행스럽게 뭍에 안착할 수 있었다. 그러나 변씨는 이미 가사 상태였다. 열흘 가까이 아무것도 먹지 못한 데다 멀미에 고뿔까지 겹치면서 심한 열로 의식을 잃는 상황이었다. 종 태문은 안흥량에 도착하자마자 인편을 통해 순신에게 형편을 알리는 편지를 보냈다.

"아뢰옵니다. 마님이 탄 배가 무사히 도착했습니다."

어머니 소식을 간절히 기다리던 순신은 통곡을 하며 안타까워하고 있었다.

"어머니가 연세가 얼마인데 배편으로 올라오신다고 이 고생을 하실까? 도대체 누가 배편을 마련해서 이런 황망한 일을 벌였는가? 얼마나 고생하셨을꼬? 건강하시던가? 뱃멀미는 안 하셨다던가? 또 어머님께서 뭐라 전하시던가?"

순신은 숨도 쉬지 않고 어머니의 안위를 물었다.

"배가 바람에 밀려 엿새나 풍랑에 떠돌다 간신히 안흥량에 도착한 거라 합니다."

"하늘이 왜 이리 나를 박대하는가? 나는 참겠노라만 어머니가 왜 이 고생을 하셔야 하는가?"

옆에 있던 울이 한마디 거들었다.

"아버님, 안흥량 앞바다는 원래부터 험하기로 소문난 곳입니다. 지금까지 세미선만도 수백 척이 물귀신에게 잡혔다고 안 합니까? 할머니는 그래도 참으로 다행하신 겁니다. 그만 걱정을 더십시오."

"그래, 네 말을 듣고 보니 그렇기도 하구나. 그래도 어머니가 얼마나 고생하셨을지 생각하니 가슴이 먹먹해지는구나."

순신은 끓어오르는 감정을 간신히 억제하고 물었다.

"어머니가 따로 하신 말씀은 없었는가?"

시종 윤복이 전했다.

"마님이 말씀하시기를 '아들아, 네게 아직 남은 것이 많으니 잠시 자리에서 밀려난 것을 너무 마음 쓰지 말았으면 하는구나. 한여름에 폭풍우가 몰려와도 반드시 물러가고 만다는 것을 믿어야 하느니. 네게는 아직도 너를 사랑하고 존경하는 많은 부하와 백성이 남아 있다는 것을 기억하여라. 곧 만나볼 터이나 어미는 그때 만나더라도 이것밖에 해 줄 말이 없구나. 부디 자중하여 쉽게 절망하거나 포기하지 말며 네 스스로를 믿어라.' 이렇게 말씀하셨습니다."

어머니다운 말씀이었다. 어머니 변씨는 여장부였다. 큰일이 벌어지면 오히려 더욱 침착해지고 그 어떤 불행에도 주저앉지 않는 분이었다. 이순신의 침착함과 신중함, 긍정적인 힘은 변씨에게서 물려받은 가장 큰 유산이었다.

순신은 어머니가 계신 안흥량 쪽을 바라보며 큰절을 올렸다. 그때 갑자기 가슴이 송곳으로 찔린 것처럼 아팠다. 불길한 생각이 들었다.

한편 오랜 시간 멀미에 시달리다가 간신히 뭍에 도착하면서 긴장이 풀려버린 변씨는 갑자기 심한 구역질을 하기 시작했다. 그녀는 구역질이 계속되면서 기도를 막아 숨을 쉬지 못할 지경이 되자 자신을 돌보던 종 춘화를 물리치고는 뱃전으로 기어올라갔다. 변유헌이 수레를 한 대 구하려고 마침 자리를 비운 것이 불운의 시작이었다.

"안 됩니다. 큰일 납니다. 제발 여기 머무셔야 합니다."

뱃사공들이 소리를 질러댔음에도 변씨는 기어이 갑판으로 올라갔다.

변씨는 손을 들어 뭐라도 잡으려는 듯 하늘을 향해 허우적거리며 큰 소리를 질렀다. 자그만 체구에 어디서 그런 소리가 나왔는지 모를 정도로.

"순신아, 내가 너를 보지 못하고 네 아버지 곁으로 갈 모양이구나. 더는 버틸 힘이 없단다. 하늘은 왜 이리 어두울꼬? 밝은 하늘을 한번 보게 해 주시면 안 될꼬? 캄캄하던 폭풍우도 맑게 갠 하늘을 이겨낼 수는 없는 법, 내 아들도 지금은 폭풍우 속에 있으나 곧 맑게 개일 게다. 순신아, 순신아⋯⋯."

그녀는 그렇게 큰 소리를 치고는 갑판에서 굴러떨어졌다. 그리고 끝이었다.

멀미에 시달려 잠시 쉬면서 잠을 청하던 사공들이 뒤늦게 놀라 뛰쳐나왔으나 순식간에 벌어진 일이라 아무도 손을 쓰지 못했다. 쓰러진 변씨를 흔들어 보았지만 이미 그녀는 이 세상 사람이 아니었다. 그녀의 손에는 순신이 선물한 향기 나는 복주머니가 꼭 쥐어져 있었다. 83년의 파란만장한 삶이 바다 위에서 마감 되는 순간이었다.

이런 상황을 모르던 순신은 13일 오전 어머니를 마중하러 나가던 길에 잠시 들른 홍찰방의 집에서 둘째 아들 울이 보낸 종 애수를 만났다.

"통제사 어른, 아직 배가 도착하지 않았습니다. 간밤에 비바람이 거세게 불었는데 무슨 변고가 없는지 걱정입니다."

순신은 마음이 불안한 것이 큰 변고가 난 듯싶었다. 몸을 급히 일으켰다.

"내가 나가봐야겠다. 무언가 안 좋은 일이 일어난 게야."

순신이 막 나서려는 순간에 변씨와 함께 출발했던 종 춘화가 달려왔다.

"통제사 어른…… 마님이 돌아가셨습니다. 배 위에서……. 멀미와 풍랑에 너무 지치셔서 한 끼도 제대로 드시지 못하시다가 그만 돌아가셨습니다."

"지금 뭐라는 게냐? 그럴 리가…… 그럴 리가 없다. 어머님이 어떻다고?"

한달음에 달려가니 뱃사공들이 이미 어머니 시신을 배에서 내려놓고 있었다. 자그마한 해암리 게바위에 어머니는 차가운 시신이 되어 누워 있었다.

"통제사 대감! 저희를 죽여주십시오. 마님을 지켜드리지 못했습니다⋯⋯."

순신은 그 자리에서 주저앉아버렸다.

"어머님! 이게 무슨 변고이십니까? 어머님!"

순신은 더는 말을 잇지 못하고 눈물만 흘렸다.

"이 무슨 변고란 말입니까? 왜 올라오신 겁니까? 제가 어련히
뵈러 가지 않겠습니까? 어머니 없는 세상을 제가 어떻게 살아가
야 한단 말입니까?"

순신이 너무도 비통하게 울부짖으니 곁에 섰던 모든 이들이 함
께 눈물을 흘렸다.

더욱 비통한 것은 그가 풀려는 났으나 임지로 이동해야 하는
몸이라 어머니 장례를 치르고 움직일 여유가 없다는 점이었다.
이 때문에 순신의 아우 우신과 조카들이 장례를 모셔야 했다.
14일 여수에서 관이 올라왔다. '내 관을 짜라'던 변씨의 말이 불
행하게도 맞아떨어진 것이다.

아우 우신과 조카들은 16일이 되어서야 어머니 시신을 모시고
아산 본가로 돌아가 빈소를 차렸다. 상주는 장손인 뢰가 맡아 승
중상으로 치르기로 했다. 승중상이란 아버지를 여읜 아들이 치
르는 할아버지나 할머니의 초상을 말한다. 오종수가 입관을 맡
았고 제복은 전경복이 맡아 여수에서 가지고 올라온 수의로 변
씨를 정갈하게 갈아 입혔다.

하루가 지나자마자 순신의 신변보호와 호송을 맡은 금부도사

와 관리들이 순신을 재촉하기 시작했다. 그러나 순신이 너무도 슬퍼하는 데다 유족들이 모두 강력히 반대하는 바람에 사정을 봐주지 않을 수 없었다. 뢰가 약간의 여비를 마련해 집어주자 독촉이 수그러들었다. 그래서 순신은 이틀을 더 머물며 어머니의 빈소를 지킬 수 있었다.

순신은 어머니의 영전에서 목 놓아 울었다.

"나라에 충성을 다하고자 하였으나 죄인이 되었고, 부모에게 효도를 다하고자 하였으나 돌아가셨으니 천지간에 나와 같은 일이 또 있으랴. 불쌍하고 불쌍하다. 우리 어머니. 날 때도 어머니를 힘들게 했는데 이제 장성해서도 나라에 죄를 지어 끝까지 좋은 모습을 보여드리지 못했도다. 모두가 내 탓이로다. 모두가 내 탓이로다. 어머니, 어머니……."

그러나 더 머물 수는 없었다. 19일 오전, 끼니를 때우는 둥 마는 둥 하고는 순신은 자리에서 일어나 어머니 영전에 하직 인사를 드리고 아산을 떠나야 했다. 그는 차마 떨어지지 않는 발걸음으로 멀리 아산골이 보이는 산마루에서 자신을 탓하며 또다시 소리쳐 울었다.

"어찌하리요, 어찌하리요. 천지간에 나 같은 사정이 또 어디에 있으리요. 어서 죽는 것만도 못한 내 신세여. 도대체 이 불효를 어찌하리요."

7월 18일, 권율이 순신의 숙소로 찾아왔다. 고문당한 몸으로 모친상까지 겪고 먼 거리 걸어와 간신히 몸을 추스르고 있는 이순신에게 원균의 패전을 개탄하며 방책을 물었다.

"무슨 좋은 수가 없겠소?"

도원수 권율은 할 말이 없었다. 순신을 모함하여 통제사에 부임한 원균이 보여준 행태는 기대 이하였다. 심지어 순신의 실책이라고 거품을 물었던 원균이 정작 출진 명령이 떨어지자 순신보다 더 몸을 사리는 바람에 도원수 자신이 직접 매를 치기까지 하지 않았던가? 소문으로 들었던 원균의 무모함과 용렬함이 결국 조선 수군을 전멸시키고 말았다. 이제 순신의 지혜와 용기에 기댈 수밖에 다른 방도가 없었다.

"제가 직접 전장을 살펴본 후에 말씀드리겠습니다."

권율은 순신의 그 말이 고마웠다. 백의종군한 그가 못하겠다고 한들 뭐라 할 것인가?

8월 3일, 망설이던 선조는 자신의 실책을 인정하고 순신에게 삼도수군통제사의 재임명 교지를 내렸다. 백의종군하던 이순신은 다시 조선 수군 최고사령관이 되었다.

과연 돌아가신 어머니의 말 그대로였다. 폭풍우는 언젠가는 멎으니 걱정하지 말고 기다리라던 변씨의 신념은 결국 이순신을 다시 불러일으켜 세우게 되었던 것이다.

순신에게는 아무것도 없었다. 고작 9명의 군관과 배설이 원균의 명을 어기고 도망치는 바람에 살아남은 12척의 판옥선밖에 없었다. 선조는 왜군의 규모와 조선 수군 규모를 보고받고는 너무도 놀라 수군을 육군에 편입시켜서 육지에서 맞서 싸우라고 지시할 정도였다.

그러나 이순신은 선조의 수군 폐지론을 과감히 반대하고 나섰다. 통제사로 복귀한 순신은 우선 당장 가용할 병력과 이를 지원할 후군세력의 재건을 서두르게 되었다. 전라도 보성에서 수군 복구 대책을 준비하기 시작한 순신은 전국 각 진영으로 흩어지거나 일반 백성으로 돌아간 막하 장졸들의 복귀를 서둘러 명했다. 한편 그동안 자신의 인맥 역할을 해 오던 전라도 지역의 군장들과 의병들에게 협조를 요청하는 동시에 여수 선소를 비롯한 몇 곳의 선소에서 병선을 본격적으로 수리하기 시작했다. 그간 순신을 후원하거나 인맥을 맺어온 사람들이 모여들었고 의병들도 다수 참여하면서 머지않아 수군은 본래의 모습을 되찾았다.

그러자 순신은 분연히 붓을 들었다. 평소 어머니가 몸소 보여준 모습과 순신에게 남겼던 말대로 지금은 폭풍우가 몰려오고 있지만 곧 맑게 갤 것이 아닌가?

그는 선조에게 자신의 간절한 염원을 담아 장계를 올렸다.

"신에게는 아직 배 12척이 남아 있습니다. 신이 죽지 않고 살아 있는 한 적들은 감히 우리를 깔보지 못할 것입니다."

2부 · 무장 변수림의 막버딸

눈물의 혼례

아산에서 제법 소문난 장수 변수림 집안에 작은 경사가 났다. 서울의 이조참판 댁 후손인 이정과 변수림의 막내딸 덕현의 혼인이 정해진 것이다.

사실을 말할라치면 조선의 거의 모든 여인이 그렇듯 덕현은 남편이 될 이정이라는 사람의 얼굴도 보지 못한 채 혼인해야 하는 운명 앞에 있었다. 시아버지인 이백록과 친정아버지인 변수림이 서로 통혼하고 결혼을 결정지어버린 것이다. 변수림은 일이 한참 진행된 다음에야 아내와 막내딸을 불러 앉히고 통혼한 사실을 전했다.

"덕현아, 이 아비는 너를 여자라고 무시하거나 너의 의향을 저버린 적이 없었다. 그것을 네가 알 것이다."

"그럼요, 아버님! 저만큼 편하게 성장한 여자는 조선 안에서는 없을 거예요. 그렇죠, 어머니?"

덕현은 전에 없이 아버지의 표정이 진지해지자 애써 명랑한 모습으로 자신의 속내를 감추었다.

사실 덕현은 몇 달 전 공세창 바닷가에 놀러나갔다가 만난 늠름하고 건장한 청년을 마음에 두고 있었다. 그런 자신의 속내를 들킬까 싶어 애써 명랑한 표정을 지었다.

아산현의 바닷가 유랑포구는 남쪽의 곡교천, 삽교천을 통한 수로 운송의 이점을 살릴 수가 있어서 예로부터 이 지역 조운의 중심지로 알려져 있었다. 덕현은 그때 나라에 바치는 세금을 모으기 위해 아산 지역에 설치한 공세창을 구경하러 나간 길이었다. 전국에서 올라오는 각종 특산물과 사람들, 무역선과 크고 작은 배들이 거쳐 가느라 구경거리가 넘쳐났다. 그녀가 나갔던 날은 아산 가까운 지역과 호서 지방의 조운선이 들어오는 날이었다. 전의, 목천, 청부, 연기, 천안, 온양 등에서 무려 50여 척이 넘는 조운선이 세곡미를 가득 싣고 옮기는 날이라 포구는 활기찼고 선창 주변으로 생선과 소금을 사고파는 이들로 그야말로 인산인해였다.

'저렇게 많은 수산물이 모여 있는 것은 처음 보네. 저걸 모아서 전국 장터로 보내면 장사가 되지 않을까? 어머, 이게 무슨 생각이야? 아버지가 들으시면 크게 경을 치겠네.'

일반 사대부집 처자라면 생각할 수 없는 것을 스스로 생각해 낸 것이 대견하기라도 한 양 그녀는 어깨를 으쓱하고는 혼잣말로 미소를 짓다가 얼른 생각을 거두어들였다. 그러고는 종종걸음으로 어전에 직접 가 보기로 했다. 파는 사람, 사는 사람이 뒤엉켜 소란한 어전이지만 비릿한 수산물 내음과 질퍽한 각지의 사투리가 뒤섞인 이곳이 그녀에게는 무척이나 신기하고 재미났다.

그녀는 밀려드는 사람들로 인해 제대로 구경하지 못한 어전을 좀 더 자세히 보고자 정박해 둔 뱃전을 넘어 들어가려고 마음먹었다. 곧바로 선창과 뱃전을 잇는 널빤지 다리 위로 올라섰던 것이 사단이 되고 말았다.

"아씨, 위험해요. 올라가시면 안 돼요!"

몸종 순녀가 말리려는 순간 그녀는 이미 깡충 뛰어 한 자도 안 되는 비좁은 널빤지 다리 위로 사뿐히 올라섰다. 그런데 이게 웬일, 그녀가 올라서는 동시에 뱃전 뒤편에서 어떤 청년 하나가 갑자기 건너편으로 뛰어올랐다.

그녀는 뜻밖에 나타난 청년의 등장으로 깜짝 놀랐다.

"누구세요?"

"낭자, 위험해요!"

청년의 말이 채 떨어지기도 전에 널빤지가 크게 흔들리더니 놀란 그녀의 몸이 한 바퀴 휙 돌아 그대로 선창 아래의 시커먼 바닷속으로 떨어졌다.

온몸이 거꾸로 바다 밑까지 푹 가라앉는 느낌이 들면서 얼어붙은 듯 꼼짝할 수 없었다. 냇가에서의 헤엄이라면 누구보다도 자신이 있었던 그녀였지만 당황스러운 상황과 바닷물은 차원이 달랐다. 그런데 그때 아까 그 청년이 바닷속으로 뛰어들었다.

"사람이 빠졌소. 사람이 빠졌다고!"

어전에서 장사를 하던 사람들이 소리치며 몰려나왔다. 갑작스럽게 소란스러워진 어전에 아랑곳하지 않고 물속으로 들어간 청년은 바닷속으로 가라앉는 덕현을 발견하더니 긴 팔을 뻗어 허리를 감싸 안았다. 아득하게 의식이 사라져가던 그녀는 깜짝 놀라 눈을 부릅떴다.

'무슨 일이지? 저 사람은?'

순식간에 벌어진 일이었다. 물 위로 솟구친 청년은 물에 아주 익숙한 사람 같았다. 어전에 있던 뱃사람의 도움을 받아 그녀를 번쩍 들어올린 청년은 배 위에 걸쳐져 있던 자신의 겉옷을 휙 털어 덮어주었다.

"낭자, 창피하니 자리를 얼른 피합시다."

그는 대답을 듣지도 않고 그녀를 안고서 배 안으로 들어갔다. 뒤에서 순녀가 소리를 질렀다.

"여봐요, 우리 아씨를 어디로 모셔가는 거예요?"

뱃전 안에 마련된 작은 선실에 그녀를 내려놓은 청년은 자신의 이름을 정걸이라고 소개했다.

"송구합니다. 전 영광을 본관으로 하는 정걸이라 합니다. 흥양이 고향입니다. 아씨께 결례를 저질렀으니 무슨 벌이라도 달게 받겠습니다."

물이 뚝뚝 떨어지는 도포자락을 짜며 그는 겸손하게 그녀 앞에 고개를 숙였다.

'체격이 건장하고 당당한 것이 예사 사람은 아닌 것 같은데, 흥양에서 여기까지는 무슨 일로 올라왔담?'

물에 빠져 다 젖은 몸으로 민망할 법도 하지만 어색한 것이라고는 딱 질색인 그녀는 당돌하게 말했다.

"아닙니다. 소녀가 경망스럽게 뱃전으로 뛰어오르는 바람에 낭패를 자초했습니다. 괜찮으신지요?"

정걸이라고 자신을 소개한 청년은 당당한 덕현에게 한순간 마음이 쏠렸다. 이 상황에서도 흐트러짐 없이 인사를 받아주는 처자는 보통 여인이 아니었다. 오히려 정걸이 엉망이 된 옷매무새를 바로잡으며 당황했다.

"네, 제가 무슨 말을 할 처지가 되겠습니까? 다 제 잘못입니다. 앞을 보지도 않고 무작정 뛰어든 바람에 그만 아씨를 놀라게 해 드렸습니다. 이거 낭패를 당하셨는데 어떻게 해야 할지요. 다 젖으셔서 지금 당장 일어서시기도."

따지고 보니 그게 큰일이었다. 그녀는 그제사 낯선 남정네 앞에서 온몸이 젖은 채로 그의 돈피 겉옷을 걸치고 있다는 것을 깨닫자 자신도 모르게 얼굴이 붉어졌다. 창피하다고 금방 일어설 수 있는 형편도 아니었다.

따라 들어온 순녀가 눈치 빠르게 한마디 거들었다.

"나리께선 저희가 옷을 좀 말릴 수 있도록 나가 계시는 게 어떻겠사옵니까?"

정걸이 얼른 무슨 말인지 알아듣고는 대답했다.

"제가 이리로 화로를 가져올 테니 옷을 말리시고 저는 밖에서 일을 좀 보고 돌아와서 아씨를 모시도록 하겠습니다."

"그리 배려해 주시니 감사드립니다. 저는 그사이에 옷을 좀 말리도록 하겠습니다."

고개를 살짝 숙이고 돌아앉는 그녀를 보면서 정걸은 속으로 생각했다.

'저렇게 멋진 여인을 만나다니.'

어느새 불붙은 화로 하나를 구해 들여놓더니 정걸은 다시 바람처럼 휙 달려 나갔다.

그는 어전에 나와 자신이 해야 할 일을 잊은 채 그녀 생각에 사로잡혔다. 그가 아산까지 올라온 것은 평소 마음에 둔 선박에 관한 자료를 구하기 위해서였다. 그가 사는 흥양은 잦은 왜구의 침범으로 골머리를 앓고 있었다. 몇 년 전에도 왜구가 나로도와 흥양 해안가를 쳐들어와 분탕질을 하는 바람에 선량한 백성 여럿이 상하는 일이 생겨 청년 정걸은 분통이 터졌다. 그래서 기필코 무과에 급제하여 왜놈들을 쳐부수자는 게 꿈이었다. 그러자면 우선 기능이 부실한 조선의 배부터 손을 봐야 했다. 아산에 들어오는 배들은 각양각색인 데다 중국에서 들어온 선박도 있어서 그 배들의 쓰임새와 재질, 규모와 구조를 손쉽게 파악할 수 있었다. 그는 조선 수군의 선박을 개조하려는 욕심을 갖고 있었던 것이다. 현재의 배로는 왜구를 막아내기 힘들다. 그는 애써 그녀에 대한 생각을 떨쳐내고 포구에 정박한 여러 배들의 모양을 살펴보기 시작했다.

한편 덕현은 물속으로 뛰어든 건장한 청년이 자신을 번쩍 안아 선창으로 올라온 사실 자체만으로 부끄럽기 짝이 없었다. 그러면서도 한편으로는 정씨 성을 가졌다는 그에게 왠지 모르게 설레었다. 순녀가 선실 밖을 지키는 동안 그녀는 옷을 대충 짜 화로 앞에 말리면서 아무래도 오늘은 집에 늦게 돌아갈 듯한 예감이 들었다.

두세 식경이 지난 후 정걸이 뱃전 앞에 서서 큰기침을 했다.

"옷은 좀 말리셨습니까?"

"네, 고맙습니다. 이렇게 배려해 주셔서요."

그녀는 정걸의 돈피 겉옷을 돌려주었다.

"저, 혹시 이곳에 사시는 낭자십니까?"

덕현은 망설임이 없다.

"네, 아산 사람으로 아버님은 초계 변 자에 수림이라는 함자를 쓰시는 분입니다. 같은 무인 출신이시라 함자는 들으셨을지도 모르겠네요."

정걸의 얼굴이 밝아졌다.

"네, 그러시군요. 듣다마다요. 그분의 따님이시군요. 제가 한 번 어르신을……."

그때 밖에서 듣고 있던 순녀가 한마디 휙 쏘아붙였다.

"아시면 됐네요. 아직 결혼도 아니하신 낭자에게 너무 많은 것을 물어보시는 것은 결례일 텐데요."

정걸의 눈동자가 크게 흔들리며 얼굴이 달아올랐다.

덕현이 순녀에게 눈을 흘겼다.

"넌 좀 나가 있거라."

"…… 그럼 전."

덕현은 순녀의 그런 모습이 재미있어서 살포시 손으로 입을 가리며 웃었다.

"네, 아산에 오시면 들러주세요. 목숨을 구해 주셨는데 아버님께 말씀드려 차 한 잔이라도 대접해 드려야지요."

정걸의 얼굴이 환해지더니 싱긋 웃고는 대답했다.

"그럼요. 반드시 빠른 시간 안에 가겠습니다. 꼭이요. 어르신을 뵙고 싶습니다. 꼭."

정걸은 그녀의 맑고 초롱초롱한 눈이 자신의 답답한 심정을 헤아려 주길 바랐다. 무인으로 살겠다고 과거 준비만 하며 살았던 그였기에 덕현처럼 아름답고 당당한 여인을 만나자 어쩔 줄 모르고 가슴이 설레었다.

순녀는 쫑알거리며 안으로 눈을 흘겼다.

"낯선 사내랑 뭔 이야기가 저렇게 길담? 아씨가 저러다 경을 치실 건데. 도무지 겁이라고는 없으셔."

그러고도 한 식경이 더 지난 다음에야 덕현은 자리에서 일어났다. 돌아갈 길이 제법 멀어 더는 지체할 수 없었다. 일어서는 그녀에게 정걸의 아쉬워하는 말이 끝을 맺지 못한다.

"꼭 찾아뵙겠습니다. 말씀드릴 게 있기에."

그녀는 짓궂게 그게 뭐냐고 물어보려다 말고 선실을 나왔다. 오후의 기울어지는 해가 오늘따라 더욱 눈부셨다. 반드시 찾아오겠노라는 정걸의 말이 마음에 깊게 다가왔다.

'아마도 그 청년이 아버지를 찾아왔던 것이리라. 아버지는 그이의 말에 혹 나를 나무라지는 않을까?'

그녀는 얼굴이 화끈화끈 달아올랐다.

"넌 오늘따라 왜 그리 안절부절못하는 게냐?"

어머니가 옆에서 딸을 나무랐다.

"아니에요. 제가 언제요?"

아버지도 평소답지 않게 헛기침을 한다.

"네게 청혼이 들어왔단다."

덕현은 올 것이 왔구나 싶었다. 기대와 긴장의 눈빛으로 쳐다보는데 아버지의 입에서 떨어지는 소리는 엉뚱하다.

"덕수 이씨 집안에서 우리 딸을 달라고 청혼장을 보내왔다. 좋은 집안이란다. 큰 부자는 아니지만 성종 때 세자의 스승을 지내셨고 이조좌랑까지 오르셨던 이거라는 분이 계실 정도로 뼈대가 있는 집안이니라. 조상 대대로 청렴하고 강직하기로 소문난 집안이다."

그녀는 눈이 동그래져서 다시 물었다.

"네? 정씨가 아니고 이씨라고요?"

아버지도 뜬금없다는 표정으로 그녀를 바라본다.

"어허, 덕수 이씨라고 서울에 터를 잡은 집안이란다."

그녀는 눈앞이 캄캄해졌다.

'이건 아니야. 잘못돼도 뭔가 한참 잘못된 거야. 청혼한 이가 정씨가 아니고 이씨라니.'

"안 된다고 하세요. 아버님."

아버지 변수림과 어머니의 눈이 휘둥그레졌다.

"너 그게 무슨 소리냐?"

아버지의 목소리가 커졌지만 할 말을 삼키는 덕현이 아니다.

"아버님을 찾아올 사람이 있습니다. 전라도 흥양이 고향으로 영광 정씨 성을 가진 분입니다. 아버님께서 그를 한번 만나보시고 저의 혼인 문제를 결정해 주십시오. 저는 모르는 이와 그렇게 떠밀려서 결혼하긴 싫습니다."

덕현의 말에 아버지는 기가 찬다는 표정으로 한동안 말을 잇지 못했다.

"제정신이냐? 밖에 바람 쐬러 나다니더니 사내놈과 눈이라도 맞았더냐? 믿고 내버려둔 내 잘못이다만 사내놈이라니? 대대로 존경받아온 우리 가문에서 이런 일이 생길 줄이야."

"그리 존경받아온 아버님께서 딸의 생각을 묻지도 않고 혼인 문제를 이렇게 일사천리로 밀어붙이시다니 실망이어요."

"애야, 아버님 앞에서 그게 무슨 말버릇이냐?"

"아니, 이런 요망한……."

변수림은 딸의 당돌한 저항에 당황해하다가 다시 마음을 가라앉히고 그녀를 타이르기 시작했다.

"애야, 이 혼사는 이미 수년 전부터 생각해 왔던 것을 이제 실천에 옮기는 것뿐이란다. 덕수 이씨 집안이야 말할 것 없고 그 이정이라는 청년도 행실이 반듯하고 기개가 있는 선비 재목이니 두말 말거라. 만나보면 너도 아버지의 결정이 옳았다는 것을 느낄 것이다. 네가 본 청년이 어떤 사람인지는 모르겠다만 세상 풍파를 겪으며 오랫동안 나라를 지켜온 내가 사람 보는 눈이 없어 너를 아무 집안에나 휙 물건 던지듯이 보내기야 하겠느냐? 너도 이씨 집안에 대해 알아보고 마음의 준비를 하거라. 나는 이 혼사를 물릴 생각은 전혀 없다. 부인도 오월 초아흐레에 혼례를 치르기로 했으니 그리 알고 사돈 될 분과 잘 상의하여 준비해 주시오."

혼인 날짜까지 잡혔다니 그녀는 기가 막혀 눈물이 쏟아질 판이다.

"사돈 쪽이 우리 같은 무장 집안이 아니라 네가 가서 좀 어려울 수도 있을 것이다만 무슨 일이든 네 하기 나름이다."

아버지는 일부종사하라며 오금까지 박았다. 눈물을 흘리며 뛰쳐나가는 그녀 뒤편으로 아버지의 혀 차는 소리가 들렸다.

"누굴 탓하겠나? 모두 내 탓이로다. 이제 저 아이를 절대 밖에 내보내지 마시오. 부인."

사흘이 지난 아침, 정씨 성을 쓰는 청년이 찾아와서 대문을 두드렸다. 변수림은 그를 불러들이지 않고 직접 대문 앞에 나가 조용히 말했다.

"청년이 정씨 성을 쓰는 사람인가?"

청년은 자신을 알아보는 변수림에 놀라 당황하면서도 큰절을 하려고 했다.

"아닐세, 내 자네 절을 받을 생각이 없네. 내가 아비 되는 사람으로서 미안하네만 그 아이는 이미 정혼한 몸이라 자네의 청혼을 받아들일 수가 없으니 이만 돌아가시게. 먼 길 왔는데 문전박대해서 미안하네만 정혼한 처자 있는 집에 낯선 청년을 들일 수 없음을 이해하기 바라네."

변수림은 말을 마치고는 그대로 대문을 닫아버렸다.

청년은 장탄식을 하며 서 있었다. 황망하다는 말은 이럴 때를 두고 하는 말일 게다. 차 한 잔 마실 시간이나 되었을까? 넋을 잃고 서 있는데 대문이 빼꼼 열리더니 시종 순녀가 나와 곱게 접은 천 조각 한 장을 전해 주었다.

"아씨가 전해 드리랍니다. 그만 돌아가 보세요. 장군님이 보시면 난리가 날 거예요."

그제야 정신이 든 정걸은 이를 받아들고 동네 어귀 개울가에 앉아 읽었다. 작은 비단 천 조각에는 급히 써내려간 글자가 총총히 박혀 있었다.

도련님! 그날 바닷가에서 만난 인연이 우리의 마지막이었습니다. 제게는 참 좋은 추억이 될 것입니다. 도련님을 받아들이기에는 이미 양가의 어른들이 너무 많은 의견을 나누었고 되돌리기 어려운 혼사가 되어버렸습니다. 너무 안타까워하지 마세요. 부디 좋은 분 만나서 행복하게 사시기 바랍니다. 배웅도 못하는 저를 이해해 주세요.

청년은 가슴을 쾅쾅 치다가 그날 밤늦게야 아산을 떠났다.

한편 이 모든 일을 보고받은 변수림이 딸의 방 앞에서 헛기침을 몇 번이나 하고는 말을 걸었다.

"애야, 세상일은 말이다. 끝이 난 것처럼 절망스러운 순간에도 살아날 길이 생기는 법이다. 어둠 속에서도 한 줄기 빛을 찾아낼 수 있는 사람이 되어야 한다는 내 말을 잊지 말거라. 네가 원하는 사람과 맺어지지 못해 가슴이 아프겠다만 빨리 잊고 마음을 다 잡았으면 좋겠다."

이어서 굳게 잠긴 딸의 방 앞으로 어머니가 다가와 한마디를 거들었다.

"애야, 내가 좀 알아보니 덕수 이씨 집안사람들은 하나같이 점 잖고 여자들에게도 그리 정성을 다한다니 잘 살 수 있을 게다. 네가 아들로 태어났더라면 큰 기둥이 되었을 터인데. 대신 네가 훌륭한 아들을 낳아라. 그리하면 양가 모두에게 축복이 될 게다."

덕현은 닷새 동안이나 방문을 틀어 잠그고 곡기마저 끊은 채 두문불출했다. 그러다 갑자기 문을 활짝 열고는 이제나저제나 마음 졸이고 있던 부모 앞에 나타나 큰절을 올렸다.

"아버님, 덕수 이씨 가문을 빛내는 며느리가 되겠습니다. 변씨 가문을 욕되게 하는 일은 절대 없을 것이니 마음 놓으세요."

어릴 적부터 강단 있기로 소문난 딸을 잘 아는 변수림은 그제야 마음을 놓았다. 한번 고집을 피우면 죽어 나갈지라도 돌이키지 않는 왕고집이 아니던가? 그런 아이가 마음을 돌이켜 청혼을 받아들이겠다니 이제는 되었구나 싶었다.

"그래, 그래. 잘 생각했다. 그리고 고맙다."

옆에선 그녀의 어머니가 눈물을 삼키고 있었다.

막내딸인 덕현은 어릴 적부터 남달랐다. 열 살 때의 일이었다. 사내아이들과 전쟁놀이를 하다가 언덕 위에서 굴러 개천으로 떨어졌는데 다리가 부러져버렸다. 겁이 난 사내아이들은 모두 도망가고 홀로 남겨진 덕현은 개울가에 축 늘어진 버드나무 가지를 벗겨 태연히 다리를 싸맸다. 사내아이들에게서 소식을 들은 변수림이 급히 찾아나섰더니 저 앞에서 다리를 절뚝이며 걸어오는 딸이 보였다. 마을 어귀에 들어서는 덕현을 지켜보던 어른들이 혀를 내둘렀다.

"저 녀석 사내로 태어났으면 장군감일 텐데."

"그러게 말이야. 어디서 저런 당찬 아이가 태어났을꼬?"

이 일로 그녀는 마을에서 이미 유명한 인물이 되었다. 아무리 급한 일이 있어도 서두르지 않는 침착한 아이는 사내아이들을 제 맘대로 데리고 다니며 울려보낼 정도로 담이 컸다. 가끔 속상한 사내아이 부모들이 변수림을 찾아와 볼멘소리를 하고 갔지만 무장 출신의 수림은 개의치 않고 그녀의 기를 살려 주었다.

어릴 적에는 검술을 가르쳐 달라고 아버지를 조르던 아이가, 어느 날에는 제법 의젓해져서 사서삼경을 가르쳐 달라고 하여 변수림을 기쁘게 했던 막내딸이, 어느새 결혼을 하게 되었으니 부모로서는 감개가 무량하고 한편으로는 섭섭하고 안타까웠다.

이정과 그녀의 혼례는 오월 아흐레, 늦은 봄날 아침 일찍부터 아산 백암리 변수림 집에서 거행되었다. 혼례청 반대편에 신랑 이정이 자리를 잡기도 전에 혼례상의 수탉이 푸드덕거리며 날아올라 그 머리에 앉았다. 소심한 이정은 놀라 급하게 몸을 피하면서 당황해했다. 그 모습을 보고 결혼식에 참석한 남녀노소가 크게 웃었다.

이정과 덕현은 서로의 얼굴이 궁금해 흘끔거리며 결혼식을 치렀다. 이정은 차분하고 정직한 모습으로 호감을 느낄 만한 용모였고 그녀는 동네에서 한 인물 하는 미인이었다. 한바탕 홍역을 치른 후의 혼례였지만 덕현은 예의 긍정적인 성격으로 다짐을 하고 있었다.

'그래, 어차피 해야 할 혼인이니만큼 서로 사랑하고 아껴주는 부부가 되도록 노력해 봐야지. 내가 열심히 노력하면 신랑도 나를 좋게 받아들이겠지.'

다행히 남편 이정은 다정다감한 사람이었다. 아내를 위로할 줄도 알고 사랑을 나눌 줄도 아는 세심한 인물이었다. 신랑이 장가를 들어 신부 집에서 일정 기간 살아야 하는 풍습에 따라 이정은 변씨 집안에서 살면서 처가인 무인 집안의 가풍을 익힐 수 있었다.

서울살이

덕수 이씨 가문은 선대로부터 물려받은 재산과 명예로 그동안 남부럽지 않게 살아왔는데 시아버지 이백록 때에 이르러 파랑이 일었다. 변씨가 시집온 후 얼마 지나지 않아 이백록은 둘째 아들을 종친에게 장가보내면서 새 며느리를 맞아들였는데 하필 이

날 중종 임금이 세상을 떠나는 불운을 맞았다.

예로부터 임금의 국상 기간에는 어떤 주연도 베풀 수 없었음에도 이백록은 아들 혼인에 참석했다가 녹안(錄案)에 이름이 오르는 처벌을 받았다. 녹안이란 뇌물을 받은 관리의 범죄 사실을 상세히 기록하여 비치하는 문부(文簿)를 말한다. 일종의 범죄기록으로서 일단 녹안에 이름이 오르면 본인은 물론 그 후손까지도 과거 시험이나 관직 임명에 제한을 받게 된다. 이에 따라 그녀의 남편 이정은 출셋길이 막혀버렸다. 사실 이백록에게는 억울한 측면이 있는 처사였다. 잔치의 주관자는 새 며느리의 아버지인 이준인데 사돈집에서 올린 혼례라 종친 격에 맞추려다가 사찰에 걸린 것으로, 사돈과 함께 나란히 처벌을 받은 것이다. 아무리 억울해도 국법은 국법인지라 이백록은 죽도록 장을 맞아 혼수상태가 되는 불운까지 겪었다. 그나마 나머지 식솔에게까지 화가 미치지 않은 것에 감사해야 했다. 이백록의 울분은 쉽게 가라앉지 않았다. 도무지 조선의 왕실이 마음에 들지 않았다. 무능하고 부패한 데다 백성들의 고된 삶은 안중에도 없었기 때문이었다.

가문은 이때부터 조금씩 기울기 시작했다. 남편 이정은 준비하던 벼슬길이 막혀 방황했다. 사내대장부가 꿈이 사라지면 죽은 목숨이나 마찬가지 아닌가? 건강도 좋지 않았는데 무엇보다 예민한 성품은 평생 그를 힘들게 했다.

변씨는 그런 남편 이정을 다독이며 세월을 기다리자고 격려했다. 누구보다 침착하고 긍정적인 그녀의 성품이 어려워진 집안의 위기를 헤쳐 나가고 있었다. 그러다가 5년 후인 명종 1년(1546년), 새 임금이 등극하자 변씨는 남편 이정에게 진정서를 내자고 했다. 기회가 온 것을 본능적으로 알아차렸기 때문이다.

"서방님, 때가 된 것 같아요. 시아버님 누명을 벗을 기회가 왔다니까요. 어리지만 그래도 새 임금님 나시면 죄인도 풀어주고 백성들의 어려운 점도 해결해 주잖아요. 그러니 얼른 진정서를 써서 이조에 내 보세요. 반드시 좋은 결과가 있을 거예요."

이정은 확신을 갖고 말하는 아내를 부러운 듯 쳐다보았다.

"난 당신이 그렇게 자신감을 갖고 말하는 게 참 부럽소. 어떻게 그리 잘될 거라고 믿는지."

변씨는 남편 앞에서 얼굴을 붉히더니 이렇게 답했다.

"친정아버지가 무인 출신이잖아요. 전쟁터에 나가는 장수가 적 앞에서 불안해하면 병사들이 자신감을 갖고 싸우기가 어렵다고 하셨어요. 그래서 하늘에서 벼락이 떨어져도 늘 잘될 거라는 믿음을 가져야 한다고 가르치셨죠. 그렇게 살다 보니 저도 버릇이 되었나 봐요."

"알았소. 내 이번에 힘써 진정서를 쓰고 좋은 결과를 기다려보리다."

얼마 지나지 않아 놀랍게도 진정서가 조정에서 받아들여졌다. 시아버지 이백록의 죄는 벗겨지고 녹안에서 이름이 빠지게 되었다. 하지만 매 맞은 장독으로 관직에는 나가 보지도 못하고 돌아가시고 말았다. 남편 이정은 병절교위를 거쳐 종5품 창신교위까지 관직은 받아놓았지만 아버지의 죽음으로 받은 상처에 이미 벼슬에 뜻이 없어진 터라 출사하지 않았다. 변씨는 남편의 실력이면 얼마든지도 더 높은 벼슬에 오를 수 있었건만 주저앉은 데 대해 불만이 적지 않았다. 그러나 남편 앞에서는 일체 내색하지 않았고 늘 격려하고 추켜세웠다.

변씨는 처음 동대문 밖에 거처를 마련하여 살았으나 많지 않은 재산을 모아 정리하고 사대문 안으로 들어와 남산 아래쪽 마른내에 보금자리를 틀었다. 남편 이정이 가세가 점점 기울어드는데 뭣하러 사대문 안으로 들어가느냐고 말렸지만 변씨는 아이들의 교육을 위해서 고집을 피웠다.

"남촌의 똑똑한 선비들 옆에서 우리 아이들이 크도록 해야 합니다. 동학도 가깝고 주변에 서당도 많아서 아이들이 면학 분위기를 익히는 데 큰 도움이 될 거예요. '맹모삼천지교'라잖아요. 우리도 당연히 그래야죠."

삼봉 전도전이 서울로 처음 도읍을 정하고 나서 맨 먼저 한 일은 궁궐 수축과 함께 사대문, 사소문을 세워 구획을 정한 것이었다. 그리고 북악산 아래 경복궁을 중심으로 대갓집을 비롯한 권세가들이 살도록 배려해 주었다. 자연스레 경복궁 주변과 종각

위쪽 북촌 지역에는 세도가들이 모여들어 부촌이 되었고, 그 반대로 목멱산이라 불린 남산 근처 아랫동네에는 상대적으로 가난하나 똑똑한 선비들이 자리를 잡았다. 과연 남촌 주변에는 가난한 선비들이 너도나도 서당을 차려 놓고 아이들을 가르치느라 늘 글 읽는 소리가 끊이지 않았다.

변씨는 남편 이정과의 사이에서 아들을 모두 넷이나 낳았다.

첫째 희신, 둘째 요신, 셋째 순신, 막내가 우신인데 이름은 이미 시아버지 이백록이 지어놓고 있었다. 전설의 삼황오제 신하처럼 살아가기를 바란 데서 희, 요, 순, 우로 지었던 것이다.

맏이 희신은 동글동글한 얼굴처럼 성격이 원만했다. 어려서부터 진중하고 차분했으며 누구에게도 원망이나 불평을 하지 않는 성품이었다. 그런 장남에게 부부는 상당한 기대를 걸었으나 희신은 그들의 바람대로 과거에 응시하지는 못했다. 부지런하고 듬직한 면은 있었으나 눈이 좋지 못해 글공부를 하기가 생각보다 힘들었던 탓이다. 그러나 듬직하게 집안을 다스리고 가솔을 지켜나갔다.

요신은 형제 중 공부에 가장 뛰어난 소질을 보였다. 동무였던 류성룡이 감탄할 만큼 장래가 기대되는 아이였는데 몸이 약한 것이 흠이었다. 요신은 이미 세 살 때부터 말을 잘하고, 한 번 보면 절대 잊지 않을 만큼 기억력도 탁월했다. 마른내에 집을 얻은 가장 큰 목적도 요신의 과거 급제를 위한 것이었다.

순신은 마른내로 이사한 후에 태어났다. 어릴 때부터 자신이 하려는 말을 분명히 전달할 줄 아는 재능을 가진 순신을 변씨는 유난히 사랑했다. 하루는 순신이 동네 아이들과 어울리다가 서당에 가는 것을 잊어버린 일이 있었다.

"애, 순신아! 네 아무리 어려도 무엇이 중요한 일인지 무엇이 가벼운 일인지를 가릴 수 있어야 하지 않느냐? 사리분별이 되는 사람이 나라에도 가정에도 도움이 되는 법이다. 오늘 서당에 가지 않은 이유를 들어보자꾸나."

순신은 눈을 동그랗게 뜨고 대답했다.

"오늘 우리 동네 아이들과 옆 동네 아이들이 진을 차리고 전쟁놀이를 하고 있었습니다. 그런데 옆 동네 큰 아이들 몇 명이 끼어들어 우리 동네 아이들을 괴롭히는 바람에 싸움이 벌어졌습니다. 제가 명색이 우리 동네 아이들의 수령이라고 불리는데 혼자 서당 가겠다고 빠져나올 수가 없었습니다. 그러다 보니 시간이 지체되어 서당을 못 가고 집으로 돌아온 것입니다. 용서해 주십시오. 다음엔 주의하겠습니다."

"그래, 알았다."

변씨는 아들의 어른스럽고 책임감 있는 모습을 가슴에 간직해 두기로 했다.

넷째 우신은 태평하고 우직했다. 배가 고파도 보채는 법이 드물었고 형들이 괴롭혀도 그것을 받아주는 착하고 순한 아이였다. 우신을 놀리던 형들도 그런 아우의 반응에 재미없다고 그만두기 예사였다. 형들은 그런 우신을 늘 앞서 챙겨주는 우애를 보였다.

요신의 친구 류성룡

서울에서 똑똑하고 머리 좋은 신흥 권문세가의 자식들이라면 누구나 공부하고 싶어 하는 동학에서, 오늘 진풍경이 벌어졌다. 신입생 한 명이 들어와 신고식을 하는 참이었다. 스승 김우겸이 똘망똘망하게 생긴 소년 하나를 데리고 들어와 입을 열었다.

"오늘 경상도 안동에서 신입생 한 명이 왔다. 친하게들 지내고 서울 물정이 서툴 터이니 잘 돌봐 주거라."

"예."

학동들의 눈길이 일제히 신입생에 쏠렸다.

"지는 경상도 안동 땅에서 올라온 류자 성자 룡자라 합니다. 안녕하시이껴?"

순간 열댓 명 소년들의 웃음보가 터졌다. 구수한 안동 사투리가 시골 소년의 입에서 터져 나왔기 때문이었다.

"안녕하시껴, 류 학도!"

"안녕하시껴가 뭐야?"

"넌 얼굴이 왜 그리 새카맣니?"

류성룡의 얼굴이 시뻘게졌다. 계집애같이 소곤소곤 이야기하다가도 언제 그랬느냐는 듯이 찬바람이 불 것 같은 매정한 서울 말씨에 안 그래도 주눅이 든 류성룡이었다. 아무리 똑똑한들 고향을 떠나 타향에 와서 서울내기들에게 잔뜩 주눅이 든 소년일 뿐이었다. 안동에선 서울 아이가 하나 내려오면 그야말로 동네 아이들의 밥이었다.

"서울내기 맛 좋은 고래고기, 서울내기 고래고기 맛 좋은 서울내기."

말도 안 되는 이야기로 서울 아이들을 놀려대던 것이 엊그제인데 이제 자신이 당하고 있는 판이었다. 그때 체구가 조그맣고 유약해 보이는 학동 하나가 성룡에게 말을 걸었다.

"이리 와서 앉아."

어색하고 부끄러운 참에 다른 체면 살필 것도 없이 얼른 옆자리로 끼어 앉았다.

스승 김우겸이 시끌벅적한 학생들을 제지하고 나섰다.

"웃지들 말아라! 새 친구가 왔는데 왜 그리 오두방정들이냐? 이 친구는 당분간 이 동학에서 함께 공부하게 될 것이다. 이미 신동이라고 소문난 친구니 학문하는 데 서로 도움이 될 게다. 모두 친하게 지내기 바란다."

말을 마친 스승은 류성룡을 물끄러미 바라보다가 물었다.

"그래, 너는 어떤 공부를 하고 싶으냐?"

"스승님, 지는요. 여기서 《중용》과 《대학》을 다 배우고요. 퇴계 이황 선생님께 가서 그분의 문하생이 되는 게 소원입니다."

스승이 웃었다. 철없는 아이의 대답치고는 놀라운 포부였고 구체적이었다.

"그래? 그것 참. 열심히 하려무나."

옆에서 자리를 권한 소년이 그의 옷깃을 잡았다.

"퇴계 선생님께 배우고 싶다고?"

"응!"

"야, 대단하다. 나도 도산서원에 가고 싶은데. 난 이요신이라고 해."

그가 두 손을 붙잡고 가볍게 인사했다.

"나는 류자 성자 룡자를 써."

요신이 궁금한 게 많은 듯 계속해서 질문을 해 댔다.

"너 안동 양반이 맞기는 한가 보다. 집은 어디야?"

류성룡이 대답했다.

"저기, 북절골. 아버님한테 잠시 왔는데 공부하고 안동으로 돌아가야 한데이."

"그러니? 나는 마른내야. 그리 멀지 않으니 우리 이따가 집에 같이 가자."

이요신이 낯선 류성룡을 흔쾌하게 받아준 셈이었다. 요신 덕분에 성룡은 첫날부터 자리를 잡기 시작했다. 서울말에 서툴렀기에 당분간 놀림감이 되고도 남았을 터. 하지만 사대부가의 자식들이라 혹 말썽이 나면 고관대작인 자신들의 아버지에게 피해가 간다는 것을 아는 학동들이었고 요신이 적극 감싸 안는 바람에 그들도 드러내놓고 따돌림을 시키지는 않았다.

수업이 끝나자 둘은 부리나케 집으로 돌아가며 수다를 떨기 시작했다.

류성룡과 요신은 동학에서 동문수학한 친구가 되었고 후일 퇴계 문하에서 공부하게 되어 가장 친한 친구 사이로 발전했다.

"니는 혼자 다니나?"

공부가 파하고 돌아오는 길에 류성룡이 요신에게 물었다.

"서당 다니는 동생 순신, 그 녀석이 좀 있음 나타날 거야. 저 모퉁이만 돌면 아마 기다리고 있을걸."

"니는 동생이 있어 좋겠다. 공부는 잘하나?"

"응, 순신이는 공부도 곧잘 하고 의리도 있어."

왼편으로 남산의 아름다운 숲이 한눈에 들어왔다. 요신은 남산을 한번 쳐다보고는 한숨을 쉬더니 말했다.

"나도 퇴계 선생님께 가서 공부하고 싶기는 하다. 넌 고향이 거기니 좋겠다. 내 몸이 허약해서 갈 수 있으려나 모르겠다."

"걱정하지 말아라. 나도 어릴 때는 몸이 별로였는데 지금은 꽤 안타 아이가."

그러는 사이에 두 아이 앞으로 누군가 불쑥 튀어나왔다.

"형! 옆에 누구야?"

체구가 크지는 않았지만 목소리가 또렷하고 패기가 넘치는 것이 요신과는 달라 보였다. 순신이었다. 요신이 싱긋 웃더니 류성룡에게 순신을 소개했다.

"바로 얘야. 내 동생, 이순신. 이쪽은 형 친구, 류성룡. 아니다. 류자 성자 룡자 쓰는 분이시다. 장차 퇴계 선생님 이상으로 학문을 드높일 위대한 분이시지."

순신이 큰절이라도 할 것처럼 고개를 크게 숙이며 인사했다.

"형님이시네요. 저는 이순신입니다. 잘 부탁드립니다."

"아이다. 그냥 우리 편하게 지내자. 나도 서울이 첨이라서 서툴다카이. 잘 부탁하재이."

그 말투에 순신과 요신이 웃음을 터뜨렸다. 며칠이 지난 후 세 사람은 다시 모였다. 요신이 류성룡을 자신의 집으로 초대한 것이었다. 변씨가 성룡을 반갑게 맞아주었다.

"어머니, 제 친구 류성룡이라고 말씀드렸죠?"

성룡이 얼른 고개를 조아리며 절했다.

"저는 류자 성자 룡자 쓰는 동학 학도입니더. 갑자기 와서 폐가 안 될는지 걱정이 됩니더."

변씨는 고개를 저으며 웃었다. 경상도 사투리를 투박하게 쓰지만 맑고 반듯한 데다 이목구비가 또렷한 것이 큰 인물이 되겠다 싶었다.

"아니다. 무슨 폐가 될까. 내 간식을 좀 준비해 두었는데 먹고 놀다가 가거라."

"감사합니더. 잘 묵겠습니더!"

변씨는 이들을 위해 떡볶이를 해 두었다가 내밀었다. 간장으로만 조리해서 달짝지근한 떡볶이 맛이 류성룡에게는 신기할 따름이었다.

"어무이, 너무 맛있습니더!"

그 말에 요신네 식구 세 사람이 또 한번 웃음을 터뜨렸다.

이날 요신은 친구 성룡이 온 김에 평소 동네 아이들과 어울려 다니며 전쟁놀이에 빠져 있는 순신에게 학문의 길을 제대로 가르칠 작정을 하고는 입을 열었다.

"얘, 순신아. 너도 열심히 공부해서 이렇게 멋진 성룡이 형 같은 사람이 되어야지."

순신이 얼굴을 찡그렸다.

"공부도 중요하지만, 나는 나라를 지키는 게 더 좋아."

"철없는 녀석하고는."

류성룡이 웃으며 말을 받았다.

"왜? 전쟁을 지휘하는 사람도 있어야 하는 거 아닌가?"

"하긴, 하지만 이 녀석은 공부를 좀 하면 잘될 텐데 말이야. 두고 보면 알겠지."

뒷방에서 이야기를 듣다가 상을 물리러 나온 변씨는 이들 이야기에 잠시 거들었다.

"서로의 생각을 나누는 건 좋은 일이지. 어느 쪽이든 틀린 것은 아니다. 다만 학문은 모든 것의 기초가 된단다. 힘만 쓰는 장수보다 머리까지 쓰는 장수면 더욱 좋을 것이고 문리만 아는 선비보다 전장도 아는 선비라면 백성을 더 잘 보살피지 아니하겠느냐? 요신이나 순신이 너희 둘, 오늘처럼 나누고 우애한다면 앞으로 서로에게 큰 도움이 될 것이다."

"예, 어머니."

류성룡은 이 다정다감한 가족의 모습에 깊은 감동을 받았다.

"동생, 어머님이 참 멋진 분이다."

"제게는 하늘 같은 분이에요."

한참을 웃고 떠들다가 잠시 소피를 보러 나온 요신을 밖에 서 있던 변씨가 불렀다.

"요신아, 이리 잠깐 오렴."

"어머니, 무슨 일이신데요."

"애, 요신아. 내가 보니 저 성룡이란 아이가 보통이 아닌 듯싶구나. 삼정승은 하고도 남겠는걸. 잘 사귀어두면 너에게나 순신에게나 큰 도움이 될 것 같구나. 너는 친구이니 자주 보겠지만 동생 순신이를 자주 만나게 해 줬으면 좋겠다."

"네, 어머니. 안 그래도 제가 순신이를 부탁할 참입니다."

류성룡이 집으로 돌아가려고 나서자 요신이 배웅해 주겠다며 따라나섰다. 나란히 청계천에서 남산 방향으로 걸으며 요신이 성룡에게 사뭇 진지한 말을 한다.

"성룡아, 우린 친구지?"

"응."

"부탁 하나 해도 돼?"

"뭘?"

"너도 보았다시피 내 동생 순신이, 참 괜찮은 아이야. 혹 내가 못 돌보는 상황이 되면 네가 도와주면 좋겠다. 그래 주겠니?"

성룡은 요신의 갑작스런 부탁에 잠시 난감한 표정을 지었다. 만난 지 얼마 되지도 않았는데, 서울 애들은 원래 이러는가? 안동 촌놈들은 여간해서 먼저 마음을 잘 열지 않았다. 자신이 본 안동 친구들은 모두 그랬다. 그런데 오늘 이요신이라는 이 친구는 참 특이하다. 그러나 왠지 거절하면 안 될 듯한 기분이 들었다. 운명적인 만남이란 이런 것일까?

"그렇게 할게."

류성룡과 이요신은 새끼손가락을 걸었다. 그날, 열세 살에 맺은 그들의 우정과 약속은 오래도록 빛났다.

마른버골의 인연들

이듬해 어느 봄날, 개나리와 철쭉이 화창하게 핀 남산을 요신과 순신, 그리고 성룡이 오르고 있었다. 이날따라 스승 우겸 선생님이 편찮으셔서 결강을 하신 터라 모처럼 홀가분하게 산책을 할 수 있었다. 벌써 1년여의 세월이 흘러 이들은 단짝 친구가 되어 있었다. 한참을 재잘거리며 걷고 있는데 허성이 따라나섰다.

허성은 순신보다 세 살 아래로 이미 천재로 소문난 아이였다. 허성뿐만 아니라 그의 동생들인 허봉, 허초희(허난설헌), 허균 모두 천재들이었다.

"안 돼! 형들은 남산 위에까지 놀러 갈 거야. 넌 집에서 네 형제자매들이랑 놀아라."

어릴 적부터 워낙 시, 서, 화가 빼어난 형제들은 밖에서 뛰어노는 것보다 자기들끼리 시를 쓰거나 그림을 그리면서 노는 걸 좋아했다. 그래서 요신이 놀림 삼아 던진 말이다.

"글공부도 좋지만 오늘은 형들과 놀고 싶어요. 저 좀 데려가 주세요."

허성이 계속해서 졸라대자 요신도 어쩔 수 없다는 듯 허락해 주었다.

"네가 앞장서서 가거라."

허성이 신이 나서 앞을 달려 나갔다. 성룡이 앞서가는 허성을 보며 감탄했다.

"얼마나 잘하는데?"

"못 쓰는 시가 없고 툭하면 밤을 새워 글공부를 한다지, 아마?"

요신이 웃으며 대답했다.

"저 어린 나이에 소문이 날 정도로 시를 쓴다고?"

허성이 앞장서 남산으로 향하는 좁은 골목길을 오르는데 갑자기 말 한 마리가 튀어나왔다. 넷이 크게 놀라서 담벼락에 붙었는데 허성은 말 콧김이 얼굴을 스칠 정도로 위태한 순간이었다.

순신이 참지 못하고 소리를 질렀다.

"아니, 위험하게 이게 무슨 경우랍니까? 이 좁은 골목길에서 말을 타고 달려 어쩌자는 겁니까? 그리고 잘못을 했으면 사과를 하고 가셔야지요."

"뭐라고? 적반하장도 유분수지. 나에게 사과하라고? 여기는 내가 늘 말을 타고 다니는 골목이고 지금껏 아무도 시비를 건 적이 없거늘 너흰 도대체 누구냐? 이 동네에서 나를 모르는 놈도 있느냐?"

원균이었다. 순신보다 다섯 살이나 많은 그는 이미 청년이 되어 동네에서 아무도 건드리려는 자가 없었다. 그의 집안은 대대로 무인 출신으로 그도 무과 응시를 준비하고 있었다.

그런 원균의 위세에도 순신은 눈을 똑바로 뜨고 맞섰다. 요신이 옆에서 순신의 옷자락을 붙잡으며 자그마한 소리로 말렸다.

"그냥 보내. 시비가 붙어서 좋을 일이 없다."

그러곤 원균에게 말했다.

"왜 모르겠습니까? 원균 형님, 가시던 길 가시지요. 저희가 남산에 올라가려다가 그만 형님께 실수를 저질렀습니다."

천성이 착하고 사태 파악이 빠른 요신이다.

"그래, 그런데 저 당돌한 녀석은 누구야? 못 보던 얼굴인데."

"순신이라고, 제 동생입니다."

요신의 말이 끝나기도 전에 다시 순신이 나섰다.

"동네 형님이시면 더욱 이렇게 처신하시면 안 되지요. 이런 골목길에서 말을 타고 달리는 것이 잘못이지 걸어가는 우리가 무슨 잘못입니까? 그리고 저 어린아이는 하마터면 크게 다칠 뻔했습니다."

순신은 조금도 굴하지 않고 당당하게 맞섰다.

그러자 원균의 얼굴이 일그러졌다.

"어이, 요신! 너 동생을 어째 저렇게 망나니처럼 길렀냐? 동네 형을 보면 먼저 인사부터 올려야 하는 게 예의거늘 어디서 눈을 부라리냐? 버릇없이."

그때야 류성룡이 나섰다.

"원균 형님! 저도 오늘 형님을 처음 뵙는데 불상사를 일으킬 필요가 있겠습니껴? 가시던 길 가시고 다음에 평안할 때 웃으며 만나시는 게 어떠할까 합니더.”

나지막한 경상도 사투리로 얼굴색 하나 바꾸지 않고 점잖게 이야기하는 성룡의 말투에 원균은 다소 놀란 표정이었다. 호방한 성격에 기개가 넘치는 원균이었으나 때때로 화기를 참지 못하여 일을 그르치곤 했다. 그제야 화를 누그러뜨리고 체면을 차린 원균이 말을 이었다.

“그러자고. 피차 실수한 거로 하지 뭐. 그럼 또 보세나.”

“아닙니다. 피차 실수라뇨? 엄연히 말을 타고 달려 나오신 분이 잘못하신 겁니다. 그 점은 분명히 했으면 좋겠네요.”

곁에서 요신이 말렸으나 순신은 조금도 물러서지 않고 또박또박 대들었다. 이쯤 되자 원균도 화가 나서 말에서 내려섰다.

“이 맹랑한 놈 봐라. 너 오늘 혼 좀 나보겠느냐?”

그때 골목 안에서 갓끈을 고쳐 매면서 원균 집안 어른들이 걸어 나오는 것이 보였다. 그러자 하는 수 없다는 듯 말에 올라탄 원균은 순신을 향해 한마디 쏘아붙이고 말고삐를 챘다.

“이순신, 네 이놈! 그 건방진 꼴을 지켜보겠다. 언제고 크게 경을 치게 될 거야.”

말 먼지가 휙 피어올랐다. 요신이 얼굴을 찌푸리며 순신을 나무랐다.

“너도 참, 나이가 다섯 살이나 위인 형인데 좀 참지 또박또박 덤벼드느냐? 저 형이 기골이 장대하고 무술 실력이 보통이 아니라더라."

"잘못한 걸 어떻게 참고 넘어갑니까? 형님도 참."

옆에서 성룡이 화통하게 웃으며 순신을 두둔했다.

"원균이라는 자가 건방지기가 한이 없구만. 순신 동생이 지적하니까 할 말이 없어서 쩔쩔매던데. 요신이 너 대단한 동생 뒀다."

네 사람은 먼지를 털고 다시 남산을 향했다.

'낭중지추'라, 변씨는 순신이 어디를 가도 도드라져 보여서 오히려 그게 걱정이었다.

어느 여름, 아산 외할아버지 집으로 놀러 갔을 때의 일이었다. 시골 아이가 서울에 오면 촌놈이듯, 서울에서 온 순신도 시골 아이들에게 골려 먹기 딱 좋은 촌놈이다.

"순신아! 저기 원두막에 가서 참외 좀 하나 얻어와 봐."

"남의 것을 왜 달라고 해?"

그러자 동네 형들이 나서서 꼬드겼다.

"응, 저 참외밭은 우리 아버지 거야. 그러니 가서 달라기만 하면 돼. 잘 익은 놈으로 달라고 해."

순신이 그 말을 믿고 원두막으로 올라가자 동네 아이들 모두가 배꼽이 빠져라 웃어댔다.

"저 서울내기, 우리 아버지한테 혼이 날 거다. 그치?"

"그럼. 너네 아버지가 얼마나 무서운데."

순신은 그 사이 원두막에 도착해서 참외밭 임자에게 말을 걸었다.

"참외 잘 익은 놈으로 몇 알만 주십시오. 저기 형들이 제게 심부름을 시켰습니다."

그러자 참외밭 임자는 눈을 부라렸다.

"돈을 가져와야지. 넌 어디서 굴러먹던 놈인데 남의 밭에 와서 함부로 행패냐?"

"제가 무슨 행패를 부렸습니까? 안 주실 거면 그만이지, 왜 부리지도 않은 행패를 부렸다고 그러십니까?"

"뭐라고? 이 버릇없는 놈이!"

참외밭 주인은 순신을 노려보며 몽둥이를 들고 당장이라도 팰 것처럼 씩씩거렸다. 순신이 쫓겨 내려오는 것을 멀리서 본 아이들이 손가락질을 하며 놀려댔다.

"얼레리 꼴레리 바보 서울내기, 참외도 못 먹고 욕만 먹었네."

순신이 화를 참으며 내려오다 보니 들에 말 한 마리가 매여 있는 것이 아닌가? 순신은 그 말을 타고 참외밭으로 달려가 참외밭 바로 앞에서 자신은 내리고 말 엉덩이를 사정없이 때렸다. 말은 깜짝 놀라서 참외밭을 분탕질을 하며 뛰어다녔다. 순신은 그제야 속이 풀려 웃으며 동네 한 바퀴를 돌아 집으로 돌아왔다.

변수림 장군의 외손자였기에 망정이지 이런 순신의 행동은 박수 받을 일이 아니었다. 허나 이후 누구도 순신을 놀리지 못했고, 심지어 참외밭 근처에만 가도 주인이 달려 나와 순신에게 참외를 몇 알씩 주곤 했다.

또 이런 일도 있었다.

마른내골에서 동네 아이들과 진을 그려놓고 놀고 있는데 가끔 술을 마신 동네 어른들이 진 안까지 들어와 아이들에게 행패를 부린 적이 있었다. 그때 순신이 나서 활을 매겨 술 취한 사람의 얼굴을 겨냥하자 그가 놀라 비틀거리며 도망친 적이 있었다. 이 소문은 삽시간에 퍼져 순신을 두고 당돌하고 버릇없는 아이라고 수군거렸다. 물론 술에 취해 주사를 부렸던 사람은 그 뒤로 다시는 얼씬거리지 않았다.

소문을 들은 변씨는 순신에게 절제를 가르쳐야겠다고 마음먹었다.

"순신아, 네 아버지가 그냥 두라 해서 참아왔다만 남을 괴롭히거나 피해를 주는 사람이 되어서는 안 된다."

"며칠 전 주정뱅이 사건 때문이십니까?"

"그것 말고도 몇 번의 크고 작은 일들을 보다 어미로서 훈계를 해야겠다 싶어서다. 아산 참외밭에서의 일도 내가 알고 있단다."

순신은 그제야 잠시 움츠러들었다.

"네, 어머니. 말씀해 주시면 잘 고치도록 하겠습니다."

"네가 절제라는 말을 아느냐?"

"네, 하고 싶어도 참는 것이라고 알고 있습니다."

"그래, 알고 있구나. 네 말대로 할 수 있지만 참는 것을 절제라고 말한다. 강직하여 불의를 보면 물러서지 않는 성품은 좋은 것이다. 그러나 그것조차도 네 스스로 제어하지 못한다면 나중에 그것이 비수가 되어 돌아오게 될 것이야. 물론 할 말 못 하고 사는 사람이 되라는 것은 아니다. 중용을 취해라. 어린 나이에는 쉽지 않은 일이나 글공부를 열심히 하고 마음을 닦다 보면 자연스레 이루어질 것이다. 희신 형이나 요신 형을 보면서 절제를 깨닫도록 해라."

"명심하겠습니다. 어머니."

"절제하지 못하면 선비가 되어서도 붕당을 지어 남 흉이나 보고 다니는 못된 선비가 될 것이고, 장수가 되더라도 싸움질이나 하고 다니는 무뢰배가 되고 말 것이다."

"네, 명심하겠습니다. 어머니."

변씨는 잔소리를 하는 것이 마음에 걸렸지만 순신이 자신의 깊은 뜻을 잘 알아주는 것 같아 못내 안심이 되었다.

서울살이는 생각보다 쉽지 않았다. 경제적으로도 힘들었지만 우선 남편 이정이 견디기 힘들어했다. 그러던 이정은 43세 되던 해 살림을 정리하기로 마음을 먹었다. 벼슬살이에 관심이 없으니 서울에 계속 살아야 할 이유도, 출세에 대한 욕심도 없었다. 아버지 이백록의 사고 이후에 집안도 점점 기울기 시작했다. 다행히 폭삭 망하지는 않았지만 이정 자신이 관직에 나가지 않고 그렇다고 재물을 모으는 데에도 관심을 갖지 않으니 축적은커녕 줄어들기만 했다. 그러던 어느 날 이정은 아내 변씨를 불러 머리를 맞댔다.

"부인, 우리가 이렇게 서울에 계속 살아야 하는지 의문이오. 맏이 희신이는 공부에 큰 뜻이 있는 것 같지 않으나 요신은 학업에 뜻이 있으니 힘껏 도와야 하는 게 부모 된 도리인데 내가 부실하여 당신 혼자 힘으로는 어렵다는 생각이 드오. 미안하오."

변씨는 남편 이정의 속내를 알 수 있을 것 같았다. 그녀도 이미 남편의 마음을 읽었던 것이다. 서울이 싫어진 남편은 어느 호젓한 시골에 가서 훈장이나 하면서 조용히 살고 싶은데, 요신이를 생각하면 서울에 남아 뒷바라지를 해야 하니 어느 쪽도 결정하기 어려웠을 것이다. 변씨는 남편처럼 에둘러 말하지 않는 성격에다 판단도 빨랐다.

"아산으로 가는 게 좋겠습니다. 그곳은 서울과 그리 멀지도 않고 친정아버지의 집과 전답이 그대로 있으니 재정적인 도움도 일부 받을 수 있을 겁니다. 서방님은 서당을 열어 아이들을 가르치며 뜻을 펴시고 저는 희신이와 순신이, 우신이를 잘 키울 테니 걱정 마세요."

"아니, 그럼 요신이는 어떻게 하려고?"

"요신이는 여기 두어야죠. 공부하고 싶어 하는 그 아이는 힘 닿는 데까지 밀어줘야겠지요. 아산에 가면 저도 이런저런 일을 할 수 있으니 학비 염려는 놓으시고요. 건강이 좋지 않아 잘 견딜지 걱정입니다만 서울과 아산이 그리 멀지 않으니 제가 자주 들러 보살피겠습니다. 의젓하고 속 깊은 장남 희신이는 벌써 당신을 도와 집안을 챙기는 걸 보면 이미 다 자란 듯합니다. 다만…… 학문도 성취를 보이고 무예도 좋아하는 순신이는 다른 형제들과 다릅니다. 예사롭지 않은 눈빛 하며 강직한 성품이 방향만 잘 잡아주면 대성할 재목이란 생각이 듭니다. 저는 순신이 무관이 되겠다고 하면 기꺼이 밀어줄 생각입니다. 친정아버지가 무반 출신이라 그런지 저에게도 아이의 무인 기질이나 소질을 발견하고 키워주는 눈이 있답니다. 순신을 위해서는 아산이 딱입니다. 산세가 험하지 않아 뛰어놀기도 좋고 무술을 단련하기에도 맞춤인 곳이니까요."

"당신도 이사를 생각하고 있었구려. 그럼 준비가 되는 대로 우리 아산으로 집을 옮깁시다. 다만 순신이의 장래는 좀 더 생각해보기로 합시다. 그 아이가 다섯 살 되던 해 시험 삼아 글을 좀 가르쳤더니 영특하게도 그것을 다 이해하고 외우던 모습이 아직도 선하오. 아무래도 학문이 먼저 아니겠소?"

"그럼요. 다만 순신이 스스로 결정하게 하는 것이 좋겠습니다. 그래야 후회가 없을 테니까요. 저는 어릴 적부터 동네 아이들과 함께 진을 치고 활을 쏘며 전쟁놀이에 신명을 내던 순신을 보았답니다. 당신은 집 안에서 책만 보시느라 잘 모르시겠지만 순신이는 동네 아이들에게 대장으로 불린답니다. 아이들도 그런 순신이를 곧잘 따르고요. 소질이 있어 보입니다. 장수가 되어 군사들을 호령하는 큰 무관이 될 거예요. 친정아버지를 넘어 대호군이나 절도사는 될 재목이라니까요."

"부인 꿈도 크시구려. 절도사면 정3품, 아니 종2품인데 우리 집안에 그런 사람이 나온다면야……."

"그러니 말입니다. 잘 키워서 나라에 큰 동량이 되게 해야죠."

온 집안이 아산으로 내려오는 것은 쉬운 일이 아니었지만, 이미 스물넷이 된 맏이 희신은 오히려 대찬성이었다. 아버지 이정처럼 그도 서울살이에 적응하지 못하고 있었던 탓이다. 생원시에 낙방하여 실의에 빠져 있는 그는 공부로 성과를 얻지 못해 몹시 근심하고 있었다. 변씨는 이를 알고 이사를 이야기하기 전에 맏이를 잠시 불러 속내를 물어볼 기회를 가졌다.

"애, 희신아. 너도 시험에 한 번 실패하고 나니 공부에 대한 생각이 좀 달라졌겠지? 너는 앞으로 어떻게 네 인생을 준비하고자 하느냐? 결혼도 해야 하고 하니 네 생각이 듣고 싶구나."

변씨는 맏이의 생각을 오늘 꼭 듣고 싶었다. 안색이 어두워지더니 희신은 조금 망설이다가 입을 열었다.

"어머니, 제가 한 번 실패한 것이 문제가 아니라 저는 아무래도 글공부에는 소질이 없다고 생각됩니다. 아우 요신의 재주가 뛰어나니 요신에게 힘을 밀어주시고 저는 아버님을 도와 집안이나 돌볼까 생각 중입니다."

변씨는 잠시 생각하더니 아들을 좋게 타일렀다.

"포기하는 것은 가장 나쁜 버릇이란다. 나는 네가 글공부가 하기 싫어서 피하는 게 아닌가 싶어 약간 걱정이 되는구나. 정말 시골이 좋아서 가려는 것이냐?"

희신이 아까보다는 좀 더 자신 있게 속내를 드러냈다.

"그럼요. 어머니. 제가 눈이 좋지 않다는 것은 어머니도 아시잖아요? 글을 보고 있으면 머리가 너무 아프고 천장이 빙빙 돌 지경입니다. 글공부는 싫지 않은데 이상하게 저와는 맞지 않는 것 같습니다. 어머니가 보실 때는 어떠십니까? 저는 부모님께서 제게 계속 공부하라고 하시면 하겠습니다만 아무래도 요신이 있으니 저는 과거는 포기하는 것이 어떨까 합니다."

변씨가 고개를 끄덕였다.

"그래, 네 생각도 중요하지. 네 눈이 아파서 남들과 달리 글공부가 오래 걸리고 힘들다는 것은 내가 이미 아는 사실이다. 그래도 중도에 포기하고 피하는 것은 아닌 듯해. 하지만 네 말대로 요신이 공부를 좋아하고 문재가 있으니 그 아이에게 길을 터주는 것도 좋은 일일 수 있지. 내가 네 아버지랑 의논한 것이 있다. 우리 집안이 차제에 아산으로 이사할 생각을 갖고 있단다. 네가 정 그러하다면 이번에 나랑 같이 아산으로 내려가자꾸나. 네 외조부님이 거기서 가문을 이루셨으니 우리가 가더라도 도움이 될 것이야. 아버지도 네가 집안을 돌보고 지키는 데 반대하지 않으실 듯하니, 그럼 그렇게 준비하렴."

희신의 눈이 커지더니 금방 웃는 얼굴이 되었다.

"어머니, 그러하시면 아산에서 저는 아버지를 도와 집안을 잘 돌보며 동생들 뒷바라지를 열심히 하겠습니다. 그런데 요신이나 순신이는요? 우신은 데려가실 거죠?"

"요신은 여기에 남겨 찬모를 붙여서 돌보게 하고 순신이와 아직 어린 우신이는 데려가야지. 너도 그리 알고 천천히 준비하거라."

"예, 어머니. 감사합니다."

희신이 얼굴에 웃음기를 숨기지 못하고 금방 밝아지는 모습을 보며 변씨는 저렇게 좋아하니 더는 글공부를 시키지 않도록 남편과 의논한 것이 잘했다 싶어 한편으로 아쉬우면서도 한편으로 마음이 놓였다.

3부 · 아산으로

고향 아산

아산. 차령산맥에서 서쪽으로 뻗은 맥이 천안을 넘어 광덕산, 망경산, 봉수산, 설화산 등 제법 우락부락 세를 이루며 온양의 동남쪽을 막아주고, 북서부의 평평한 지세를 비집고 깊숙이 들어온 아산만이 안성천과 삽교천의 물줄기와 만나 여러 고을의 배들이 마음 놓고 드나들 만한 많은 포구를 만들었다. 그 덕분에 나라에서는 일찍부터 아산 공세리 포구 앞에 공세창을 설치하여 남쪽 지역에서 거두어들인 조세를 쌓아놓았다가 서울로 실어 나를 수 있도록 하였다. 본래부터 바다와 밀물이 만나는 잔잔한 아산만 덕분에 생선과 소금이 풍부하여 장사꾼들이 많았는데 공세창을 둔 후로는 더 많은 백성과 장사꾼이 모여들어 부유한 집들이 많이 생겨났다. 그뿐만 아니라 고을 중앙에 우뚝 솟아오른 '영인산'에서 발원한 두 물줄기, 즉 곡교천과 둔포천 사이로 펼쳐진 곡교 평야의 풍요로운 수원 공급으로 농사가 잘 되면서 제법 실한 사대부 가문들이 자리 잡고 있었다.

아산이라는 지명은 '어금니처럼 생긴 산'이라는 데서 유래했다. 아산의 진산인 영인산을 멀리서 보면 어금니처럼 생겼다 하여 생겨난 이름이다. 영인산은 희한하게도 평지에서 가파르게 솟아난 정상에 우물이 있다. 나라에 가뭄이 들어 이곳에서 기우제를 지내면 머지않아 빗방울이 떨어지는 영험한 기운이 있다고 전해진다. 그래서일까? 예로부터 높은 벼슬을 지낸 선비와 충절을 지닌 장군들이 이곳에 많았다. 고려조 충신 최영 장군, 그의 손자사위인 세종대의 명재상 맹사성도 이곳이 배출한 인물이다. 변씨가 머뭇거리는 남편을 채근해 아산으로 오게 된 속내에는 이런 연유도 숨어 있었다.

변씨가 자리 잡은 곳은 영인산이 멀리 보이는 염치읍 백암리였다. 곡교천을 따라 오르던 배가 해암리 게바위를 지나 굽어지면 나지막한 산들이 마치 뱀처럼 구불구불 늘어서 있는데 그 끝자락에 백암리 마을이 자리하고 있었다.

어린 시절의 추억이 곳곳에 묻혀 있는 고향, 장사꾼 배들이 드나드는 공세창 인근 유궁포가 삼십여 리, 임금님들도 치료차 자주 오셨다는 온양 온천이 이십여 리 길이다. 유궁포에서 물에 빠진 자신을 구해 준 늠름한 청년 정걸과의 추억을 뒤로하고 남편 이정과 혼인하여 서울로 떠난 지 어느덧 스무 해 남짓. 고왔던 백암리 변수림 장군의 막내딸은 이제 장성한 아들들을 둔 어엿한 장년이 되었다. 변씨는 돌아가신 시아버지가 남겨준 약간의 재물과 친정아버지의 도움으로 비록 초가집이지만 대여섯 칸짜리 아담한 집을 마련하여 백암리에 식솔이 몸 뉘일 곳을 마련했다. 안채를 옆으로 두고 기역 자로 사랑채를 지어 여남 되는 아이들을 불러 모아 글공부를 할 수 있는 서당을 열었다. 남편 이정이 마음 둘 곳이었다. 아버지 변수림이 큰 부자는 아니었어도 식솔의 배는 굶지 않을 정도의 전답은 있었다. 변씨가 아산으로 오자 아버지는 막내딸을 위해 조금의 전답과 농사를 지어줄 외거 하인 서너 명을 붙여주었다. 덕분에 변씨와 남편, 그리고 아이들은 빠르게 아산 생활에 적응할 수 있었다. 그렇게 몇 달이 지나 자질구레한 세간살이를 장만하러 몸종 순녀를 데리고 읍치 장을 다녀오는데, 순녀가 눈치를 보며 말을 꺼냈다.

"저, 마님. 요즘 일꾼들이 난리도 아니네요. 들썩들썩하는 것이 곧 무슨 일이라도 벌어질 것 같아요."

순녀는 서울에서부터 같이 지내온 몸종으로 변씨에게는 손발과 같은 존재다.

"무슨 일이라도 생긴 게냐?"

"그게……."

"괜찮다. 너에게는 피해가 가지 않도록 눈치껏 조치할 테니 겁먹지 말고 이야기해 보렴."

"저…… 상화 오빠가 노름에 빠져서 돈을 크게 잃었다고 합니다. 상화 오빠가 다른 사람들의 돈을 가져다가 모두 잃는 바람에 돈을 빌려준 일꾼들이 흥분해서 복수한다고 야단법석입니다. 그런데 힘이 센 상화 오빠를 당해내지 못해 직접 복수는 못 하고 그의 어린 아들을 납치해서 돈을 줄 때까지 붙들어 두려 한다고 하옵니다."

가을 들판에서 곡식을 거둬들이고 나면 긴긴 겨울 남자 종들

가운데는 넘쳐나는 시간을 못 이겨 노름에 빠지는 경우가 종종 생긴다. 젊어서 힘이 좋다고 친정아버지가 특별히 붙여준 상화라는 종이 그렇게 된 모양이었다. 그런데 노름도 노름이지만 돈을 못 받았다고 어린아이를 납치하다니. 일이 고약하다 싶었다.

"아니 이런 못된, 그래. 돈을 끝내 못 받으면 어쩔 셈이라더냐?"

"아이를 몰래 내다팔 요량이랍니다."

"그래? 상화의 아들이 일곱 살인가 그랬지, 아마. 언제 일을 벌이려 한다더냐?"

"그믐날인 내일 밤에 상화 오빠와 담판을 짓는다 하옵니다."

"오냐, 알았으니 너는 모른 척하고 있거라."

"예, 마님!"

다음 날 날이 밝자마자 변씨는 안팎에 사는 종 모두를 불러 모았다.

"너희들은 지금부터 집으로 가서 새끼를 꼬아라. 자정이 되면 부를 테니 그때까지 꼬아놓은 새끼를 가지고 모두 앞마당에 모여라. 한 사람도 빠지지 말고. 알겠느냐?"

"네, 마님."

종들은 서로 얼굴을 쳐다보며 어리둥절하다 마지못해 뿔뿔이 흩어져 저마다의 집으로 갔다.

변씨는 돌아가는 종들 사이에서 상화를 불러냈다.

"너는 요즘 무슨 일을 하러 다니는데 이리 얼굴 보기가 힘드냐?"

"아…… 예, 마님. 제가 이것저것 할 일이 많아 요즘 바쁩니다요."

"그래? 무엇이 그리 바쁜지 내게 조목조목 말해 보거라."

변씨의 얼굴은 평온한 듯했으나 말투에는 찬 서리가 내렸다.

"예, 그것이 저…… 곡식 창고도 손봐야 하고, 초가집 지붕도 새로 털어야 하고. 겨울갈이를 하려면 밭일도 해 두어야 하고…… 할 일이 아주 많습니다요."

"그러냐? 헌데 지금 네가 말한 것들은 몽땅 앞으로 해야 할 일들이 아니냐? 어제 그제는 무얼 하고 다녔느냐는 말이다."

"그게 저, 이것저것……."

"네 이놈, 뉘 앞에서 그딴 헛소리를 해 대느냐. 내가 네놈 하고 다니는 일을 다 알고 물었거늘 어디서 궤변을 늘어놓는 게야?"

상화의 얼굴이 새파래졌다.

"무슨 일을 하고 다니는지 이실직고하지 못하겠느냐?"

그제야 상화는 털썩 주저앉으며 털어놓았다.

"그것이, 제 아들놈이 없어져서 여기저기 찾으러 다니고 있었습니다. 마님."

"네 아들놈이 없어지다니?"

"글쎄 말입니다. 볼일을 보러 읍내에 갔다가 돌아와 보니 아이가 없어졌습니다요. 필시 누군가 업어간 게 아니라면 이틀이나 못 찾을 리 없습니다. 그러니 마님, 사람들을 풀어서 제 아이를 좀 찾아주십시오."

"시끄럽다. 볼일 보러 읍내에 갔다고? 그리고 누가 아이를 업어 갔다는 말이냐?"

"누가 업어가지 않고서야 집 잘 찾아오던 아들놈이 돌아오지 않을 수가……."

변씨는 싸늘하게 면박을 주고 말을 잘라버렸다.

"이놈! 끝까지 입을 틀어막고 이 일을 숨겨보겠다는 게냐? 관가에 끌려가기 전에 멍석말이라도 해야 실토하겠느냐?"

서슬 퍼런 변씨의 말에 그제야 상화는 꽁무니를 내렸다.

"아니옵니다. 마님. 저, 저, 저 죽을죄를 지었습니다. 마님, 다시는 노름질을 하지 않겠습니다. 절대로 하지 않겠으니 한 번만 용서해 주십시오."

상화는 죽을상이 되어 싹싹 빌었다.

"넌 오늘 꼼짝 말고 자정이 될 때까지 게서 무릎 꿇고 기다리거라. 벌은 그때 가서 내릴 테니, 내 말을 어겼다가는 관가에다 처넣어버릴 게야."

노름과 도박은 나라에서 엄격히 금지하여 국법으로 다스리는 중죄 가운데 하나였다. 장 80대는 예사고 장 맞은 채 감옥살이를 해야 하는 경우도 허다했다. 장 80대면 웬만한 장정도 죽어나올 정도의 큰 형벌이었다.

"마님, 살려주십시오. 다시는 절대로 하지 않겠습니다. 그러니 관가에 알리지만은 말아 주십시오. 마님."

"듣기 싫다. 자정까지 게서 기다리거라."

상화가 마당에서 무릎을 꿇은 채 벌벌 떨며 기다리는 사이, 다른 종들은 제각기 새끼를 있는 대로 꼬아 한아름씩 이고 지고 앞마당으로 모여 들었다. 그들은 횃불이 환하게 밝은 마당 한구석에서 무릎을 꿇은 상화가 떨고 있는 모습을 보고서는 어렴풋이 전후 사정을 눈치챘다.

"헌데 마님께서 새끼는 왜 가져오라고 하셨지?"

"글쎄 말이야. 저놈만 혼을 내 주시면 될 터인데."

그때 변씨가 앞마당으로 내려섰다.

"요즘 너희들이 하는 행태를 듣자니 아주 우리 집안을 말아먹으려고 기를 쓰고 있다는구나. 노름빚을 빌려주고 못 받았다고 아이를 납치해? 주모자는 당장 앞으로 나와라. 지금 나오지 않으면 너희 모두를 관가에 보내 요절을 내고 말 테다."

카랑카랑한 변씨의 모습에 종 둘이 앞으로 나와 머리를 조아렸다.

"마님, 송구하옵니다. 상화 저놈이 조금만 쓰고 갚아준다고 해서 빌려줬는데 갚지 않고 도리어 엉뚱한 소리만 해 대서 손을 좀 봐주려고 하다 보니 그렇게 되었습니다. 마님, 용서해 주십시오."

"잔소리 말고 업어 간 아이부터 데려오너라. 누가 가겠느냐?"

"마님, 제가 다녀오겠습니다요."

"그 아이가 털끝만큼도 상했다가는 너희 모두 크게 경을 칠 게야."

"예, 마님."

"저기 상화를 그 새끼로 꽁꽁 묶어라. 그리고 이 둘도 꽁꽁 묶어 광에 처넣고 다른 명이 있을 때까지 가두어 두어라."

그제야 새끼의 쓰임새를 알아차린 종들은 변씨의 말이 떨어지기가 무섭게 셋을 꽁꽁 묶어 광에 가두었다. 묶인 종들도 그나마 변씨가 관가에 고발하지 않은 것에 안도했다. 한참 후 업혀 간 아이가 무사히 되돌아오자 변씨는 마음속으로 안도의 숨을 쉬었다. 이틀간 광에 갇혔던 종들이 깊이 반성하는 모습을 보이자 변씨는 풀어주면서 타일렀다.

"상화 너는 이 일로 앞으로는 노름을 끊어야 우리 집 일을 하며 살 수 있을 게야. 내 말을 빈말로 듣지 않길 바란다. 나는 한번 뱉은 말을 절대 뒤집지 않아. 그리고 너희 둘은 더 나쁜 짓을 저질렀다. 상화가 눈이 뒤집혀 세상 물정을 모르고 노름에 빠져 일을 벌였다마는 너희 죄질이 더 나쁘다. 노름에 빠진 상화를 바르게 인도하지는 못할망정 어디에서 어린아이 목숨을 담보로 공갈 협박을 하려는 게냐? 처음 있는 일이니 내 용서하겠다만 한 번만 더 이런 일을 벌인다면 목숨을 보전치 못할 게야. 알겠느냐? 돈 몇 푼에 생명 귀한 것을 잊다니. 세상에서 가장 나쁜 짓이 바로 사람 목숨으로 장난질 치는 것이다. 두 번 다시 있어서는 안 될 것이야. 알겠느냐?"

"예, 마님. 앞으로는 절대로 이런 일이 없을 것입니다요."

변씨가 종들의 일을 처리하는 동안 남편 이정은 조용히 지켜보고 있었다. 과연 지혜로운 아내였다. 비록 장인이 붙여준 종들이었지만 서울에서 살다 온 딸깍발이라고 은근히 무시를 하던 그들의 기세를 단번에 꺾어 손아귀에 휘어잡는 솜씨는 보통 사람이 함부로 할 수 없는 강단이었다. 무엇보다 생명을 귀중히 여기고, 아랫사람을 귀히 여겨 법대로 처결하지 않은 배려는 아랫사람을 연민하는 마음에서 비롯된 것이었다. 이날 이후로 종들은 착실하고 부지런하기로 동네에서 소문이 자자해졌다.

네 형제

아산 생활이 어느 정도 자리가 잡혀가던 이듬해 5월 초, 잎이 무성하게 자라난 감나무 가지에 까치가 앉아 지저귀고 있다. 동쪽 볕이 좋아 따뜻한 동네에는 아이들의 웃음소리가 끊이지 않는다. 까치도 아이들을 좋아하나 보다. 아무튼 지저귐 소리조차 기분을 좋게 하는 까치 소리에 동네 아이들이 괜히 들떠 있는데,

아니나 다를까 서울에 혼자 남아 공부하던 요신이 집으로 내려오고 있다는 소식이 들려왔다. 그 소식에 누구보다 기뻐하는 이는 희신이었다. 가문의 영예를 짊어져야 할 자신을 대신하여 열심히 공부하고 있는 기특한 동생 요신, 집안의 장남이자 장손으로서 책임을 다하지 못한 것만 같아 마음이 죄어드는 희신에게는 동생 요신이 구원자인 셈이었다. 일곱 살이 되도록 형제 없이 혼자였던 희신에게 요신이 태어난 것은 큰 기쁨이었다. 다른 아이들이 동생과 함께 다니는 것이 그렇게 부러워 하루는 어머니에게 물었다.

"어머니, 저는 왜 동생이 없어요?"

"응, 하늘님이 우리 희신에게 똑똑하고 예쁜 동생을 점지해 주시려고 시간이 걸리나 보다."

7년이 지나고 동생 요신이 태어나자 누구보다 기뻤던 것이 희신이었다.

그렇게 부모님과 자신에게 희망과 기쁨으로 다가와 준 그 동생이 오고 있다는 전갈에 희신은 순신을 데리고 한달음에 아산 읍내로 가서 요신을 기다렸다. 그런데 기대와 설렘과는 달리 요신은 수척한 모습으로 낯선 사내의 달구지에 실려 내려오는 게 아닌가.

"요신아."

"아, 형님!"

요신은 파리해진 얼굴에 기운이라고는 하나도 없는 모습이었다. 회신이 놀라서 달려가 동생을 부축하며 말을 걸었다.

"요신아, 어디가 아프냐?"

"아닙니다. 형님."

요신이 형제 둘을 보더니 울컥하여 한동안 말을 잇지 못하다가 간신히 입을 뗐다.

"아산에 다 왔는데 갑자기 피로가 몰려와 지나가던 달구지 신세를 좀 졌습니다. 걱정 마십시오."

"그래도 몸이 너무 나빠진 것 아니냐?"

회신은 걱정하는 표정이었다.

"괜찮습니다. 내려오기 전날 밤 너무 무리하여 책을 본 데다 일찍부터 걸어왔더니 피곤해서 그런가 봅니다. 신경 쓰지 마십시오. 그런데 부모님은 다 평안하십니까? 곧 어머님 생신이지 않습니까?"

요신이 얼른 화제를 돌렸다.

"괜찮다니 다행이야. 네 몸이 약하니 어머님이 늘 네 걱정뿐이란다. 그나마 어머님 생신에 맞춰 네가 왔으니 누구보다 기뻐하시겠다. 아버님도 건강하시고 집안도 모두 평안한데 이 녀석 순신이 문제이지."

"원, 형님도 제가 뭘요."

순신이 회신을 쳐다보며 볼멘소리를 했다.

요신이 그제야 얼굴을 펴고는 순신을 보고 말을 걸었다.

"넌 여전히 군사놀이냐? 너 어릴 때 꿈이 말 타고 오랑캐를 쳐부수는 거였잖아?"

희신이 요신에게 고마운 마음을 늘 품고 있듯이, 요신은 순신이 고맙고 좋았다. 순신은 늘 쾌활하여 어머니를 즐겁게 해 주고 자신이나 희신 형님에게도 거리낌 없이 대해 왔다. 이런 순신의 행동거지는 형제간의 어색함을 없애는 윤활유이기도 했다. 가끔 엉뚱하고 불의를 보면 참지 못하는 성미로 사람들을 곤혹스럽게 하는 점이 걱정스러워, 오늘도 요신은 순신에게 부러 시비를 건 것이었다. 그 소리를 듣더니 먼저 희신이 한마디 더 거든다.

"그러게 말이다. 헌데 요즘엔 무슨 일인지 수군이 되고 싶단다. 아마 어머니와 공세창에 다녀오더니 수군 장수를 본 모양이다. 그래서 수병을 지휘하는 것도 멋있을 것 같다는구나. 허 참!"

요신이 순신을 쳐다보고는 중얼거렸다.

"그래도 문관이 되어야지. 조선에서는 무장을 지휘하는 게 문관이라 글공부가 먼저인데 만날 군사놀이라니, 원."

"아닙니다. 글공부도 열심히 하고 있습니다. 큰 형님은 괜한 소리를."

그 모습을 보며 희신도 요신도 함께 웃었다. 세 형제가 오랜만에 만나 웃어보는 날이었다.

이날 변씨는 오래간만에 내려온 아들 요신을 위해 아끼고 아껐던 씨암탉을 잡아 닭개장을 끓였다. 아들 넷이 모처럼 한자리에 모여 회포를 푸는 저녁이었다. 어린 우신은 요신이 오는데 같이 마중 나가지 못한 것으로 뾰로통하더니 이내 천진난만한 모습을 되찾고 형님들 틈에 끼어 웃고 떠들고 있다. 순신은 그런 우신을 살뜰히 챙겼다. 닭의 가슴살을 발라 우신의 그릇에 가만히 두자 우신이 형에게 먹으라고 옥신각신하다 결국 제가 먹는 모습이다. 상다리가 부러지게 차린 저녁상을 물리고 아이들이 잠자리에 들자 변씨는 살그머니 뒤꼍에 나가 냉수 한 사발을 떠놓고 천지신명께 빌었다.

"하늘님 하늘님! 우애 좋은 우리 아이들이 자기 뜻을 잘 펼칠 수 있도록 도와주십시오. 제가 거름이 되어서라도 저 아이들이 나라에 쓰임 받는 인물이 되도록 키워내겠습니다. 보잘것없는 아녀자의 소망이라 내치지 마시고 꼭 굽어 살펴주십시오."

마당 저편 감나무 나뭇가지 위로 밝은 보름달이 걸려 환하게 웃고 있었다.

친정아버지의 가르침

생각해 보면 아버지 변수림은 막내딸인 자신을 일찍부터 또래 여자아이들과는 다르게 대해 주셨다. 막대기 칼을 들고 설치면 막대기를 들고 상대해 주시고 아버지의 활을 만지작거리기라도 하면 손수 활을 쏘면서 활 쏘는 법을 알려주고, 때로 약주라도 한잔 걸치시는 날에는 앞에 앉혀 놓고 영웅호걸들의 무용담을 들려주곤 했다. 그러면 어린 덕현은 눈이 말똥말똥해져서 시간 가는 줄 모르고 아버지의 이야기를 듣곤 했다.

'콩 심은 데 콩 나고 팥 심은 데 팥 난다고 했잖은가?'

변씨는 순신을 보면 아버지가 그랬던 것처럼 늘 한 가지라도 더 알려주고 싶어졌다. 이런 마음을 아는지 순신도 열심이었다. 서당에서는 사서삼경을 읽고, 집에 오면 남편이 읽다가 꽂아둔 병서에 푹 빠져 있는 모습을 자주 보이곤 했다. 병서를 읽는 것으로 그치지 않고 그날 읽은 병법을 전쟁놀이를 통해 실험해 보면서 제법 진지하게 연구를 하기도 했다. 그런 순신을 변씨는 불렀다.

"순신아, 혹시 삼국지연의라는 책을 읽은 적이 있느냐?"

"아니요. 허나 지난번 요신 형이 오셔서 워낙 자세히 이야기를 해 줘서 마치 읽은 듯 훤합니다. 나중에 저도 꼭 읽어보고 싶습니다."

"오, 그러냐. 그러면 제갈량이라는 분에 대해서도 들었겠구나."

"네, 촉나라 황제 유비가 삼고초려해서 모신 책사로 들었습니다. 그런데요?"

"내가 어릴 적에 너희 외할아버지께 들은 말을 네게도 알려주면 좋겠다는 생각이 들어서 불렀다."

순신은 어머니의 성품을 잘 아는지라 중요한 말씀이라는 것을 직감하고는 무릎을 꿇고 바짝 다가앉았다.

"사람들은 유비가 제갈량을 삼고초려하여 모시고 온 이유를 그의 깊은 공부와 지혜 때문인 것으로만 알고 있다. 그런데 정작 중요한 것은 잘 알려지지 않았단다. 너희 외할아버지가 왜 나 같은 딸에게 이런 것을 알려주시나 했는데 지금 생각해 보니 다 너를 위한 가르침이었던 것 같구나."

"무엇인데요?"

"순신아! 온갖 신출귀몰한 지략으로 조조의 백만 대군을 쳐부수고, 오나라 주유 대장군조차 골탕 먹인 제갈량은 단순히 책략이 뛰어난 책사가 아니었단다. 그는 당대 어떤 영웅보다 넓은 인맥을 가지고 있었다. 남녀노소, 귀천을 불문하고 교류했는데 그는 오로지 상대의 장점만을 바라보았다고 한다. 사람은 누구나 자신을 아껴주는 사람에게 마음을 열고 친구가 되는 법이지. 중원 전역에 친구를 가진 제갈량이었기에 전쟁을 시작하기도 전에 적지의 기후와 지리, 적장의 생각, 그들의 방어체계, 하물며 적장이 즐겨 먹는 음식이나 좋아하는 여자까지도 꿰뚫게 되었다. 그러므로 그는 도저히 질 수 없는 싸움을 한 것이란다."

"아하, 그래서 중원 최고의 지략가라는 칭송을 얻었군요."

"그럼. 그러니 너도 제갈량을 본받아 사람의 마음을 얻어 폭넓은 인맥을 만들도록 노력했으면 좋겠다. 인맥을 넓히려면 다른 사람과 척을 지지 않는 절제가 필요하다. 네 성격이 불의를 보면 못 참고, 그런 그들과는 상종을 하지 않으려는 것을 안다. 너의 그런 성품을 이 어미도 좋아한다만 불의에 분노하되 그 사람에게는 분노하지 않기를 바란다. 그의 불의가 인륜과 하늘을 저버린 것이 아니라면 그와의 관계를 무 자르듯 싹둑 잘라내지 말고 기회를 주어라. 그에게서 불의만 걷어내면 그는 너에게 자신이 가진 재주를 내놓을 것이다. 사람이 일을 꾸미지만 성패는 하늘에 달렸다고들 하지 않더냐? 하늘이 곧 사람의 마음이라는 것은 너희 외할아버지가 어릴 때부터 일러준 교훈이었다. 언젠가 이 이야기를 너에게 꼭 해 주고 싶었는데 오늘이 그날이 되었구나. 명심해 두면 훗날 꼭 쓰임새가 있을 것이야. 알겠느냐?"

"네, 어머니. 똑똑히 새겨 놓겠습니다."

순신의 또록또록한 대답에 변씨는 흡족했다.

"반상의 질서가 엄연하여 신분에 따라 역할은 다를지라도 각자의 삶은 스스로에게 고귀한 법이다. 누구라도 자신의 부모 자식만큼 귀한 사람은 없고, 내가 먹을 것을 뺏기고 분노하지 않을 사람도 없단다. 그러니 어떤 사람의 행동을 판단할 때 그 사람이 왜 그런 행동을 했는지를 살핀다면 너는 사람을 쉬이 판단하지 않게 될 것이다. 내가 귀한 만큼 남도 귀하다는 것을 알면 그도 너의 귀함을 알아줄 것이야. 무슨 말인지 알아듣겠느냐?"

"알겠습니다. 제가 사람을 대할 때 무엇을 조심해야 할지, 어떻게 해야 할지 오늘 중요한 가르침을 주셔서 눈앞이 다 훤해집니다."

"그래, 고맙구나."

말을 마치고 난 변씨는 순간 순신의 얼굴에서 돌아가신 아버지의 모습을 보았다.

아산으로 내려온 지 어느새 1년 남짓, 아이들과 친해진 소년 순신은 그들을 훈련시킨다고 불러 모아 활쏘기와 군사 훈련을 하곤 했다. 어느 날 변씨가 아이들이 모여 노는 곳을 몰래 지켜봤더니 순신이 수십 명의 아이들 앞에 서서 이렇게 외쳐댔다.

"너희들 지난번에 나를 참외밭에 보내 골탕 먹인 것은 남자답게 용서한다. 하지만 한번만 더 그러면 내가 이 칼로 너희를 가만 두지 않을 것이다. 오늘은 저 산에 숨어든 오랑캐를 소탕하는 날이다. 모두가 나를 따라 저놈들을 쳐부수자."

"예, 대장님!"

"와 와 와! 쳐부수러 가자!"

아이들은 언제 서울내기라고 놀려댔나 싶을 정도로 공손하게 순신의 말을 따라 열을 지어 산으로 올라갔다. 활을 맨 순신은 나무로 만든 칼을 높이 들고 맨 앞에 서서 이들을 인솔하는 모습이었다. 변씨는 속으로 순신의 통솔력에 감탄하며 좋은 스승이 나서기를 기도하는 한편, 지나친 강직함과 활쏘기 성적에 욕심을 부리는 것은 자제시켜야겠다고 마음먹었다. 그녀는 이 일을 기억해 두었다가, 몇 해가 지나고 순신이 좀 더 나이를 먹고 자라자 이제는 이야기할 때가 되었다고 생각해 그를 불러 앉혔다. 유난히 여름이 길었던 해, 늦은 수박이 무르익기 시작할 무렵이었다.

"순신아, 글공부는 어떠냐? 네가 서당에서 공부만 마치면 들로 산으로 쏘다닌다고 희신 형이 걱정깨나 하더라."

"에이 참, 형님도. 저도 공부 할 것 다 하고 나가 노는 것입니다. 어머니, 걱정 마세요."

"그러느냐? 그럼 다행이고."

변씨는 아들 성격을 잘 알고 있었다. 절대 거짓말은 하지 않는 아들이었다. 아무리 어려운 일이 닥쳐도 제 할 일은 어려서부터 뚝딱 해치우는 모습을 지켜봐 왔기에 오늘은 다른 이야기를 꺼내들었다.

"그런데 한번 물어보자꾸나. 네가 혹시 활을 배울 생각이 있느냐?"

"그럼요, 어머니. 저는 활쏘기가 너무 좋습니다. 제 솜씨를 보셨잖아요. 저는 조선 최고의 궁수가 되고 싶습니다."

변씨는 흐뭇한 표정으로 아들을 바라보다가 자세를 고쳐 앉고서는 엄숙하게 말했다.

"예전에 선비들도 모두 활쏘기를 즐겼느니라. 태조 대왕께서도 활쏘기의 명인이었고 그분을 모신 이지란 장군도 조선 최고의 명

사수였느니라. 그분의 아들 넷도 모두 정승을 지냈는데 아버지를 닮아 다들 활쏘기의 명인이었다고 들었다. 자, 너도 활 잘 쏘는 궁사가 되려면 이제부터 내 말을 귀담아들어야 한다."

순신은 여느 날과 다른 어머니의 모습을 보며 긴장하고 무릎을 꿇고 앉았다.

"옛 성현 중에 맹자님이 일컫기를 인(仁)을 행하는 것은 활쏘기를 행하는 것과 같다고 하셨다. 자신의 심신을 바르게 한 뒤에 화살을 내보내는데 그것이 맞지 않더라도 활을 원망하지 않으며 과녁을 맞히지 못한 자신을 반성하여 스스로 원인을 찾아야 한다고 하셨느니라. 무슨 말인지 알겠느냐?"

"예, 명심하겠습니다."

"활쏘기란 결국 자신에게 활을 쏘는 것과 마찬가지란다. 내가 활이 되고 내가 화살이 될 때라야 진정한 활쏘기가 되는 것이다. 이런 마음가짐이 아니고 단순히 과녁만 맞히려는 활쏘기는 전혀 도움이 되지 않아. 알겠느냐?"

"예, 어머니."

"그리고 궁을 오래 쓰다가 새로운 궁으로 바꾸면 새 활을 익히는 데만 몇 달이 걸리는 법이다. 네 외할아버지께선 이 때문에 난초 키우기보다 활쏘기가 더 어려우니 많은 공을 들여야 한다고 늘 말씀하셨다."

"예, 알겠습니다."

"그리고 한 가지 더. 사람을 따르게 하는 것은 그 마음을 얻는 것에서부터 시작하는 법이다. 네가 동네 아이들을 이끄는 모습을 보니 내가 기쁘다만 혹여 힘으로 우격다짐을 할까 봐 걱정이다. 소통이라는 말을 아느냐?"

"마음과 마음이 통하는 것을 말함이 아닙니까?"

"그렇다. 그런데 마음과 마음이 통하려면 어떤 자세라야 하겠느냐?"

"그것까지는 잘 모르겠습니다. 어머니."

"그래? 네가 아이들과 함께 즐겁게 놀면서 마음과 마음이 서로 잘 통하더냐, 아니더냐?"

"즐거우니 마음도 잘 통했습니다."

변씨가 흡족한 미소를 지으면서 손뼉을 쳤다.

"그래, 바로 그것이다. 활쏘기는 겸양의 자세로 마음을 닦는다는 생각으로 하고, 사람을 부릴 때는 우격다짐으로 하지 말고 즐겁게 놀이하듯 하면 그것만으로도 사람의 마음을 얻을 수 있을 것이다. 억지로 시키면 짐이 되고 같이 놀고자 하는 기분으로 솔선수범하면 모두가 즐겁게 따라오게 된다. 그것만 알면 네가 대장 소리를 들어도 부끄럽지 않을 것이다. 알겠느냐?"

"예, 알겠습니다."

변씨는 그제야 벽장 속에서 자신이 아버지로부터 물려받았던 각궁 한 대를 아들에게 내어주며 뒤꼍에 임시로 만들어둔 궁터로 나갔다. 순신은 아침에도 없던 궁터가 만들어져 있는 모습을 보곤 깜짝 놀랐다.

"이건 언제 만드신 겁니까?"

"네 형 희신이 너를 위해 다 만들어준 것이란다. 형님께 감사드려라."

"네, 너무 좋습니다. 그런데 어머니도 활에 대해 잘 아시는 것을 보니 많이 쏴 보신 듯합니다."

변씨가 고개를 끄덕이며 웃었다.

"내가 이제 나이가 들어 예전만 할지 모르겠다만 나도 한때는 네 외할아버지로부터 활 하나는 잘 쏜다는 칭찬을 듣곤 했었다. 얼마나 솜씨가 남았는지 보자꾸나."

변씨는 잠시 호흡을 가다듬더니 장정들이나 당길 수 있는 각궁을 힘껏 당겼다가 놓으며 한 치의 망설임도 없이 화살을 과녁으로 날려보냈다. 과녁 가운데를 꿰뚫지는 못했지만 변씨가 날린 화살은 과녁 끝에 힘차게 박혔다. 아녀자라고는 믿기 어려운 활솜씨였다.

순신은 깜짝 놀라 박수를 쳤다.

"어머니, 명궁이 따로 없습니다. 제가 활을 좋아하는 것이 다 어머니로부터 비롯된 것인 줄 이제야 깨달았습니다."

변씨가 미소를 지으며 말했다.

"핏줄을 누가 속이겠느냐. 난 네가 어릴 때부터 활을 갖고 노는 것을 보며 이미 소질을 알고 있었단다. 자, 받아라. 이것이 네 외할아버지가 쓰시던 활이다. 네가 쓰기엔 아직은 크다만 조심히 다루고 꾸준히 연습하여 조선 최고의 궁수가 되어라."

순신은 대답하는 것도 잊어버린 채 정신없이 각궁을 쓰다듬기 시작했다.

"얘야, 늘 잊지 말아야 할 것은 활을 쏠 때는 쏘기 전부터 화살을 날려보낸 후까지도 절대 과녁에서 눈을 떼지 말아야 한다는 것이다. 우선 그렇게 연습해 두면 언젠가 네 스승이 나타나실 때 잘못 배웠다는 소리는 듣지 않을 것이다."

"네, 어머니. 감사합니다!"

순신은 어머니 곁을 물러나오면서 계속해서 웃음을 놓지 못하고 중얼거렸다.

"놀듯이 즐겁게!"

한껏 들떠 즐거워하며 나가는 순신을 바라보는 변씨의 눈길이 오늘따라 유난히 깊고 따뜻하다.

'네가 정녕 장수의 길을 가려 하느냐?'

순신의 길

"어머님, 저도 이제 과거를 보아야 할 나이인데 솔직히 사대부의 길을 가는 것이 과연 옳은 일인지 고민입니다. 아버님께서는 제가 어떤 선택을 하든 제 뜻에 맡기겠다는 말씀이십니다. 문신의 길을 걷는 것에 대해 별로 탐탁하게 생각하지 않으신 것으로 알고 있습니다만, 과연 어떻게 하는 것이 좋을까요?"

변씨는 때가 왔다는 것을 직감했다. 순신이 남편과 먼저 의논하지 않고 자신에게 이야기를 한 것을 보면 문과보다 무과에 뜻이 있다는 것임을 알 수 있었다. 남편 이정은 말로는 순신의 뜻을 존중하겠다고 해도 내심 문과를 지망하길 원하고 있었다. 물론 위로 공부 잘하는 요신이 있다는 것이 남편으로 하여금 순신에게 좀 너그러운 마음이 생긴 이유일 터이다. 변씨 또한 위로 희신, 요신이 있어 순신에게는 무신의 길을 걷게 해도 좋겠다는 생각을 품고 있었다. 아무리 그렇다고는 해도 그녀는 순신에게 집안의 내력을 상세히 이야기해 주고 자신의 미래에 대해 진지하게 고민할 수 있도록 해야겠다는 생각을 갖고 있었다. 그해 삼월 초, 때늦은 눈이 소복이 내리던 날 그녀는 순신을 불러 앉혔다.

"어머니, 무슨 일이십니까?"

"순신아! 너도 우리 집안의 내력을 들어 알고 있겠지?"

"그럼요. 고려 때 중랑장을 지내신 이자 돈자 수자 쓰시던 할아버님이 시조라고 들었습니다. 그리고 조선이 개국하고 나서 집안 어르신들이 벼슬자리에 본격적으로 등용되었다고 알고 있습니다."

"그래, 제대로 알고 있구나. 그분 뒤로 조선에 들어와 특히 두각을 나타내신 분으로는 5대조 할아버지이신 이자 변자 쓰시는 분이셨다. 세종 임금님 때 출사한 할아버지는 정2품 대제학을 지내시고 정1품 영중추부사까지 오르셨으니 당대 핵심 요직을 두루 맡으시면서 가문을 크게 일으키셨단다."

"그 어른은 성절사가 되셔서 명나라에도 다녀오신 걸로 들었습니다."

성절사란 명나라와 청나라 황제와 황후의 생일을 축하하기 위하여 보내던 조선의 사절이었다. 이변은 실제로 과거 급제 후 약 50여 년간 조정에 있으면서 명나라와의 외교를 도맡을 만큼 뛰어난 실력을 자랑하다 83세의 수를 누린 후 세상을 떠났다.

변씨는 이야기를 이어갔다.

"그랬단다. 그리고 너의 증조부님 되시는 이자 거자 쓰시는 할아버지는 성종 임금님 11년에 식년시에 합격하셨단다. 네 아버지는 네가 현조부이신 이변 할아버지와 증조부이신 이거 할아버지를 반반 닮았다고 말씀하곤 한다. 이거 할아버지 이야기는 너도 많이 들었을 게다."

"네, 호랑이 장령이라는 별명을 가진 분이라고 들었습니다."

"맞다. 홍문관 수찬, 사간원 정언, 사헌부 장령, 이조정랑 등을 역임하셨는데 얼마나 청렴하고 강직하셨던지 지위고하를 막론하고 사람들이 그 앞에만 서면 벌벌 떨었을 정도였단다. 그런데 네

할아버지인 백자 록자 쓰신 분부터 우리 집안에 먹구름이 끼었단다. 일이 꼬이려니 하필 너희 작은아버지를 장가보내는 날 중종 임금님께서 승하하셨지 뭐냐? 그날 할아버지와 사돈 되시는 어른께서 혼인잔치를 하다가 사헌부의 감찰에 걸려 두 분 모두 큰 곤욕을 치렀단다. 그 이후로 할아버지뿐만 아니라 네 아버지까지 과거 시험도 볼 수 없는 처지가 되었는데, 할아버지는 결국 장독으로 오래도록 몸과 마음에 상처를 입으셨단다. 물론 그 일로 과거의 꿈도 접어야 했지. 마찬가지로 네 아버지도 상심이 커서 건강을 해치시기도 했다. 후일 아버지가 새 임금님께 탄원서를 올려 신원이 회복되었지만 그 여파는 컸단다. 당연히 아버지는 서울에 살기를 싫어하셨고 알다시피 우리는 이곳 아산으로 이사를 온 거란다. 지금도 너희 아버지는 가끔 그때 일을 회상하며 사람의 일은 한 치 앞을 내다보기 어렵다고 안타까워하시곤한단다. 그 할아버지의 기일이 지난 2월 14일이었지. 그런 연유로 네 아버지는 네가 문관이 되는 것을 탐탁지 않게 여기시는 듯하구나. 그런 아버지를 이해하고 너는 네가 하고 싶은 일을 스스로 결정하는 것이 좋겠구나."

긴 이야기를 가만히 듣고 있던 순신이 불쑥 변씨의 의향을 물었다.

"그럼 어머니는 제가 어떤 길을 가기를 원하십니까?"

순신의 얼굴이 사뭇 진지하다.

"네가 과거에 급제한다면 좋겠다만 나는 장수의 길도 좋다고 생각하고 있단다. 허구한 날 서책만 읽으며 백성의 삶은 간데없이 과거 합격에만 매달린 인생보다는 말달리고 활 쏘며 나라를 지키는 일도 사내대장부라면 한번 해볼 만한 일이라는 생각을 하고 있었다. 다행히 네 외할아버지가 남긴 무과에 대한 유산들이 많이 있다. 네가 마음만 먹는다면 어떤 것이든 도울 테니 결정은 네 몫이다."

"예, 어머니. 제가 숙고하여 아버님께 여쭙고 결론을 내리도록 하겠습니다."

"그래, 네 아버지도 좋아하실 게다."

변씨는 어느새 아들이 이렇게 커서 자신의 앞날을 논하고 있다는 것 자체가 기쁘기 한량없었다.

한편 어지러운 조정은 여전히 한 치 앞을 내다보기가 어려운 시국이었다. 순신이 태어나던 을사년(1545년)은 열두 살의 어린 나이인 명종 임금이 즉위한 해요, 그의 어머니인 문정왕후가 수렴청정을 시작한 해였다. 그때 윤원형 일파 소윤이 윤임 일파 대윤을 숙청하면서 사림이 크게 화를 입게 되는 사화가 일어난다.

을사년에 일어난 이 사화를 '을사사화'라 하는데 속내를 보면 권력을 둘러싼 피비린내 나는 싸움이었다. 선대의 중종 임금은 두 왕비를 두었는데, 제1왕비가 중종의 뒤를 이은 인종을 낳은 장경왕후요, 제2왕비가 바로 명종을 낳은 문정왕후였다. 이 두 왕비는 모두 파평 윤씨 집안이어서 세간에서는 이들을 대윤과 소윤으로 부르고 있었다. 그런데 중종 임금 생전에도 왕위 계승을 둘러싼 이들의 암투는 치열했다. 중종이 죽고 첫째 왕후인 장경왕후의 아들 인종이 즉위하자 윤임을 필두로 한 대윤이 정권을 장악하여 소윤의 윤원형과 그 일파를 모두 귀양 보내버렸다. 그런데 뜻밖에도 인종은 즉위한 지 8개월 만에 세상을 떠났다. 인종의 아우였던 명종이 즉위하자 어린 명종을 대신하여 그의 어머니인 문정왕후가 수렴청정을 하면서 전세가 역전되었다. 귀양에서 돌아온 윤원형이 복귀하며 복수를 시작했다. 인종의 외삼촌이었던 윤임이 그의 또 다른 조카 봉성군(중종의 여덟째 아들)에게 왕위를 옮기려 한다고 무고하는 한편, 윤임이 인종이 죽을 당시에 계성군(성종의 셋째 아들)을 옹립하려 했다는 소문을 퍼뜨리면서 정국이 얼어붙었다.

이로써 누이인 문정왕후로 하여금 그들을 숙청하도록 강권하여 윤임 등의 일파와 그들 일가 모두를 사사하거나 유배시켜버린 것이었다. 문정왕후와 윤원형은 여기에서 그치지 않고 두 해 뒤인 정미년(1547년)에는 또다시 그들의 잔당을 모두 숙청해 버렸다. 국정이 어려워지고 사리사욕만 추구하는 간신배들이 득세하자 백성의 삶이 피폐해지기 시작했다. 때마침 양주 백정 출신 임꺽정이 난을 일으켜(1559년부터 1562년까지) 황해도와 경기도 일대를

휩쓸었다. 임꺽정의 난에 앞서 곡창지대인 전라도에는 왜인들이
배 60여 척을 이끌고 침입해 장흥, 강진, 보성 등을 휩쓸며 백성
들에게 심각한 피해를 입혔다. 이른바 을묘왜변(1555년)이었다. 결
국 이준경·김경석·남치훈 등이 나서서 영암에서 큰 전투를 벌였
고 왜구를 격퇴할 수 있었다.

조정은 이를 계기로 비변사를 설치했다. 비변사는 비상시에 군
국기무를 담당하는 임시기구였다.

나라가 안팎으로 어지러워지면서 한편으로는 이순신처럼 장
래를 걱정하는 젊은이에게는 새로운 기회의 장이 열리고 있었다.

순신은 어머니와 상의한 지 사흘 후 아버지를 찾아 자신의 생
각을 털어놓았다. 이정은 아내 변씨로부터 순신의 속내를 듣고
아들의 결심을 기다리고 있었다.

"아버님, 진로 문제로 드릴 말씀이 있습니다."

순신의 얼굴은 비장해 보였다. 이정은 그 얼굴만 보고도 아들
의 결심을 짐작할 수 있었지만 먼저 말을 꺼내지는 않았다.

"오냐, 이야기해 보거라."

"소자, 무과에 도전해 보고자 합니다. 아버님의 허락을 받으러
왔습니다."

"그래, 충분히 심사숙고하여 결정한 것이냐?"

"예, 그러합니다."

"그래? 나도 짐작한 바가 있다만 이것 한 가지는 알아두어라. 우리 가문은 줄곧 문반으로 나아가 벼슬을 해 왔다. 세상이 하 수상하니 네 할아버지와 내 대에 와서 벼슬하는 것이 욕이 되고 명줄을 재촉하는 경우가 다 생겨 네게 문과 급제를 적극 기대하 지 않게 되는 기막힌 일도 벌어졌구나. 네 어머니에게 들은 이야 기도 있으니 내가 마땅히 반대할 생각은 없다만, 순신아! 이 나 라 조선은 전통적으로 문반을 숭상하여 무반을 무시하는 경향 이 강하다. 이번에 설치된 비변사의 도제조도 무장이 아닌 당상 관 이상의 문반이 차지하고 있다는 점을 너도 알 것이다. 그런 것 들을 고려하고도 네가 무반에 도전해 보겠다는 것이냐?"

"나라 안으로는 임꺽정이라는 도적이, 남쪽에서는 왜적이 활 개를 치고, 북쪽에서는 오랑캐가 호시탐탐 넘보는 이때 정권을 잡는 일에 여념이 없는 조정 대신들을 보면 너무나 못마땅하옵 니다. 제가 혹여 과거에 급제하여 조정에 출사하더라도 그런 자 들과 어울리며 살아간다는 것은 제 성격상 견디기 어려울 듯합 니다. 글공부하는 것이 이런 시국에는 한가해 보이기도 합니다. 그래서 저는 나라와 백성의 안위를 지키는 장수가 되고 싶습니 다. 그것뿐입니다."

"오냐, 네 결심이 그렇게 확고하다면 나와 네 어머니는 최선을 다해 도우마. 남들보다 뒤늦게 시작한 무과 공부이니 두 배는 더 열심히 해야 할 것이야. 열심히 준비해서 꼭 청운의 뜻을 이루길 바란다."

"감사합니다. 아버님."

순신이 무과 공부를 본격적으로 시작한 그 이듬해, 정국은 더욱 요동치고 있었다. 명종 즉위 후 20년 동안이나 정권을 농단하던 문정왕후가 죽은 해였다. 문정왕후의 죽음은 그녀의 권세를 업은 윤원형의 몰락을 가져왔다.

비로소 명종은 임금다운 임금 노릇을 할 기회를 잡았다. 허나 하늘이 명종을 돕지 않았던지 전국에 가뭄이 들어 농사는 고사하고 물을 마시기에도 부족한 형편이었다. 그래서 임금이 나서서 기우제를 드리고, 곳곳에서 백성들도 비를 기원하는 간절한 기도를 올려야 했다. 엎친 데 덮친 격으로 그해 3월 7일, 원각사에 큰 불이 나서 주변 민가 200호가 불탔는데 방화라는 것이 밝혀져 나라가 발칵 뒤집혔다. 이 와중에도 명종은 명륜당에서 선비들을 모아 문과 시험을 치르고, 혜화문 밖에서는 무과 시험을 치르겠다는 방을 전국에 붙였다.

사화로 엄청나게 줄어든 관료들을 채우기 위해서였다. 시험 공고가 방으로 붙은 것을 본 순신은 서울로 올라가 과거장 풍경을 눈여겨봐 두기로 했다. 한자리에 앉아 차분히 시험을 치르는 문과 시험은 그리 긴장되지 않았는데, 시험장에서 말을 달리며 활을 쏘고, 화려한 검술을 선보이는 무과 시험을 보니 가슴이 요동치기 시작했다. 순신의 가슴에 불이 붙고 있었다.

'그래, 내가 갈 길은 이 길이야. 열심히 연습해서 이곳에서 저들
과 겨루어봐야겠어!'

무과 시험장을 살펴보고 아산으로 내려온 순신을 변씨와 남
편 이정이 불렀다. 이제 아들이 목표를 정했으니 부모로서 그 길
을 갈 수 있도록 길을 터주어야 했다. 순신의 나이도 어느덧 스무
살, 장가를 보내야 할 때도 되었다. 사내는 장가를 들어야 안정되
는 법이다. 그런 생각이 들자 부부의 마음이 급해졌다.

"순신아, 네가 마음을 정했으니 무턱대고 덤빌 일이 아니라 좋
은 스승을 만나 제대로 준비를 해야 할 듯싶구나. 네가 보고 왔
듯이 무과 시험이 만만한 것이 아니다. 네 외할아버지가 비록 무
반이긴 하지만 돌아가셨으니 직접 도움을 주실 분이 안 계시는
구나. 너도 알다시피 친가 쪽은 온통 문반 출신들이라 스승이 될
만한 분을 찾기는 힘들 듯하고. 그래서 내가 한 분을 추천하고 싶
다만 네 생각은 어떠냐?"

"그런 분이 계신다면 당장 찾아뵙고 인사드려야죠? 그런데 아
버님! 대체 어떤 분이신지요?"

"너도 소문을 들어 알고 있는 분이란다. 보성군수를 역임하셨
던 방진 장군님이시지."

방진 장군이라면 조선 최고의 명궁으로 알려진 무장이었다.
을묘년(1555년) 전라도를 휩쓸던 왜적이 보성군수로 있던 그의 활

에 혼쭐이 났다고 알려져 있었다. 그의 가문은 대대로 뼈대 있는 충신 무장가문으로서 그의 할아버지인 방홍은 평창군수를 지냈고, 아버지는 영동현감 출신의 방중규였다. 그 자신도 보성군수를 지내고 고향으로 돌아와 근처인 아산 백암리에서 노년을 보내고 있었다.

변씨는 어젯밤 남편 이정과 미리 얘기를 나눈 터라 가만히 고개만 끄떡이며 듣고 있었다. 허나 변씨가 남편 이정에 비해 방씨 가문에 유독 관심을 가지고 있는 데에는 다른 이유가 있었다. 근방에서 지혜롭고 아름답기로 소문난 처자가 바로 방진의 딸이었기 때문이다. 듣자 하니 순신보다 두 살 아래라 짝을 지어주기에도 더없이 맞춤인 듯싶었다.

대저 소문이라는 것은 멀어질수록 과장되게 마련이긴 하다. 허나 서울에서 들었던 그녀의 소문은 누구라도 놀랄 만했다.

수년 전, 그러니까 아직 변씨가 아산으로 내려오기 이전에 있었던 일이었다. 임꺽정을 흉내 내는 패거리들이 생겨나 심심치 않게 마을을 휩쓸고 다녀 인심이 흉흉하던 시절이었다. 방진이 보성군수를 마치고 일찍부터 집안을 세워 놓았던 아산에 온 지 얼마 되지 않은 어느 날 한밤중이었다. 그 밤에 화적들이 마을에 들이닥쳤다. 방진이 급히 활을 집어 들고 다락으로 올라갔는데 어쩐 일인지 화살이 든 전통이 보이지 않았다. 알고 보니 계집종

하나가 화적떼와 눈이 맞아 미리 화살을 빼돌린 것이었다. 밖에서는 이미 화적떼가 곳곳에 불을 지르고 죄 없는 마을 사람들을 도륙하고 있는 급박한 상황이었다. 방진은 문밖에 대고 큰 소리를 질렀다.

"애야! 방에 쌓아둔 화살을 모두 다 꺼내오너라."

화살이 있을 리 만무한 상황이지만 화적떼가 함부로 방 안에 뛰어들지 못하게 하려는 방진의 임기응변책이었다. 그러자 무서움에 덜덜 떨며 안방구석에 숨어 있던 식솔 가운데 어린 외동딸이 아버지 방진의 뜻을 알아차리고는 크게 대답했다.

"네, 여기 있습니다. 아버님."

그 어린 딸은 베틀에서 사용하던 대나무 살을 한 아름 안아다가 아버지가 있는 다락 위로 던져 올렸다. 대나무 살이 쏟아지는 소리는 마치 많은 화살이 한 번에 쏟아지는 소리와 같았다. 집 안으로 들어오긴 했으나 출중한 방진의 활 솜씨 소문을 익히 듣고 주저하던 화적떼들은 이 소리를 듣자 줄행랑을 쳤다. 상대는 조선 최고의 명궁이었으니 목숨을 보전하는 길은 그것뿐이었을 것이다.

서울에서부터 이 용감무쌍한 이야기를 전해 들은 변씨는 누구보다 더 방씨 처녀가 궁금했다. 아들을 둔 어미가 좋은 처자를 보면 욕심을 내는 건 당연한 처사. 게다가 무장의 딸로 살아온 변씨 자신이기에 다른 이들보다 무장 방씨 집안의 처자에 관심이 높았다. 그래서 변씨는 호시탐탐 그 처자를 한번 만나보고 싶던 참이었다.

이 같은 속마음을 숨긴 채 변씨가 순신에게 말했다.

"나는 사람을 넣어 그분께 너의 스승이 되어달라는 청을 드릴 테니 너는 방진 장군님을 뵙거든 목숨을 다해 배우겠다고 졸라 보려무나. 조선 최고의 궁수가 되게 해 달라고."

"어머니도, 제가 어찌 감히 그런 분께."

머쓱하게 웃는 순신의 말에 변씨가 정색을 하며 되물었다.

"너는 왜 시도해 보지도 않고 안 될 거라고 생각하느냐? 이왕 시작한 것이라면 최고가 되겠다는 마음을 먹어야지. 내가 너를 어릴 적부터 봐 왔으니 잘 안다. 너는 다른 어떤 것보다 활쏘기를 참 좋아하지 않았느냐? 좋은 스승을 만나 배운다면 못할 일이 아니니 절대 포기하려 하지 말거라. 방진 장군은 조선 최고의 궁수라는 평가를 들은 분이시다. 좋은 뿌리에서 좋은 열매가 맺히 듯, 좋은 스승 아래에서 좋은 제자가 나오는 법이다. 며칠 기다려 보려무나. 좋은 소식이 있을 테니."

변씨는 이미 아들을 좋은 무장으로 키워내기로 작정하고 있었다. 자신이 가르쳐준 대로 연습하여 동네에서는 제법 쏜다는 말을 듣고는 있어도 순신의 실력은 어디까지나 기초 단계에 불과했다. 기필코 최고 궁수인 방진 장군을 순신의 스승으로 만들어야한다는 것이 그녀의 생각이었다. 변씨의 고집과 단호한 성격은 어릴 적부터 소문나 있지 않았던가? 일은 착착 진행되고 있었다. 하늘이 돕는 자를 보낸 것이었다.

이준경의 중매

좌의정 이준경. 훗날 명종이 후사 없이 죽고 난 이후 하성군(선조)에게 보위를 잇게 하여 선조의 정치적인 아버지 역할을 했던 그는 죽기 전에 선조에게 편지를 남겨 조선에 당쟁이 일어날 것과 왜군이 쳐들어올 것을 예견하기도 한 대단한 인물이었다. 또 청백리로 유명한 오리 이원익을 천거하여 조정에서 크게 쓰도록 추천하기도 했던 인물로 유명하다. 을묘년 영암에서 왜적을 소탕하여 좌의정에 오른 그가 순시차 하삼도(경상도, 충청도, 전라도)에 내려가다가 일부러 아산에 들렀다. 하삼도를 가자면 서울에서 과천, 수원, 화성, 천안으로 바로 내려가게 되는데, 아산으로 들어오려면 따로 시간을 내야 하는 길이었다.

이준경이 아산으로 길을 잡은 데는 고려 때부터 물이 좋아 태조 임금과 세종대왕, 세조 임금 등 나라님들이 질병 치료차 자주 들렀던 온천에서 지친 몸을 좀 쉬어 가려는 생각이 있었다. 그리고 또 세종대왕 당시 맹활약한 존경하는 고불 맹사성 대감이 말년에 살았던 고택 맹씨행단을 둘러보고자 마음을 먹은 터였다.

그 외에도 오랜만에 보고 싶은 사람이 있어 겸사겸사 들른 참이었다.

맹씨행단은 본래 고려조 충신 최영 장군의 집이었다. 그런데 맹사성이 과거에 급제하여 두각을 나타내기 전, 아버지 맹희도가 조선 건국에 항거하여 온양으로 내려와 이웃에 살게 되었다. 당시 최영은 다섯 살인 맹사성을 눈여겨보았고 후일 자신의 손자사위로 삼으면서 이 집을 맹사성에 주었다. 이후 맹사성은 조선 최고의 명재상 반열에 올랐으니 근처를 지나는 사람들이 하마하여 맹씨행단에 예를 표하는 것은 마땅한 행실이 되었다.

이준경은 맹씨행단 주변을 찬찬히 살펴보았다. 가까운 곳에 기러기가 날아가듯 날렵한 배방산의 산세가 부드럽게 내려와 집 앞에 머무르고, 앞으로는 곡교천이 휘돌아가면서 논밭을 적셔주고 있으니 과연 인물이 날 터였다. 집 앞에는 세 그루의 큰 은행나무와 아담한 한옥 한 채가 남아 맹사성 대감의 취향을 알려주고 있었다.

"허어, 참 검소하고도 기품이 넘치는 분이셨구나. 고불 대감께서는."

이준경이 감탄을 하고 있는 사이에 어디선가 기합 소리가 들려왔다. 행단 뒤쪽 쪽문을 지나 배방산 줄기가 멈춰진 언덕 위로 소매를 휘저으며 가 보니 언덕 아래 평평한 공터에서 한 젊은이가 연신 목검을 휘두르고 있었다. 그 품새가 아직 능숙하다고 보기는 어려웠으나 앙다문 입술과 동작 하나하나에 힘을 쏟아붓는 정성스런 모습에 남다른 기품이 서려 있었다. 인기척에 젊은이가 깜짝 놀라더니 얼른 옷깃을 여미고는 이준경 앞으로 다가와 고개를 크게 숙이며 절을 했다. 흰머리가 살짝 엿보이는 고상한 기품의 얼굴에 광택이 반짝이는 두루마기, 홍마노를 갓끈에 단 이준경의 모습에 범상치 않은 기운을 느낀 것이다.

"혹시 이 고택의 주인이시옵니까? 조용한 맹씨행단에서 소란을 피워 송구하옵니다. 여기는 찾는 이가 없어 가끔씩 와서 무술 연습을 하고 있었습니다."

이준경은 젊은이의 모습을 살폈다.

"나도 잠시 들른 객일 뿐이네. 그런데 그대 이름은 무엇인가?"

"저는 백암리에 사는 이순신이라 하옵니다."

"순신이라, 이순신? 혹시 자네 이요신 군과는 어떤 사이신가?"

"아니 어떻게, 제 백형입니다만."

"그래? 어쩐지 닮았다 했더니. 그런데 영재로 소문이 자자한 형과 달리 그대는 왜 목검을 들고 무술 연습을 하고 있는 겐가?"

순신은 잠시 머뭇거리다가 말을 이었다.

"저도 스무 살까지는 글공부를 하며 과거에 급제할 것을 꿈꿔 왔사옵니다. 하지만 을묘년 왜변이나 임꺽정의 난 등 나라 안팎의 사정이 급박한 형편이라 글공부보다 칼을 들기로 하였습니다. 제 몸 하나 지킬 힘도 없으면서 이렇게 나라가 위기에 처해 있을 때 자기의 이익을 탐하는 데에만 학문을 쓴다면 무슨 쓸모가 있겠습니까? 그래서 좀 늦었지만 지금이라도 무술을 익혀 무과에 도전해 보고자 합니다."

'오호, 젊은이가. 가슴속에 그런 깊은 뜻을 품고 있다니.'

이준경은 다시 한번 청년의 얼굴을 자세히 살폈다. 이목구비가 또렷하고 강직한 인상이 범상치 않아 보였다. 덕수 이씨 가문을 대략 알고 있던 그로서는 오늘의 이 만남이 예사롭지 않다고 생각했다.

'너도나도 과거에 급제해 일신의 영달을 꾀하려고 애쓰는 마당에 나라의 위기를 생각하는 청년이 덕수 이씨 손이라니.'

그는 사람의 인연이라는 것이 놀랍고 신기하다는 생각으로 다시 순신에게 물었다.

"그런데 왜 이곳까지 와서 무술 연습을 하고 있는 건가?"

"네, 저희 집은 여기에서 조금 떨어진 백암리에 있는데 조용한 이곳에 와서 연습을 하면 도움이 될까 싶어서입니다. 게다가 이 집이 원래 고려 때 최영 장군님의 집인 것으로 알고 있습니다. 흠모하는 그분의 정신과 기운을 배워 볼까 하고 온 것입니다."

순신의 말에 흐뭇한 표정을 짓고 있던 이준경이 아쉬운 작별 인사를 나누려다가 갑자기 멀리 떨어져 그를 지켜보던 호위무사를 불렀다.

"너는 이 청년의 무술 솜씨가 어떠하다고 느꼈느냐?"

무사가 웃으며 대답했다.

"힘은 넘치지만 기마 자세에서 다리가 흔들거리고 목검의 끝이 불안정한 것으로 보아 아직 기초가 덜 잡힌 듯합니다. 열정과 집념만큼은 높이 살 만하니, 훌륭한 스승을 둔다면 훨씬 좋아질 것입니다."

"그렇더냐? 나도 그렇게 보았다. 순신 청년! 이 무사가 보기보다 대단한 실력을 갖추었다네. 그가 보는 눈이 맞을 게야. 아직 스승 없이 훈련만 해 온 모양인데 그대는 누구를 스승으로 모시고 싶은가?"

"예, 일면식도 없고 아직 배움이 얕아서 청하지는 못했습니다만 이웃에 계신 전 보성군수 방진 장군님을 스승으로 모시고 싶습니다. 그래서 먼저 제 실력을 좀 더 쌓고 찾아가려고 노력하고 있는 중이었습니다."

"오호, 이럴 수가!"

이준경이 박수를 치며 웃었다.

"이런 인연이 다 있나! 내가 마침 방진 군수를 만나려고 가려던 참인데 자네가 앞서서 나를 좀 인도해 주겠는가?"

순신은 옷깃을 여미고 이준경에게 인사하며 아뢰었다.

"제가 앞서서 가겠습니다만 방진 군수께는 어느 분이라고 함자를 전해 올릴까요?"

"그래, 동고가 왔다고 전하면 될 것이네."

동대문 근처 그의 집이 마치 창고처럼 허술하다고 백성들로부터 동쪽창고라는 별명으로 불렸기에 이준경은 백성들이 지어준 별명을 자신의 호로 쓰고 있었다.

이런 내력을 까맣게 모르는 순신으로서는 그저 지체 높은 당상관이려니 하며 방진 군수의 집으로 그를 안내했다.

'하늘이 이 청년을 내게 인도하신 까닭이 무엇일꼬? 참으로 기이한 인연이로다!'

배방산 자락에 있는 맹씨행단에서 방진의 집으로 가려면 아산 현청을 지나 나지막한 구릉을 따라 근 십여 리 길이었다. 말을 타고 올라 산등성을 따라 달리기 딱 좋을 만큼 나지막한 방화산 자락에는 유독 소나무가 울창하여 곧은 성품의 방진 군수와 잘 어울렸다. 어느새 방진 집 앞에 도착한 순신이 대문을 두드렸다.

대문이 열리고 하인이 내다보더니 급히 달려가 아뢰었는지 방진이 버선 바람으로 사랑에서 뛰어나왔다.

"아니, 좌의정 대감. 이 어인 행차시옵니까? 참으로 오랜만에 뵙습니다."

그 말에 대문 옆에서 방진 군수에게 머리를 조아리고 있던 순신의 얼굴이 당혹감으로 시뻘게졌다.

'좌의정 대감이라고?'

이준경이 부드러운 얼굴로 방진을 일으켜 세웠다.

"아이고, 방진 장군. 일어나시오. 참으로 오랜만이오."

"장군이라시니 부끄럽습니다. 활을 내려놓은 지가 얼마나 오래 되었는데요. 그나저나 곧 영의정이 되신다고 들었는데 어쩐 일로 이런 누추한 곳까지 기별도 없이 들러주셨습니까? 뵌 지 십여 년 이 지났는데 하나도 변하지 않으셨습니다요."

"어허, 부끄럽게 왜 그러시오. 영의정이라니요."

"다음 영의정 자리는 대감이라고 예까지 소문이 파다한걸요. 곧 영의정으로 승차하실 거라고 들었습니다. 대감! 예서 이러실 게 아니라 사랑으로 올라가시지요. 대접할 것이 마땅치는 않으나 차는 보성 아닙니까? 제가 임지에 있을 때 직접 가꾸었던 차밭을 남에게 맡겨 두었더니 때마다 조금씩 올려줘서 맛있게 먹고 있 습니다. 대감께서도 한번 맛보십시오."

이준경은 방진이 정성스레 준비한 차를 음미하며 감탄사를 발 했다.

"역시 보성차로군. 참 감사하오이다. 그런데 요즘 활은 아예 내 려놓으셨소?"

사랑에 앉아 이런저런 이야기를 나누며 이준경이 물었다.

"이런저런 소일하기에도 바쁜 데다가 이제 나이도 들어 손을 놓은 지 꽤 되었습니다. 가끔은 손이 근질근질합니다만 요즘 젊 은이들은 활도 배우려 들지 않으니 말입니다."

"그래요? 그렇다면 내가 한 사람을 추천하면 어떻겠소?"

"어디 추천할 만한 그릇이 있습니까?"

"등하불명이라고 가까운 곳에 젊은이가 있었는데 못 보셨구려. 아랫사람에게 일러 대문 밖에서 기다리고 있는 청년을 좀 들어오라 하시오."

방진은 고개를 갸우뚱하며 하인을 시켜 청년을 불러들였다.

방 안으로 들어선 순신은 두 사람을 향해 큰절을 올리고 무릎을 꿇어앉으며 이준경을 향해 입을 열었다.

"대감마님, 제가 과문하여 몰라뵈었습니다. 너그럽게 용서하시기를 바라옵니다."

"괜찮네, 괜찮아. 내가 신분을 밝히지 않았으니 자네 불찰이 아닐세. 방진 장군, 내가 말한 청년이오. 오늘 맹씨행단에 들렀다가 검술 연습을 하고 있는 이 친구를 발견하여 몇 마디 이야기를 나누었는데, 이 젊은이가 무술을 배우고자 하는 의지가 남다르고 목표가 확실하니, 그대의 제자 삼게 해 주려고 같이 가자고 하여 데려왔소. 나를 봐서 부탁을 들어주시오."

방진은 보기 드물게 훤칠한 청년 이순신을 본 순간 호감을 느꼈다.

"그래, 어디 사는 누구신고?"

"네, 저는 백암리에 사는 이정의 셋째 아들 순신이라 하옵니다."

이준경이 거들었다.

"저 청년의 형을 내가 조금 알지. 아마 방진 장군도 아실 만한 가문일 게요. 성종대왕 때에 호랑이 장령으로 이름이 높았던 이 거 어른이 저 청년의 증조부가 될 거요. 아마 그의 아들인 이백 록이 험한 일을 당해 출사를 못 해 가세가 조금 기울기는 했어도 덕수 이씨 가문이라면 사대부로 반듯한 집안이라고 평들 하지 요. 게다가 동학에서 영재로 소문난 류성룡, 허성, 이요신 가운데 요신이 저 청년의 형 된다고 합니다."

"그렇습니까? 옆 동네에 저런 인재가 있는 줄도 모르고. 집 밖 을 잘 나다니지 않았더니 이런 일이 생깁니다. 허 참."

방진은 순신을 자세히 살펴보기 시작했다. 그 모습을 지켜보던 이준경이 순신에게 예를 표하도록 지시했다.

"여기 방 군수가 자네를 제자 삼기로 했으니 다시 한번 큰절을 올리고 그만 나가 보게나. 따로 하명이 있을 테니."

"예, 대감마님!"

"이순신이 스승님을 뵙습니다."

순신이 이준경에게 먼저 절하고 난 다음 방진에게 큰절을 올 렸다.

"그래, 우리 한번 잘해 보세. 올해 몇 살인고?"

"스물하나이옵니다."

"좋은 나이로다. 그럼 자네는 당장 내일부터 아침을 먹고 나면 내게로 오게나. 매일 배워야 할 것은 그때마다 가르쳐 줄 테니. 그 럼 이만 가 보게."

"네, 스승님!"

순신이 이준경과 방진에게 인사를 마치고 나오는데 가슴이 뭉클해지면서 눈물이 핑 돌았다. 스무 살이 되도록 한 번도 스승다운 스승을 만나지 못한 그였다. 어떤 길이 자신의 길인지 몰라 망설이다가 어머니 변씨에게 조언을 받고 부친 이정에게 허락을 얻어 무과의 길을 걷기로 작정하자마자 이런 귀인들을 만나게 되다니. 그로서는 너무도 감사하고 고마운 분들이라 주체할 수 없는 감정에 그만 눈물을 흘리게 되었던 것이다.

순신은 그 길로 집으로 말을 달려 오늘 일어난 기이한 인연을 부모에게 털어놓았다. 사랑채에서 모처럼 부부가 두런두런 세상 이야기를 하고 있던 차에 순신의 말을 듣고 두 사람은 모두 깜짝 놀랐다.

특히 변씨는 그렇지 않아도 방진 군수 댁에 사람을 보내 순신을 제자 삼아 달라고 할 참이었는데 뜻밖의 기연에 놀라움을 금치 못했다. 방진 군수의 딸을 며느리로 삼기에도 길조임에 틀림이 없었다. 변씨로서는 속으로 쾌재를 부르지 않을 수 없는 일이었다.

"그래, 이준경 대감의 모습은 어떻더냐?"

"더없이 인자한 얼굴이셨습니다. 허나 목소리에 힘이 있어 감히 범접하지 못할 위엄을 갖춘 분이셨습니다. 아버님은 혹시 어떤 분인지 알고 계셨습니까?"

"전혀 모르느냐?"

"네, 소자가 과문하여 조정 어른들을 제대로 알지 못하옵니다."

"네 탓만도 아니구나. 정치가 싫다고 시골로 내려와 사는 나로 하여 너희들이 서울 돌아가는 정황이나 인물들을 알 수가 없었 겠지."

"방진 군수님이 버선발로 뛰어오셔서 깍듯한 예를 갖추는 걸 보면 그저 아부하는 것이 아니라 온몸으로 그분을 존경하고 있 다는 인상을 받았습니다."

"그래, 그러고도 남을 분이다. 아주 유명한 가문인 데다 그분 스스로도 대단한 분이시지. 6대조인 이집 어른과 4대조인 이인 손 어른이 고려조에 큰일을 하셨고, 연산군 대에는 조부 이세좌 라는 분이 좌승지까지 오른 집안이다. 6대조 이집은 목은 이색, 포은 정몽주 선생과 교류했던 분이셨으니 그때부터 명문세가로 조선에서 소문난 학자 집안으로, 당연히 그분을 존경하지 않을 수 없지. 그런데……"

이정은 갑자기 말을 멈추고는 순신을 바라보며 나지막이 한숨 을 쉬었다.

"그런데 무슨?"

"갑자기 가문이 풍비박산이 났었지. 내가 오늘 이준경 대감을 자세하게 설명하는 것은 그분처럼 너도 어떤 역경에도 굴하지 않 는 사람이 되기를 바라서란다. 우리 가문이 겪은 일은 이분들에

비하면 아무것도 아니었다. 너희 할아버지는 혼자 장을 맞고 출사가 막힌 것으로 끝이 났지만 이준경 그분의 할아버지는 그야말로 지옥 같은 일을 겪으셨지. 가문이 한순간에 몰락했으니."

"아니, 어떠셨길래 갑자기 몰락을 하셨답니까?"

"연산 임금 10년(1504년)에 갑자사화가 발생했단다. 너도 이 이야기는 들은 적이 있을 게야. 갑자사화는 연산군의 어머니 폐비 윤씨의 복위 문제에 얽혀서 일어난 사화라고 말이야. 성종 임금 시절 연산군의 어머니인 폐비 윤씨에게 사약을 갖다 준 이가 바로 이준경 대감의 조부로 좌승지 이세좌라는 분이었어. 이분이 당시 좌승지로 사약을 들고 가 윤씨의 사형을 집행했으니, 후에 보위에 올라 어머니 윤씨의 억울한 죽음을 파헤친 연산군이 사약을 가져간 신하를 그만둘 리 만무했겠지? 이분은 연산 임금으로부터 심문도 없이 즉시 사약을 받아 죽임을 당했고 연좌제로 가족들이 함께 처형되기 시작했단다."

"세상에 그런 일도 다 있었군요. 그럼 이준경 대감도 살아남지 못했을 테데요. 어떻게 살아남은 것인가요?"

"나라님 명이 추상 같으니. 좌승지 이세좌 어른의 아들 넷 모두가 참형을 당하면서, 이준경 대감의 아버지도 함께 처형을 당했다는구나. 집안에 남은 남자가 하나도 없을 정도로 모두 죽임을 당하고 유배를 당했는데 이준경 대감과 그분의 형 두 사람이 어머니와 함께 금부도사가 오기 직전에 가까스로 피신하게 되었단다. 형제 둘은 간신히 살아남아 괴산 청풍에 있는 외할아버지 집으로 피신하여 목숨을 부지하게 된 것이지. 이 대감은 그 모진 고통을 다 이겨내고 홀로 공부하여 오늘의 자리에 오르신 게야. 당시 여섯 살이었다니 그토록 어린아이가 그런 모진 고통을 겪고 이겨낼 수가 있었겠니? 과거 시험은 생각할 수도 없었으니 그저 희망 없는 글공부나 하는 신세였단다. 그 당시 조금이라도 신변이 불안하면 외할아버지가 시키는 대로 거처를 옮겨 가며 숨어 살았단다. 그렇게 어린 시절을 보낸 후 연산 임금이 폐위되고 중종 임금이 보위에 오르자 신원이 복권되어 뒤늦게 과거에 급제했는데 몰락한 가문에서 살아난 청년 이준경을 보고 모든 사람이 다 놀랐다고 하더구나. 워낙 큰일을 겪고 어려운 역경을 극복한 분이어서 그런지 유난히 강직하고 청렴한 데다 경륜이 남달라서 세상 보는 눈이 예사롭지 않으시다. 그래서 오늘날 좌의정까지 오르신 입지전적인 인물이란다."

"그렇군요. 아버님! 헌데 방진 군수님과 나누는 말씀을 들으니 군사와 무술에도 조예가 깊으신 듯 보였습니다."

"그럴 게다. 네가 어려서 기억할지 모르겠다만 11년 전엔가 저분이 함경도 도순변사로 출정하여 북방 여진족의 반란을 진무하고 돌아오실 때 장안이 떠들썩했다더구나. 또 그 이태 뒤 호남에 왜구들이 쳐들어와 해안가의 여러 군현이 함락되자, 대감이 전라도 도순찰사가 되어 영암까지 침입한 왜구를 소탕하여 진압하고

돌아오셔서 의정부우찬성 겸 병조판서까지 하셨으니 무과에도
아주 밝은 분이시란다. 네게는 표상이 될 만한 좋은 분이시지."

"그래서 제게 무술 스승으로 방진 군수님을 추천하셨군요."

"참 기묘한 인연이로다. 하늘이 도우신 게야. 기다려보자꾸나."

이정은 말을 마치면서 괜스레 가슴이 시려왔다. 집안의 처지를
생각하면 자신은 이준경 대감에 비해 호사를 누리고 있는 셈이
었다. 아버지 이백록이 툭 던진 한마디가 가슴에 남아 오늘의 모
습이 되었던 것이다.

'정아, 너는 조정에 기웃거리지 마라.'

한편 이준경은 방진과 이런저런 담소를 나누고는 자리를 털고
일어나다가 돌아서며 말을 이었다.

"방 군수, 내 이런 말까지 하기가 쉽지 않소만 아까 본 순신이
라는 청년이 보통이 아닐 듯싶소. 내 장담하리다. 머지않아 큰일
을 해낼 인물이오. 우리 조선은 곧 전란에 휩쓸릴 운명이라고 내
가 언제 말하지 않았소? 이런 때 저 청년과 같은 인물을 만나게
된 것은 나에게 뜻하지 않은 기쁨이오. 내게 딸이 있다면 당장
사위로 삼고 싶소만 이미 출가하여 없으니 아쉽구려. 장군에게
는 외동딸이 있지 않소? 내가 중매를 설 터이니 아끼지 말고 이
참에 그 청년을 사위 삼으시오. 내 말을 믿어보시오."

"그것 참 급작스러운 분부시라서."

방진은 이준경 대감의 말이라 얼떨결에 그러마고 대답은 했으나 번갯불에 콩 볶아 먹는다고 정신이 하나도 없었다. 금이야 옥이야 아껴온 외동딸 아니던가? 방진에게는 재물도 있고 관운도 있어 부족할 것이 없었지만 자식 운은 바늘구멍만큼 작았다. 부부 모두 건강한데도 불구하고 사내아이가 잘 들어서지 않았다. 그러다가 한참 후 겨우 가진 아이를 3개월도 안 돼 뱃속에서 잃고 말았다. 아쉬웠지만 이곳저곳 좋다는 곳에 치성을 드려보는 등 각고의 노력 끝에 사내아이를 다시 얻었다. 그것도 잠시. 태어나자마자 시름시름 앓던 아이가 홍역을 견디지 못하고 저세상으로 떠나버렸다. 그러자 방진의 아내는 말문을 닫고 실망한 나머지 집 밖으로 외출조차 하지 않은 채 한동안 아이를 가질 생각도 못했다. 그러다가 겨우 진정하고 가진 아이가 올해 열아홉 살이 된 딸 태평이었다.

'클 태(太), 평평할 평(平)'. 아이의 울음소리를 듣고 지나가던 도인이 탯줄에 대문 안으로 들어오지도 못 하고 내어준 시주 쌀 그릇 속에 담아 놓고 간 이름이었다. 아무도 말한 적이 없는데 귀한 아이라는 걸 알았던 모양이다.

방진의 미심쩍은 얼굴을 본 이준경이 오금을 박았다.

"내가 그래도 앞을 좀 보는 예지력이 있지 않소? 그동안 날 오래 지켜봐 왔으니 말이오. 저 청년은 스무 살이 되도록 문과 공부를 해 왔소. 우리 조정 무관들 가운데 저 청년만큼 문재를 가지고 있는 인물이 얼마나 되겠소? 지금의 장수들은 그저 칼이나 휘두르고 활 좀 쏘면 요직에 등용이 되어 큰소리 떵떵 치고 있지만 북적과 남적의 수상쩍은 움직임으로 보아 머지않아 큰 전쟁이 터질 것이오. 그러자면 지금과 같은 변경의 싸움 정도가 아닐 것이오. 문리를 알고 전략을 아는 장수가 나와야 비로소 대적이 가능할 거란 말이오. 그런 인재가 눈앞에 있소이다. 그러니 방 군수는 좋은 인재를 제자와 사위로 한꺼번에 얻게 되었는데 어찌 표정이 그러시오?"

"아, 아니옵니다. 대감 말씀대로 하겠습니다. 허 참, 기이한 인연이로군요."

방진은 이준경의 예지력과 인물 보는 눈을 누구보다 잘 알고 있었다. 그가 전투 현장에서 겪었던 이준경의 예지력은 한 번도 틀림이 없었던 것이다.

"그러게 말이오. 그럼 또 봅시다."

이준경은 순신을 사위로 삼도록 당부하고는 그 자리에서 휘휘 떠나갔다. 방진은 그동안 수많은 청혼을 마다하고 외동딸을 아껴왔다가 이준경 대감을 만난 창졸지간에 혼사를 진행하기로 하는 바람에 섭섭하기 짝이 없었다. 그러나 어차피 떠나보낼 딸이 아닌가? 서둘러 사주단자를 마련하여 순신의 부모인 이정과 변씨에게 청혼을 넣었다.

순신의 결혼

"올해는 네게 참 좋은 일이 많이 일어나는구나. 좋은 스승님도 만나고 또 그 스승님의 딸을 아내로 맞게 되었으니 말이다."

이정은 기쁜 마음으로 아들 순신의 결혼을 축하해 주었다. 무뚝뚝하고 말수 적은 그가 방진 군수야말로 문무를 겸비한 탁월한 분이라며 사돈 칭송을 아끼지 않았다.

평소 침착하고 대범하기로 소문난 변씨도 이날만은 잔뜩 들떠 있었다.

"내가 뭐라 했느냐? 내 말이 그대로 들어맞지 않았느냐? 사돈 되신 방 군수님은 활로는 조선 최고이시니 이제 네가 열심히 노력하여 그 실력을 제대로 잘 이어받아 급제할 일만 남았느니라."

"네, 알겠습니다. 두 분을 실망시켜 드리지 않도록 최선을 다할 것이옵니다."

결혼은 순식간에 이루어졌다. 서둘러야 하는 이유가 있는 것은 아니었으나, 서로를 잘 알게 된 마당이고 존경하는 좌의정 이준경이 중매를 선 터라 괜한 허례와 자존심으로 시간을 보낼 필요가 없었다. 혼담이 오가는 과정에 변씨는 며느리 될 방 군수의 무남독녀 외동딸 태평을 수차례 만나며 서로를 이해할 수 있게 되었다. 식구가 되려면 미운 상도 예뻐 보이는데 애지중지 보살핌을 받고 자란 처자는 고운 얼굴에 방정한 품행으로 변씨의 마음을 단숨에 사로잡았다. 무장의 딸로 자라서인지 격식에 얽매이지 않은 분방한 성품도 변씨는 애틋했다. 그래서일까? 맛난 음식이 생기면 보내주고 한가위 보름날이 뜬다고 동네 뒷산으로 오라 해 같이 소원을 빌면서 고부간의 사이를 다져갔다.

태평은 혼사가 오간다는 말을 듣고 신랑 될 사람이 궁금했다. 사대부 집안이라면 혼인하기 전까지 신랑 얼굴을 쳐다본다는 게 언감생심이었지만 방씨 집안은 달랐다. 무반의 집안답게 딸의 행실을 크게 옥죄지는 않았다. 물론 천방지축으로 내버려 두는 것도 아니었다. 다행히 태평에게는 멀리 가지 않고도 서방 될 순신의 얼굴을 볼 기회가 자주 있었다. 아버지의 제자로 매일처럼 무술 연습을 하러 오는 모습을 볼 수 있었으니 말이다. 먼발치에서 봐도 단번에 마음에 들었다. 큰 키에 힘찬 걸음걸이와 반듯한 이목구비는 마치 글공부를 하는 선비와 같았다.

이만 하면 조선 최고의 신랑감이라는 흡족한 마음이 들었다. 그것도 부친이 평소 침이 마르도록 존경하는 좌의정 이준경 대간이 중매를 선 혼사여서 태평에게는 더없이 좋은 일이 될 것 같았다. 방진도 하루하루 순신을 가르치면서 기대를 키워가고 있었다. 덕수 이씨 집안이 문반 집안이라 은근히 걱정이 앞섰는데 그의 무재는 타고난 것이 분명했다. 힘이 좋을 뿐만 아니라 몸놀림도 예사롭지 않았다. 사부인 될 변씨의 부친이 근동에서 명성이 자자했던 변수림 장군이었다는 말에 수긍이 갔다.

'무재는 외탁을 했구나!'

드디어 양가는 가을걷이를 끝낸 햇볕 좋은 날을 골라 화촉을
밝혔다.

백암리 사람들이 모두 축하하러 모여든 것처럼 인파가 몰려들
어 제법 규모가 큰 방진의 고풍스런 저택이 차고 넘쳤다. 소나무
숲을 들어내고 만든 궁터 잔디밭까지 흰 천막을 둘러 손님을 맞
을 정도였다. 동네 아이들에게 잔칫집은 그야말로 산해진미를 맛
볼 수 있는 흔치 않은 축제가 아니던가. 이런저런 일손을 거들어
주면 평소에 맛볼 수 없었던 돼지고기 몇 점과 노랗게 잘 익은 전
들을 먹을 수 있었다. 그런고로 코흘리개부터 제법 실한 떠꺼머
리총각들까지 상을 옮기고 천막을 치며 음식을 나르느라 부산했
다. 그뿐만 아니라 이웃 고을까지 소문이 나 걸어올 만한 거리에
있는 이들은 모조리 출동했는지 마을 입구까지 냄새나는 거지들
로 북적였다. 잔칫집의 인심이 박해서는 안 되는 법, 그렇다고 많
은 하객도 자리를 내어줄 수 없는 잔칫집에 거지들을 들여놓을
수는 없는 노릇이라 방진 군수와 이정은 마을 어귀에 따로 큰 상
을 마련하여 음식을 내주었다.

상청에서는 순신과 태평이 서로를 힐끗힐끗 쳐다보며 맞절을
하고 있다. 무엇이 그리 좋은지 입이 귀에 걸린 태평을 바라보는
방진이 웃음을 띤 채 혀를 끌끌 찼다.

"딸자식 키워봤자 아무 소용없다더니 참말일세."

그러자 이 말을 들은 방진의 집안 어른이 말했다.

"자네야말로 뭐가 그리 좋아서 종일 싱글벙글 사위에게서 눈을 못 떼나?"

"어른이라면 아니 그러겠어요? 좋은 집안과 사돈이 된 것도 모자라 훤칠하고 늠름한 사위를 통째로 집안에 들여놓게 생겼으니 방진 군수야말로 얼마나 마음이 든든하겠습니까? 적적하던 집안이 꽉 차게 생겼는데."

방진의 집안 내력을 아는 사람들은 이구동성 오늘의 혼례를 축하하고 한편으로 부러워하였다.

혼례가 막바지에 이르러 주례의 성혼이 떨어지자 부부가 된 순신과 태평이 양가 부모에게 절을 올리려고 내려와 먼저 친가 부모 앞에 엎드렸다.

이정이 흐뭇한 표정으로 아들 내외를 바라보며 축하 인사를 건넸다.

"무엇보다 건강하게 잘 살아라. 부부가 오래도록 같이 살며 자식을 낳고 키우는 것은 아주 중한 일이란다. 가문을 빛내는 것이 꼭 과거에 급제하고 큰 벼슬을 하는 것에만 있는 것이 아니다. 대를 이어 자식을 잘 키우고 부부가 서로 아끼고 위해 주는 것으로도 큰일 하는 것임을 명심해라."

이어 변씨도 눈시울을 적시며 두 사람의 앞날에 축복의 말을 이었다.

"잘 살게 될 게다. 너희 둘은 좋은 인연이니 합심해서 잘 살아갈 것임을 믿는다. 순신도 며느리도 다 지혜로운 사람들이니 틀림없이 잘 살 게야. 아내는 남편의 전정을 가꾸고 집안을 편하게 하는 것이 도리요, 남편은 나라의 부름을 받으면 나아가 최선을 다하고 부름을 받지 못하면 가족을 위해 몸을 아끼지 않아야 하는 법이다. 순신은 이제 무술을 익혀 나라에 도움을 주는 사람이 되고자 마음을 먹었으니 부지런히 갈고닦아 이 나라의 동량이 되어야 한다. 특히 무반의 큰 어른을 스승이자 장인으로 둔 행운을 얻었으니 한시라도 게으름을 피운다면 그 죄가 적지 않을 것이다."

"예, 명심하겠사옵니다."

부부는 두 어른의 말씀을 새기고 물러났다.

조선의 풍습에 '장가를 든다'는 말이 있을 정도로 처가에서 신혼살림을 차리는 것은 흔한 일이었다. 순신의 아버지인 이정은 장남임에도 혼인 후 처가인 변씨 집에서 두 해를 살다가 동대문 훈련원 근처에 집을 마련하여 나가게 되었다. 순신의 두 형은 이미 가정을 이루어, 맏이 희신은 부모를 모시고 살고 있었으며 둘째인 요신은 장가를 든 후에도 서울집에서 공부를 계속하며 살고 있었다. 그러므로 셋째인 순신이 처가에 살림을 차린 것은 아무런 문제도 흠도 아니었다.

마침 아내 태평이 무남독녀 외동딸인지라 장인인 방진 입장에
서는 순신이 아들처럼 믿음직스러워 곁에 두는 것이 오히려 좋았
다. 순신도 늘 오가며 배우던 무술을 이제 한집에 살면서 바로바
로 배울 수 있어 더없이 좋은 여건이 된 셈이었다. 장인 방진은 대
대로 이어온 상당한 재력가였기에 집도 제법 컸을 뿐 아니라 집
뒤쪽으로 활을 쏠 수 있는 널찍한 텃밭을 가지고 있어 무예를 훈
련하고 익히는 데에는 최상이었다. 장인이자 스승인 방진은 조선
최고 궁수답게 순신에게 활쏘기부터 가르치기 시작했다.

"자네는 활쏘기를 어디서 배웠는가?"

"어릴 적에는 어머님이 가르쳐 주셨습니다. 커서는 여기저기
잘 쏜다는 사람들을 찾아다니며 귀동냥으로 배우기도 하고 혼자
연습하기도 했습니다."

"어머님이 활을? 허, 놀라운 일이로다. 그래, 어머님은 활쏘기
를 무어라 하시던가?"

"네, 어머니는 제게 활을 쏘는 것은 자신에게 활을 쏘는 것이
라고 말씀하셨습니다."

"오호라, 자신에게로 활을 쏘는 것이라고? 그런 놀라운 말씀을
하시다니. 역시 무장의 따님이셨구먼."

방진은 자신이 아끼던 궁을 꺼내 순신에게 보여주었다.

"이 활은 내가 남쪽으로 들어온 왜구들을 공격할 때 썼던 가
장 아끼는 것이네. 한번 당겨 보게나."

순신은 조심스레 방진의 궁을 들고 잡아당겨 보았다. 활이 크고 뻑뻑하여 잡아당기는 것조차 쉽지 않았다.

"자네가 쓰던 각궁과 달라서 쉽지 않을 거네. 이 활은 정량궁일세. 육량궁이라고도 부르지. 무게가 여섯 량이라서 그렇게 부른 게야. 중원 사람들이 우리를 동이족이라고 불렀던 것은 우리가 이렇게 큰 활을 썼기 때문이지. 길이가 5자 5치인데 줌의 정중앙으로부터 도고지까지의 길이는 2자 2푼, 아귀의 직경은 1치 4푼, 오금의 직경은 1치 5푼, 창밑의 직경은 1치 3푼, 도고지로부터 양냥고자까지의 길이는 6치 3푼, 고자의 폭은 1치 7푼, 양냥고자의 길이는 1치라네."

정량궁, 즉 육량궁은 순신이 지금껏 당겨본 활과는 차원이 달랐다.

"예, 그런데 제가 힘으로는 다른 사람 못지않은데 쉬이 당기기가 어려운 걸 보니 특별히 쏘아야 할 준비 자세가 있는 게 아닌가 싶습니다."

"맞네. 정량궁은 활의 몸체가 아주 두텁고 힘이 강하기 때문에 그만큼 탄성이 강하다네. 자네가 가진 활은 사(四) 량에 불과하지. 활 쏘는 사람이 만개할 때에는 뛰면서 앞으로 달리는 용약전진의 자세로 나아가며 반동의 힘을 빌리는 것이 보통이라네. 서서 쏘는 사람이 별로 없는 편이지. 그래서 전시 살상용이나 과거용은 이 활을 써 왔던 것일세. 자네도 앞으로는 이 활로 준비해야만 무과에 응시할 수 있을 걸세. 그럼 내가 어떻게 하면 이 활을 잘 다룰 수 있는지 보여주겠네."

방진은 정량궁을 힘껏 잡아당기기 시작했다. 활이 부러질 정도로 팽팽히 당긴 다음 화살을 날려보냈다.

"획."

휘파람소리 같은 여운을 남기고 화살이 과녁으로 달려나갔다. 그러고는 육중한 음을 내고 과녁 속에 깊이 박혔다.

"가서 화살을 빼 보게."

오십 보가 넘는 거리의 과녁으로 달려간 순신이 화살을 뽑으려 해도 쉬이 빠지지 않았다. 워낙 깊이 박혀버린 것이었다. 순신이 겨우 빼 돌아오자 방진은 가져온 화살을 만져보며 말했다.

"이렇게 강하고 날래야 인마살상용으로 쓸 수 있지. 이런 화살은 한번 맞으면 살아남기 어렵거든. 이제 이 활로 연습해서 과거를 치르게."

역시 조선 최고의 궁수는 아무나 되는 게 아니라는 생각이 들었다. 활을 손에서 놓은 지 10여 년이 되었다는 방진의 솜씨는 조금도 줄어든 것 같지 않았다. 쏘는 활마다 과녁 정중앙을 꿰뚫는가 하면 박히는 화살마다 얼마나 깊은지 살을 뽑느라 힘을 다 쓸 정도였다.

한편 방진에게도 사위이자 제자인 순신을 가르치는 것은 그만큼 각별한 일이었다. 그는 활쏘기의 기초부터 새로이 차근차근

가르치면서, 동작과 품새의 정확성도 중요하지만 무엇보다 기초
체력을 기르는 데 역점을 두었다. 지금까지 힘이라면 누구에게도
뒤지지 않는다고 자부했던 순신이지만, 스승 방진이 요구하는 수
준의 훈련을 소화하는 것은 만만치 않았다. 가장 힘든 훈련 중
하나가 뜀박질이었다. 매일매일 집 뒤쪽 궁터를 돌아 울창한 소
나무숲을 뛰어오르며 방화산 자락을 한 바퀴 돌아오는 뜀박질
은 입에서 단내가 났다. 활을 잘 쏘려면 먼저 하체의 힘을 길러야
한다고 했다. 활뿐일까? 기마 자세를 유지해야 하는 검술도 하체
의 힘이 필요한 것은 마찬가지로, 말을 오랫동안 잘 타려면 역시
하체의 힘이 필요했다. 뜀박질이 어느 정도 익숙해질 무렵부터 스
승 방진은 품새와 동작을 하나하나 정확하게 일러주며 매일 진
도를 나갔다. 지극정성으로 가르치는 장인과 그것을 하나도 빠뜨
리지 않으려는 순신의 열정이 한데 뭉쳐 단단해져 갔다.

　얼마 후 뜀박질을 하고 돌아온 순신에게 스승은 편전 하나를
꺼내 보여주며 물었다.

　"이 활은 써 본 적이 있는가?"

　"겨우 두 번 정도 날려 보았습니다."

　"그런가? 편전은 아기살이라고도 부르네. 이 화살은 활만 있으
면 쏠 수 있는 일반적인 화살과 달리 사격할 때 통아라는 보조
기구가 필요하지. 길이가 장정 팔뚝만 한 통아를 통해 날려 보내
면 500보, 심지어는 1,000보를 날아가니 적들이 이를 두고 조선

의 비밀병기라고 부를 정도라네. 자네는 이것도 잘 쏠 수 있어야 하지. 사격법이 다소 복잡하지만 멀리 떨어진 적을 제압하는 데 큰 도움이 된다네. 왜구들에게 이 살을 쏘았는데 살상력이 출중했지.”

순신이 편전을 만져보며 감탄했다.

“정말 기가 막힌 살입니다. 이 좋은 걸 왜 국경 지역에서는 못 쏘게 했을까요?”

방진이 웃으며 대답했다.

“허허허, 그걸 알고 있었구먼. 야인이나 왜인들에게 편전 사격 기술이 넘어갈까 봐 나라에서 사격 연습을 금지했기 때문일세. 편전은 조선의 비밀무기지. 이 화살은 관통력이 특히 뛰어나고 적의 진영을 깨뜨리는 데 가장 효과적이라네. 정탁 대감은 문신이지만 아기살을 보고 ‘30~40보 거리에서는 두 명을 쓰러트릴 수 있고, 100보까지는 한 명을 쓰러트릴 수 있으며, 200보까지도 중상을 입힐 수 있다’고 했다네. 어떤가? 이것도 배워야겠지?”

순신이 씩 웃으며 말했다.

“그럼요, 장인어른! 당연히 배워야지요. 가르쳐주신다면 철저히 연습하겠습니다.”

방진은 차차 궁술뿐만 아니라 각종 검술과 말타기까지 자신의 모든 무예를 가르치고 전수해 주었다. 조선의 명궁에게서 새로운 명궁이 탄생하려는 순간이었다.

훈련이 끝나면 순신은 어김없이 변씨에게 달려가 그날 있었던 일을 이야기하고 집으로 돌아왔다.

"순신아! 매일 들르지 않아도 좋다. 연습 열심히 하고 틈틈이 네 아내를 잘 챙겨주어라. 무남독녀로 커서 외로움을 탈 수가 있다니까."

"괜찮아요. 장인과 대화도 잘 나누고 혼자 있어도 씩씩하게 일도 잘합니다. 아이고, 제가 어머니 앞에서 아내 자랑을 하고 말았네요. 송구합니다."

변씨가 웃으며 손사래를 쳤다.

"됐어, 됐어. 어서 가거라. 아버지는 네 요신 형에게 올라가셨어. 요즘 요신이 건강 상태가 썩 좋지 않아서 약을 한 재 먹이신다고 가셨단다. 정신 똑바로 차려야 과거 시험장에 가 보기라도 하는 게야. 온 나라에서 힘깨나 쓰고 무술깨나 한다는 이들이 몰려오는 곳이지. 실수 한 번이면 몇 년을 기다려야 하니 열심히 준비해서 최선을 다해 보거라."

"알겠습니다. 어머니."

"얘야! 잠깐만."

변씨는 인사하고 일어서서 가려는 순신을 붙잡고 물었다.

"활 솜씨는 얼마나 늘었느냐?"

"장인어른 잔소리가 좀 주신 것을 보니 실력이 전보다는 많이 늘었나 봅니다."

"그랬느냐. 다행이로다. 그렇다면 다음은 검술이겠구나."

"네, 어머니."

과연 며칠 후 방진은 검 한 자루를 들고 나왔다.

손잡이가 까맣게 옻칠이 된 검으로 척 보기에도 보검이었다.

"이 검은 내 아버지가 물려주신 것으로 왜구와의 전투에서 진가를 발휘했던 정말 귀하고 귀한 실전용 검이다. 이제 너는 이 검으로 과거 시험을 준비하게 될 것이다. 알겠느냐?"

"예, 스승님."

"너는 우리나라에서 검술이 언제부터 시작되었는지 아느냐?"

"신라 시대 때로 알고 있습니다. 본국검이라고 어머니가 말씀하신 적이 있습니다."

"오호, 어머님이 참 대단하시구나. 본국검은 신라검이라고도 하는데 신라가 삼국을 통일한 기초가 된 검술이다. 고려와 조선으로 들어오면서 오히려 우리의 검술은 상대적으로 약해졌다는 평가를 받고 있어. 검술의 명인들이 주로 어디에 사는지 아느냐?"

"들어본 적이 없습니다."

"그럴 게야. 검술을 가장 잘하는 이들은 명나라 절강성 사람들이라고 한다. 나도 젊었을 때 명나라 사신과 같이 온 절강 출신 호위무사들을 보았는데 하나같이 날래기가 범 같고, 검을 휘두르는데 검은 보이지 않으며 검광만 번뜩일 정도로 대단한 실력들을 갖추었더구나. 조정에서는 일찍부터 절강성 무사들을 초빙하여 검술을 배우기를 원했는데 명나라 황제가 허락하지 않고 있다고 들었다."

"절강성 사람들이 검술에 뛰어난 줄은 미처 몰랐습니다. 그러면 왜놈들은 어떻습니까? 그들은 그저 틈만 나면 남해안으로 서해안으로 들어와서 노략질을 해 대지 않습니까? 스승님께서는 그들과 싸워 보신 적이 있으시니 그들의 실력을 아시겠지요?"

"그래. 그런데 생각보다 왜놈들은 훈련이 잘 되어 있고 백병전에 아주 능숙하지. 그놈들은 오비라는 한쪽 면에만 날이 있는 칼을 비스듬히 휘어지게 만들어서 허리춤에다 차고 다니는데 어릴 적에 칼싸움을 하며 커서인지 쉬이 당해내기가 어려웠다네. 그런 그놈들이 돛줄을 잡고 배에 갈고리를 걸어 건너와서는 칼부림을 해 대니 실전 경험이 없는 우리 병사들은 혼비백산 도망치기 바빴지. 그런 왜놈들에게는 칼보다 대포를 쏘면 효과적일 게야. 대포 기술은 우리가 훨씬 뛰어나거든. '가까이 오기 전에 왜놈을 때려잡는다.' 그게 내가 경험한 왜놈들 다루는 방식이지."

순신은 스승 방진이 말하는 왜놈 잡는 방식이 타당하리라는 것을 생각해 두었다. 방진은 진지해질 대로 진지해진 순신을 보며 본격적인 검술 훈련에 돌입했다.

"검술에서 가장 중요한 것은 자세라네. 검술의 기초는 부드럽고 유연한 움직임과 안정된 자세, 그리고 정확한 동작이 어우러

져야 하네. 적을 베는 것만이 목적이 되어서는 곤란하지. 적을 베고도 내가 살지 못한다면 무슨 소용인가? 그렇기에 그만큼 어렵고 힘든 일이 검술일세. 고도의 기술을 연마하려면 자세가 더욱 중요하니 자세를 연습하는 데도 몇 달 몇 년이 걸린다는 것을 명심해야 하네. 올바른 정신, 올바른 자세만 만들면 절반은 이룬 셈이지."

검술은 크게 시선을 쓰는 법(안법), 칼로 치는 법(격법), 칼로 베는 법(세법), 칼로 찌르는 법(척법)의 네 가지를 자유자재로 연마해야 한다. 순신은 이날부터 매일 칼로 베고 찌르고 구르면서 실전 검법을 하나씩 익혀나갔다.

집안의 겹경사

순신이 스승과 훈련을 시작한 지도 벌써 6년여가 지나 궁술과 검술이 어느 정도 궤도에 오를 즈음, 방진이 병에 걸려 오래도록 일어나지 못하게 되었다. 순신은 스스로 무술 실력을 닦아 무과의 길에 도전해야 했다. 그러나 아직 미완성인 자신의 실력을 검증할 길이 없어 답답하고 우울한 상황이었다.

이런 상황을 지켜보고 있던 변씨가 순신이 무술 연습을 나간 틈을 타서 며느리를 불렀다.

"애, 며늘아! 내가 오늘은 너에게 부탁할 말이 있어 불렀다."

변씨도 며느리 방씨도 긴장한 표정이었다.

"사돈 어르신이 편찮으신 중에 이런 말을 꺼낸다는 것이 예에 어긋난다마는 무과 준비가 덜 된 네 서방 순신은 이 상황이 답답한 모양이구나. 내 듣기로 네가 아버님께 무술을 전수받아 상당한 실력을 쌓았다는데 그게 사실이냐?"

며느리 방씨는 깜짝 놀라며 얼굴을 붉혔다.

"저 그게……."

"괜찮다. 흠잡자고 꺼낸 말이 아니다. 순신이 무과 급제를 위해 애쓰고 있으니 네가 도움이 되었으면 싶어 물은 것이야."

"네, 어머님. 그럼 제가 낮에는 남의 눈도 있고 하니 밤에 변복을 하고 서방님을 도와 무술 상대가 되어 드리겠습니다."

"고맙구나. 그러나 무엇보다 서로 다치지 않게 해라."

그날 밤에 훈련을 마치고 집으로 돌아온 순신은 자신의 방 안에서 검을 들고 선 낯선 사내를 보고 깜짝 놀랐다.

"뉘시오?"

"서방님, 저예요. 저를 못 알아보시는 걸 보니 되었습니다. 제 변복술이 그만큼 놀랄 만한 거겠죠?"

"아니, 뭐요? 부인이라니 깜짝 놀랐소. 지금 그 모습으로 어디를 가려는 게요?"

방씨는 한참을 웃더니 시어머니 변씨가 부탁한 이야기를 털어

놓았다.

"그럼 부인이 검술을 한단 말이오? 그걸 내가 여태 모르고……."

순신은 기가 막힌 표정이었다.

"아버님이 제주에서 목사로 계실 때 말타기와 무술을 함께 연습시켜 달라고 졸랐습니다. 오늘부터 제가 서방님 무술 연습 상대이니 가벼이 보지 마시고 열심히 연습하셔서 급제하셔야 합니다."

"그것 참, 부인을 이제부터 스승님이라고 불러야 하나?"

"스승은 아니라도 제 목검의 매운 맛을 피하시기는 쉽지 않을 것입니다."

두 사람은 파안대소하며 뒤꼍의 공터로 나아가 검을 빼고 맞붙어 보았다. 방씨의 검술은 예상보다 놀라웠다. 비록 힘은 떨어져도 초식은 조금도 뒤지지 않았다. 한 시간이 지나고 두 시간이 지나자 마침내 부인 방씨가 지쳐서 입을 열었다.

"서방님, 이제 고만해야 합니다. 저는 체력이 약해서 더는 무리입니다."

순신은 지쳐 있는 부인을 먼저 들여보내고 자신은 밤늦게까지 연습을 계속했다.

밤늦은 시각에 찬물로 몸을 헹군 순신은 방 안으로 들어서서 고이 잠든 아내를 바라보았다. 아름답고 어여쁜 얼굴에 고단한 모습이 배어 있었다. 순신은 아내를 보듬고자 그녀를 안아들었다. 깜짝 놀란 아내가 잠을 깨려 하자 순신이 그녀를 꼭 안아주며 속삭였다.

"푹 쉬시오. 스승님."

방씨는 살포시 웃고는 곧바로 다시 잠에 곯아떨어졌다.

임신년(1572년) 8월, 훈련원 별과가 치러지는 날 아침 순신은 동이 트자마자 시험을 보는 훈련원으로 들어갔다. 서울 마른내골에 살 때 동무들과 자주 놀러오곤 했던 훈련원이었다.

첫 번째 시험은 활쏘기였다. 조선 최고 명궁 방진장인에게 배운 실력으로 백 걸음 밖의 과녁에 다섯 발을 쏘아 모두 명중시켜버렸다.

두 번째 시험은 말타기였다. 순신은 많은 말 가운데서 아주 건장해 보이는 말을 골라 타고 나갔다. 넓은 시험장을 빠르게 달리자 시험관들이 그의 말타기 실력에 감탄하기 시작했다.

"저 청년은 말을 자기 몸처럼 다루는걸."

"그러게 말이야. 대단한 무관이 탄생하겠어."

순신도 자신이 말타기 과정을 무사히 마칠 것이라고 여겼다. 그러나 그것도 잠시, 잘 달리던 말이 고르지 못한 시험장의 패인 곳을 잘못 디디면서 그만 고꾸라졌다. 순신의 몸이 훈련장 바닥으로 팽개치듯 나가떨어졌다.

"앗!"

"저렇게 훌륭한 인재가 쓰러지다니."

"아까운 인물이 죽고 마는구나."

모두가 안타까운 눈으로 쓰러진 말과 순신을 바라보았다. 그런데 죽은 줄 알았던 순신이 몸을 일으켰다. 낙마한 충격을 떨쳐버리기라도 하는 듯 머리를 털고 일어났으나 왼쪽 정강이가 부러져버린 것을 알아차렸다. 아무도 그를 도우려 하지 않았다. 시험장의 규칙이 그러했기 때문이다. 순신은 고통을 참고 절뚝거리면서 일어나 우물가에 서 있는 버드나무로 다가갔다. 그러고는 굵은 버드나무 가지를 꺾어서 껍질을 벗긴 다음 부러진 다리를 싸매고 작은 가지로 부목을 댔다. 그가 비틀거리며 훈련원을 걸어나오자 사람들이 박수를 쳤다.

"대단한 인물이야. 보통 사람 같으면 기절하거나 죽었을 거야."

"이번엔 안 됐지만 다음엔 반드시 급제할 거야."

과거 시험을 지켜보던 사람들은 순신의 침착함에 다 같이 감탄을 금치 못했다.

변씨는 순신의 낙마 소식을 듣고 놀라 며느리와 함께 한달음에 서울로 올라왔다. 아들을 서울 요신의 집에 두고, 신혼 때 살면서 알아둔 동대문 밖 한약방을 다니며 약을 지어 치료케 했다.

"괜찮다. 한 번에 붙는 것이 좋지만 이왕지사 좋은 경험을 했다고 생각하여라. 허나 앞으로 말을 고를 때는 덤벙거리지 않는 놈으로 골라야 한다. 한 번 실수는 병가지상사라 했다. 그리고 내친 김에 여기 형님네서 푹 쉬면서 치료하고 가자. 동대문 한약방이 용한 것은 일찍이 내가 알고 있다."

변씨는 조금도 실망한 표정을 짓지 않았다. 아들이 다리를 다쳤는데 어느 어미가 마음 편하겠는가만 변씨는 자신의 섭섭한 마음보다 아들의 마음이 먼저였다.

"서방님, 그러게 저와 연습하실 때 게으름을 피우지 마셨어야죠."

며느리 방씨도 농으로 서방을 위로했다. 이름처럼 태평하다.

"그러게 말이오, 마님."

변씨는 사이좋은 두 내외를 바라보며 흐뭇했다.

'그래, 인생이란 것이 그렇게 실패도 하고 성공도 하며 살아가는 게지. 더 크게 다치지 않아 다행이로다. 너희들이 그렇게 사는 모습이 내겐 얼마나 좋은지…… 그저 열심히 살아라.'

몇 달간 실망한 마음을 가다듬으며 안채 건넌방에서 안정을 취하고 있는 순신을 요신이 사랑방으로 불렀다. 그는 순신의 장래를 걱정하고 있었다.

"순신아, 이번 과거에 실패했다고 마음 달리 먹지 말거라. 요즘 시국이 수상하여 무과 인원을 늘린다고 하더구나. 나도 내년에는 반드시 과거에 급제할 테니 너도 2, 3년 안에 다시 시험을 치른다고 생각하여 더 열심히 준비하도록 해라."

"예, 형님. 급제도 못한 제게 아들이 둘이나 됩니다. 맏이 회가 벌써 여섯 살이라 면목이 없습니다. 그건 그렇고 그놈에게 문재가 있는지 모르겠습니다. 형님이 자주 보셨다면 바로 알아보셨을 텐데요."

"아직 어린애에게 무슨. 하지만 널 닮았다면 문재가 있지 않겠느냐?"

"어머님은 제 아들도 무관으로 길렀으면 하시는 눈치시라서요."

"그러셨는가?"

"예, 우리 집안에 문신은 형님만으로 충분하다시면서 나라가 어려우니 무관으로 키우라 하십니다. 헌데 제가 무과에 급제를 하게 되면 전국 방방곡곡을 떠돌 터이니 아들을 돌볼 겨를이 없을 것입니다. 형님이 좀 잘 보살펴 주십시오."

"음, 어머님의 앞을 내다보시는 눈이 대단하시니 그리 보셨겠다만 그래도 아직은 어린아이들이니 키워가면서 알아보아도 늦지 않을 것이다. 너무 서둘 필요가 없을 듯하다. 참, 류성룡에게는 다녀왔느냐?"

"다리가 이래서 아직 못 뵈었습니다. 며칠 내로 틈을 내 다녀올까 합니다."

"그러려무나. 어릴 적 우리 집에 놀러온 성룡을 보시고는 너를 꼭 맡겨 놓으시라던 어머니 말씀이 새삼 생각나는구나. 성룡이 벌써 5년 전에 과거에 급제하여 승정원에 있으니 어머니의 사람 보는 눈은 남다르시다고 할 만하지. 남자로 태어나셨으면 대장부가 되셨을 게야."

"그러게 말입니다."

선조 6년인 이듬해 계유년(1573년) 요신은 32세의 나이로 식년시 생원에 합격했다. 동학의 3대 수재로 이름을 얻었던 요신의 생원시가 이처럼 늦어진 데는 역시 건강이 문제였다. 그래도 요신의 생원 합격은 덕수 이씨 가문의 건재를 입증했다. 3대만의 쾌거요, 신원이 복권된 후 40여 년이 지난 오랜만의 소식이라 집안 전체가 기뻐할 일이었다. 생원이 되었다 해서 바로 출사할 기회를 가질 수는 없었지만 대과를 볼 수 있는 자격을 얻었으니 사대부 집안으로서의 체면은 세운 셈이었다. 요신은 한달음에 달려와 이 소식을 아산에 알렸다.

"어머님, 아버님! 그동안 기다려주셔서 감사합니다. 이제 최선을 다해 대과 시험을 준비하도록 하겠습니다."

변씨는 엎드려 절하는 요신을 감격하며 안아주었다.

"장하다. 한 해만도 수천 명의 인재들이 도전하는데 합격하는 자는 극소수가 아니냐. 이제 우리 요신이가 생원이 되었구나. 이렇게 기쁜 일이…… 고맙다. 그리고 장하다."

이정의 감회는 남달랐다. 아버지 이백록이 생원시에 합격하고도 국상 중 혼례 일에 연루되어 꿈을 접어야 했고, 그런 와중에 심화를 입은 아버지가 돌아가시는 것을 온몸으로 지켜봐야 했던 자신도 마음을 다쳐 결국 출사의 길을 접었다. 날로 기울어가는 가세를 보면서 남자로서의 자존심과 사대부로서의 체통을 애써 외면해야 했던 자신이었다. 이제 한시름 놓았다. 적어도 조상님들께 할 말은 생겼다 싶었다. 말없이 눈물이 흘러나왔다.

'아들아, 고맙구나.'

또 한 사람, 희신이 누구보다 기뻐했다. 아버지 이정과는 조금 다르지만 그래도 장손의 책임을 다하지 못한 미안함이 가슴을 짓누르고 있었는데 아우 요신이 해내다니. 희신은 요신을 덥석 껴안고 힘을 주었다.

우신도 함께 기뻐했다.

"형님, 정말 기쁩니다. 가문의 경사이고 우리 형제의 영광입니다. 얼마나 수고 많으셨습니까?"

요신이 순신과 우신의 손을 덥석 잡고 등을 두드렸다.

"고맙구나, 이제 순신이 네 차례. 우신이도 열심히 하고. 기회는 반드시 온단다. 순신이도 반드시 무과에 급제하여 우리 가문에서 문무반을 함께 빛내 보자꾸나."

"네, 형님, 반드시 그렇게 하겠습니다."

변씨는 요신이 합격하자 장성한 아이들에 맞추어 덕수 이씨 집안의 재산을 서울과 아산을 축으로 나누기로 했다. 보통은 가장이 재산 분급을 맡는 것이 당연한 일이었으나 아내의 지혜와 과단성을 아는 이정은 변씨 의견에 전적으로 따르기로 했다. 사실은 아내가 먼저 나서서 해 주기를 바라는 마음도 있었다. 왜냐하면 당시 조선 사회에서는 장남이 우선권을 가지고 있었기에 아무리 너그러운 장남이라도 재산의 분배에 마음이 상할 수도 있는 것 아닌가? 이정 자신도 장남이기에 희신에게 마음이 쓰이는 것은 어쩌면 당연한 일이었다. 그로서는 재산 분배 과정을 잘 조정할 자신이 없었다.

그런 면에서 아내 변씨는 자연스럽게 재산 분급을 정리했다. 둘째이지만 생원이 된 요신의 앞날을 위해 아산에 주로 있는 가문의 재산을 공평하게 나누기로 한 것이다. 어머니의 이런 생각에 네 아들은 아무런 불만을 갖지 않았다. 재산을 정리하고 축적하며 나누는 모든 기준이 언제나 공평했기 때문이었다.

요신이 생원이 된 후로부터 3년이 지난 선조 9년 병자년 (1576년), 이순신이 32세가 되던 해에 무과 시험이 다시 열렸다. 지난번 훈련원 별과와는 달리 3년마다 열리는 나라의 정식 식년무과였다.

그가 장담한 대로 이순신은 당당히 합격했다. 총 29명의 합격자 중 병과 4등에 해당한 성적이었다. 무과 시험은 갑, 을, 병과로 나뉘어 합격 순을 정하는데 통상 장원급제에 해당하는 갑을 2명, 차석에 해당하는 을을 2명 뽑고, 나머지는 병과로 합격하게 된다. 갑과 급제를 못해서 다소 실망한 표정인 순신을 변씨가 불러 격려했다.

"순신아! 시험 성적이 인생을 결정하는 것은 아니다. 시험은 어디까지나 관문을 통과하는 의례일 뿐이다. 어미는 장수 혼자 전쟁한다는 것을 들어보지 못했다. 네가 일등을 했다고 해서 전쟁을 승리로 이끄는 것도 아니고 꼴등을 했다고 해서 전쟁을 망치는 것도 아니란다. 언젠가 내가 제갈량 얘기를 해 준 적이 있을 것이다. 이제부터가 중요하다. 좋은 성적은 좋은 경험에 비길 것이 못 된다. 염려하지 말고 사람부터 잡아라. 너는 큰일을 할 사람이니 너를 도울 사람들을 많이 확보해 두어야 나중에 도움을 받을 수 있을 게다. 명심하고 이번에 네가 과거에 급제를 했으니 다시 집안의 재산을 정리하여 네 앞날을 축하하자꾸나."

변씨는 3년 만에 급제한 셋째 아들을 기뻐하면서 재산 분급을 다시 시작했다. 이렇게 그는 가문에 기쁜 일이 있을 때마다 당사자에게 재산을 좀 더 나누어주고 격려하는 한편, 나머지 형제들에게도 섭섭하지 않게 재산을 공평하게 나누었다. 이는 단순히 재산을 분배하는 행위가 아니었다. 나랏일을 하는 데 필요한 재물을 준비해 주는 것은 아들들이 개인적인 이익에 눈이 멀어 큰일을 그르칠 것을 염려한 변씨의 배려였다. 이정은 매번 아내 변씨의 이런 지혜에 탄복했다.

한편 이정에게 순신의 무과 급제는 새로운 기쁨이었다. 자신은 문반 집안에서 무인이 나올 거라는 생각조차 한 적이 없었다. 이는 전적으로 아내 변씨의 공이었다. 일찍이 아산 변수림 장군 댁으로 장가들어 첫인상부터 남달랐던 기억이 새록새록 떠올랐다. 혼례상에 놓여 있던 장닭이 자신에게 날아오자 당황하여 사람들의 웃음을 샀던 기억에 절로 웃음이 피어올랐다. 그러나 그때도 변씨는 전혀 요동이 없었다. 참 담대한 여인이라는 생각이 들었다. 아니나 다를까 인생의 고비마다 변씨는 이정 자신이 생각하지 못한 결단으로 새로운 성취를 만들어냈다. 그렇다고 남편을 무시하거나 남편의 의견을 거스르는 사람도 아니었다. 마음을 다친 남편을 배려하여 작은 서당을 열어 좋아하는 아이들 가르치는 일에 몰두하게 해 주고 자신이 직접 나서서 가문의 재산을 관리해 왔다.

그녀는 전국에 흩어진, 즉 전라도, 충청도, 황해도, 평안도 등에 소재한 노비와 소작을 직접 관리하여 소출을 공평하게 나누고 재산을 축적해 가면서 가문을 키워왔던 것이다. 그런 아내는 이미 1564년, 1573년, 1576년에 각각 재산을 나누면서 형제간에 의가 상하지 않도록 분배했고, 장자 희신에게는 장자권을 인정하여 별도로 노비와 토지를 지급하는 한편 장자로서의 권리와 의무를 분명히 하도록 가르쳤다. 변씨는 이 일을 오랫동안 가문이 기억해야 할 것이라며 별급 문기를 작성해 기록으로 남겨두었다. 이정은 그런 아내를 생각하며 아내의 담대함을 물려받은 순신에게 '용맹정진'이라는 네 글자를 비단에 적어 격려해 주었다.

순신은 순신대로 발령이 나기 전에 할 일이 많았다. 과거에 급제한 사실을 조상들께 알리려 우신을 데리고 성묘를 다녀오고 처가 쪽 어른들에게도 빠짐없이 인사를 드리는 한편, 동네 어르신들에게도 인사를 빠뜨리지 않았다. 서울에서 아산으로 처음 내려올 때는 서울 양반가문이 낙향했다고 수군거리는 이들이 더러 있었는데, 둘째 요신이 생원시에 합격하고 셋째 순신이 무과에 급제하자 애당초 남다른 집안이었다고 떠드는 모습을 보면서 변씨는 세상인심의 변덕을 새삼 느꼈다.

무과교지
보인 이순신 무과병과 제4인 급제 출신자

변씨는 이 스무 자 남짓한 교지에 얼마나 많은 땀과 눈물이 있는지 안다. 순신과 자신만의 땀과 눈물이 아니다. 돌아가신 시아버지의 한과 무인의 길을 걸으신 아버지의 기대, 그리고 남편 이정의 남모를 눈물이 여기 이날의 숨은 공로임을 그녀는 알았다. 이 모든 것이 겹쳐 있는 교지를 소중하게 보관하려고 아들이 쓰는 방에 갔다가 깜짝 놀랐다. 순신이 발령을 기다리며 적은 시가 한 소절 놓여 있었기 때문이다.

장부출세 용즉효사이충(丈夫出世 用則效死以忠)

불용즉경야족의(不用則耕野足矣)니라.

대장부로 세상에 나와 나라에서 써 주면

죽음으로써 충성을 다할 것이요.

써 주지 않으면 야인이 되어 밭갈이하면서 살리다.

아들이지만 참으로 담백하고 기개 넘치는 글이 아닌가? 순신의 학문과 삶을 대하는 깊은 철학, 섬세하고 담백한 성품은 남편 이정을 닮은 듯 보였다. 그러면서도 남편에게서 보이는 성품보다 아들에게서 보이는 남편의 성품이 훨씬 고결한 듯한 이유는 무엇일까? 참 알다가도 모를 것이 사람의 마음이었다.

생각보다 발령이 늦어지는 아들 순신의 모습을 보고 있던 변씨는 순신을 불러 몇 가지 당부를 하고자 했다.

"얘야. 그래, 넌 언제쯤 발령을 받아 임지로 부임할 것 같으냐?"

"아마도 이번 겨울에는 나가게 될 것이라 들었습니다."

"그래? 너희 외할아버지나 사돈이신 방진 군수도 모두 무과 급제 후에는 변방으로 나가더구나. 너도 필시 변방으로 나가지 싶구나."

"그럴 것이 분명합니다."

"그러면 네 아내를 데리고 가겠느냐?"

순신이 아직 정리를 못한 듯 얼른 대답을 못했다.

"아무래도 어렵지 않겠습니까? 남쪽은 왜구들 때문에 난리고, 북쪽은 야인들이 호시탐탐 노리는 상황인데 어려울 듯합니다. 어딜 가든 변방의 변덕스런 날씨와 변변치 못한 음식으로 고생스러울 테니까요. 그리고 아직 어린애들도 있고요. 그러니 그 고생스런 곳으로 어딜 움직이겠습니까? 그냥 여기 아산에 두는 것이 나을 듯하니 어머니께서 수고스러우시더라도 살펴주시기 부탁드립니다."

"그래, 그래서 너를 불러 이야기하는 것이란다. 옛날 친정 내 어머니는 무장인 남편이 전국 방방곡곡을 다닌 탓에 오랫동안 혼자 사셔야 했다. 나라의 부름이니 어쩔 수 없는 일이긴 하나 가기 전에 부부간에 충분한 이야기를 나누고, 가거든 연락도 자주 하여라. 떨어져 사는 것이 아내들에게는 얼마나 큰 고통인지를 잊지 말거라."

그녀로서는 앞으로 며느리가 걱정이었다. 순신이 변경으로 부임하고 나면 친정어머니처럼 며느리도 외로워지게 될 것이다. 같은 여자로서 시부모가 잘해 주고 아이들이 아무리 잘해 준다고 해도 남편의 몫을 다할 수는 없다는 걸 잘 아는 변씨였다.

"저도 생각은 하고 있었지만 어머니께서 말씀해 주시니 부인의 처지를 짐작하겠습니다. 잘 이야기해서 너무 외로워하지 않도록 서신도 자주 보낼 생각입니다."

"그래야지. 남자란 자고로 자기 식솔에 대해서는 확실하게 책임을 지는 것이 가장 첫 번째 책무이니까."

그해 겨울이 다 되도록 제대로 된 보직을 얻지 못하던 순신은 섣달이 되자 북쪽 최전방 지역인 함경도 삼수 지역 동구비보의 권관으로 발령을 받았다. 종9품 최말단직이었다. 변씨는 아들이 변방에서 첫 관직을 시작할 것으로 짐작은 했어도 막상 언제라도 전투가 치러지는 최전방으로 가게 되니 마음이 쿵 하고 내려앉았다. 오랑캐도 문제지만 삼수갑산의 추위도 걱정이었다. 삭풍이 불어닥칠 첫 겨우살이를 염려하여 변씨는 이미 임지로 가 있는 순신에게 두터운 솜을 듬뿍 넣은 옷과 갖옷을 지어서 올려 보냈다. 갖옷은 동물들 가죽으로 만든 옷으로 이태 전부터 순신이 혹여 북쪽으로 갈 것을 대비해 노비 둘을 시켜 여우 사냥을 해 그 가죽으로 만들어두었다가 이번 겨울에 손질한 것이었다. 변씨는 편지도 동봉했다.

얼마나 추울지 짐작도 하기 어렵다만 대장부가 추위도 이겨 보고 더위도 이겨 봐야 사내구실을 제대로 하는 법. 무릇 무관이라는 직업은 생과 사를 오가는 위험한 일일진대 스스로 몸을 잘 지키고 삼가 공직의 모범을 보이기 바란다. 동봉한 갖옷을 보며 우리 가족을 생각해 주기 바란다.

며느리와 함께 무릎 밑까지 내려가는 길이의 포, 저고리, 배자 등의 형태로 옷을 지어 순신에게 보낸 것이다.

두 번째 봄을 맞자 변씨는 시종 둘을 붙여 며느리를 순신에게 보내주었다. 부부간에 너무 오래 떨어져 살지 않도록 배려하는 한편, 자식들을 많이 낳아 가문을 번창토록 하자는 의도였다. 천 리 길을 떠나 함경도 끝까지 가야 한다는 것이 두렵고 위험한 길이긴 했지만 며느리 방씨도 남편을 만날 수 있다는 생각에 기꺼이 말에 올랐다.

순신은 아내의 뜻밖의 방문에 너무도 감격하여 며칠간 민박집을 얻어 꿈같은 사랑을 나누었다. 짧은 만남을 뒤로하고 떠나는 날 순신이 그녀에게 말했다.

"여보 부인, 내가 초급 군관이라서 앞으로도 외지로만 돌게 될지 앞일을 예측하기 어렵소. 그러니 당신이 얼마나 힘들어 할지 잘 아오. 하지만 마음만은 늘 부인 곁에 있다는 것을 내 장담하리다. 내가 변경 근무를 끝내면 반드시 당신과 어머니를 함께 부양하겠소. 그때까지만 어머니를 잘 부탁하오. 아이들도……."

"알겠사옵니다. 서방님! 그저 몸을 잘 간수하셔서 불효를 저지르지 마시고 우리 아이들에게 존경받는 아버지가 되기를 간절히 바라옵니다."

두 사람은 헤어지기가 너무도 아쉬워서 한참을 손을 붙잡고 서로의 눈을 쳐다보며 석별의 정을 나누었다.

　그해 겨울 해가 바뀌기 전에 방씨는 셋째 아들 염을 예정보다 일찍 출산했다. 몸집이 자그맣고 피부가 검은 빛이 나는 사내아이였다.

　염은 후일 이름을 고쳐 면이라 불렀다. 힘쓸 면(勔) 자에 풀 초(艹) 자를 붙여준 것이다. 순신의 아들과 조카들은 모두 초(艹)를 이름에 붙이도록 했는데 이는 변씨와 남편 이정의 자식 사랑에 대한 바람이 담겨 있기 때문이었다. 풀의 기운처럼 세력이 한창 왕성하라는 바람이었다. 특히 면의 경우 아무래도 달을 당겨 낳았으니 무탈하게 자라 크게 되라는 소원을 이름 속에 담았던 것이다.

　순신은 35세가 되던 해 2월에 훈련원 봉사로 승진하여 서울로 돌아왔다. 3년의 변방 근무를 훌륭히 마치고 돌아온 것이었다.

연이은 시련

　"하늘님이시여, 저와 제 아이들을 불쌍히 여겨주소서. 이런 참담한 일이 또 어디에 있겠습니까? 자식을 앞세우고 제가 살아남아야 하다니요. 이건 잘못된 일입니다. 이건 잘못된 일이라구요."

　둘째 요신이 숨을 거두었다. 서른여덟의 젊은 나이에 아들 둘을 남기고 세상을 떠났다. 대과를 준비하다가 몸이 약해져 아산으로 잠시 몸을 쉬러 온 요신이 자신의 눈앞에서 숨을 거두자 변씨는 할 말을 잃었다. 3대째 무관인 덕수 이씨 가문을 빛낼 가장 뛰어난 아들, 서른둘에 생원시에 합격하여 부모의 자랑이 되었던 그 아들이 결국 쇠약한 건강을 이겨내지 못하고 변씨의 곁을 떠나고 말았다. 변씨만의 충격은 아니었다. 남편 이정은 아예 말문을 닫았다. 눈물도 흘리지 않고 먼 산만 바라보다 알아들을 수 없는 말을 중얼거리곤 했다. 경진년(1580년) 1월 23일이었다. 가문의 위기였다.

변씨도 깊은 좌절과 실망으로 기력을 차릴 수 없었으나 자신마저 주저앉고 나면 아무도 가문을 돌볼 수 없겠다 싶어서 곧 자리를 털고 일어났다.

'내가 이렇게 쓰러지면 안 되지. 암, 안 되고말고. 내 남편과 내 남은 아이들을 건사해야 한다. 죽은 요신이 남긴 두 아이는 또 어쩌겠는가? 내가 이대로 무너지면 절대 안 된다.'

이 소식은 서울에 있던 순신에게도 큰 충격이었다. 순신은 둘째 형 요신은 자신의 영원한 후원자라고 믿고 있었다. 형이 있어 무관의 길을 택할 수 있었고, 그 형이 있어 부모님은 가문의 희망을 놓지 않고 있었다. 사림의 촉망받는 인재이자 류성룡의 친한 벗으로 늘 겸손하고 지혜로운 선비였기에 더욱 안타까웠다.

'어머니를 보살펴 드려야 한다. 크게 실망하시고 쓰러져 계실지도 모를 일이니 한시바삐 달려가서 위로해 드려야지.'

순신은 휴가를 내어 당장 아산으로 달려갔다. 그런데 어머니 변씨는 걱정과 달리 벌떡 일어나 회신과 함께 장례 절차를 진행하고 딸린 식솔을 다독이며 오히려 순신을 걱정하고 있었다.

"순신아! 내가 박복하여 아들을 먼저 보냈다. 우리 가문에 이런 불운이 닥치다니……. 아버지가 날개 꺾인 듯 절망하고 슬퍼하시니 잘 위로해 드려라."

"어머니, 형님! 얼마나 놀라셨습니까?"

"아니다. 네가 더 놀랐지? 너희 형제가 특히나 우애가 좋았는데 많이 실망하고 놀랐을 게다. 그러나 공직에 있는 너는 빈소에 가서 형을 보고 누워 계신 아버지를 뵌 다음 바로 본진으로 돌아가거라. 공직자는 함부로 자리를 비우는 것이 아니다. 네가 열심히 나라를 위해 일하는 동안 나는 요신이 남긴 조카 봉과 해를 잘 키울 테니 훗날 네가 조카들의 안위를 반드시 돌봐야 할 것이야."

늘 그랬다. 위기가 닥치면 변씨는 그때마다 좌절하지 않고 마음을 다잡고 일어섰다. 이번에도 예외 없이 자신이 가문을 지켜야 한다는 독한 마음에 절로 일어서게 된 것이었다.

"예, 어머니."

순신은 가슴이 터질 듯했지만 자리를 오래 비울 수 없는 몸이라 아버지와 조카들을 만나 위로한 후 서둘러 충청도 해미로 길을 나섰다. 회신이 동생을 따라나서며 당부했다.

"순신아, 아버지가 옛날 같지 않으셔. 이번에 요신이 일로 더욱 심화를 입어 더 힘겨워 하시니 네가 형편 되는 대로 돌아와 아버지를 자주 찾아뵈려무나."

역시 맏이다운 부탁이었다.

아산 땅 이정의 집안에 슬픔이 짙게 깔렸다. 순신이 돌아가고 요신의 장례를 치른 변씨는 그제야 맘을 풀고 가슴속 깊은 소망을 천지신명께 빌었다.

'비나이다, 비나이다. 우리 순신을 보호하소서. 이 불운이 순신에게 미치지 않게 이 가문을 불쌍히 여겨주소서.'

변씨의 간절한 기도 덕분이었을까? 낭보가 곧 날아들었다. 순신이 발포만호로 승진해 간다는 소식이었다. 요신이 죽은 지 채 다섯 달도 안 된 6월의 일이었다. 정9품 최전방 군관으로 시작하여 3년 만에 정8품 훈련원봉사로 있다가 잠시 해미권관을 제수받더니 급기야 종4품 수군 만호가 된 것이다.

순신이 부임한 발포는 전라좌수영 소속으로 전라도 흥양 땅에 있었다. 순신이 고속 승진을 하자 말 좋아하는 사람들이 수군거렸다. 개중에는 훈련원봉사 시절 부당한 인사로 언성을 높인 적이 있는 이조정랑 서익 같은 이도 있었다. 그러나 순신이 어떤 위인인가? 감당해 본 적 없는 수군 자리임에도 기본과 원칙을 철저히 세워 군기를 엄히 다스려 나갔다. 발포는 천혜의 요새였다. 바다에서 보면 앞에 자리한 섬들이 첩첩히 가리고 있어 이곳에 포구가 있으리라는 걸 짐작하기도 어려운 위치이고, 흥양 현청에서 이곳을 가려 해도 험준한 산길로 이어져 함부로 왕래하는 이가 드물었다. 그래서 이곳에 부임한 만호들은 제가 왕이나 된 양 병사들을 함부로 부리고 군선이나 병기 재건에도 별 관심을 갖지 않았다. 혹 군기시에서 감찰이라도 나올라치면 빼돌린 군량이나 군 면제를 시켜주고 받은 재물로 뇌물을 써서 적당히 무마하면 그만이었다.

그런데 순신이 부임하자 만호 막사와 인근 마을이 발칵 뒤집혔다. 군량을 관리하던 이가 장을 맞아 며칠을 눕게 되고 재물을 바치고 근무에서 빠져 생업을 하던 이들이 모조리 끌려와 곤혹을 치렀다. 순신이 부임하고 한 달 만에 발포는 엄정한 군기에 군대다운 군대가 되었다. 그 즈음이었다. 만호의 직속상사인 전라좌수사 성박이 만호 영내에 있는 객사 뜰의 오동나무로 거문고를 만들겠다고 수병을 보내어 '베라'는 명을 내린 것이다.

순신은 "관내에 있는 이 나무는 나라의 재물이므로 누구도 함부로 베어갈 수 없다."고 단칼에 거절했다.

이 소문은 삽시간에 전라좌수영 전체로 퍼져나가 머쓱해진 전라좌수사는 말할 것도 없고, 적당히 타협하며 불의를 보고도 못 본 척 살아왔던 관리들은 건방진 사람이라고 수군거렸다. 허나 많은 이들은 순신의 강직함에 고개를 끄덕이며 모처럼 좋은 장수가 왔다고 기뻐하였다. 특히 힘없고 배경 없는 백성들과 수병들은 이 일을 계기로 이순신이라는 이름을 깊이 마음에 새겼다.

그러나 그것도 잠시, 이순신을 싫어하던 서익이 기어이 보복을 하였다. 병기 점고를 했는데 불량했다는 터무니없는 이유였다. 생의 첫 번째 파직을 당했다. 순신의 생은 이때부터 오르락내리락 끝없는 부침의 연속이 된다.

무고한 파직은 금방 잘못된 일임이 밝혀져 다시 사복시 주부로 복권되었다가 곧 북청의 남병사 군관으로 발령을 받았다. 그런데 압록강 쪽의 여진, 즉 해서 여진의 움직임이 심상치 않다는 변방 소식에 조정에서는 이순신에게 계미년(1583년) 7월 북방 최전선인 함경도 건원보로 자리를 옮기라는 명령을 내린다. 그해 초겨울인 11월 14일에 순신은 여진족 추장 울지내를 매복 작전으로 사로잡는 큰 공을 세웠다. 이는 여진 가운데 가장 큰 족장이고 사납기로 말도 못하는 울지내를 잡은 것으로 변방 국경의 걱정거리를 없앤 큰 사건이었다. 이 교묘한 작전으로 울지내를 잡아낸 소식은 조정 안에서 무장으로서의 이순신을 알리는 계기가 되었다.

남편 이정의 건강이 점점 나빠지고 있었다. 일흔을 넘어서면서 체력이 급격히 떨어지는 것은 당연했으나 삼 년 전 요신의 죽음이 남편에게는 큰 충격이었다. 그 이후로 회복을 못하더니 73세가 되던 계미년 7월 2일 생일날, 여름 감기에 걸리면서 문밖출입을 하지 못한 채 누워만 있게 되었다. 우신이 변씨에게 걱정스럽게 이야기했다.

"어머니, 아버님 기력이 이제 예전보다 못하십니다. 올 겨울을 넘기지 못하실까 걱정되는데 순신 형님에게 기별이라도 보내야 하지 않을까요? 마침 형수님이 겨울옷과 겨울철에 드실 여러 가지 건어물과 야채 말린 것들을 건원보로 보낼 작정인데 서신이라도 보내심이 옳지 않을까 생각됩니다."

변씨는 잠시 생각에 잠겼다. 변방의 장수가 아버지가 편치 않다고 하여 자리를 비웠다가 야인들이 쳐들어오기라도 한다면 큰일이 날 것은 분명한 일이었다.

"아니다. 순신에게 아버지 일은 알리지 말고 그냥 안부 서신이라도 보내마. 순신이 온다고 달라질 것도 없는 일이다. 내가 알아서 쓸 테니 심부름 가는 아이에게는 일부러 말하지는 말라고 전해라."

"예, 분부대로 하겠습니다."

"그럼 몇 자 적어보자꾸나."

천리만길 먼 곳에서 나라를 위해 애쓰는 아들을 생각하면 대견하고 감사한 마음이 그지없다. 이곳은 다 편안하고 큰 걱정거리가 없다. 건강이 썩 좋지 않은 네 아버지가 염려된다만 네가 걱정한다고 해서 나아질 것 없으니 일부러 마음 쓰지 않도록 해라. 나는 네 아버지의 몸과 마음이 편안해지시기만 바란다. 산다는 것은 별것 아니라는 생각이 든다. 우리 부부는 이제 얼마 남지 않은 생을 잘 마무리할 것이고 너희들이 다음 세대를 이끌고 가야 하지 않겠느냐? 뜰 앞의 오동나무를 베어냈다. 쓸데가 많은 나무라서 말이다. 내 염려는 말거라. 나는 아직은 네 형 희신과 집안일을 잘 돌보고 있으니 집 생각 말고 군무에 충실하거라.

방씨도 보고 싶은 남편에게 할 말은 많았으나 시어머니 당부도 있고 해서 간단한 안부만 적어서 보냈다.

서방님, 회와 울과 면은 건강하게 잘 크고 있습니다. 막내 면도 이미 일곱 살이 되었습니다. 어머님 말씀이, 면이 하는 짓이 서방님 어릴 적과 똑같다고 합니다. 매일 나무칼을 들고 온 동네를 쏘다니며 동네 아이들을 호령하고 있습니다. 서방님 닮아 무인이 되려나 싶기도 하고 이런저런 생각이 많습니다. 곧 닥칠 여러 가지 일들로 뵙기를 소원하지만 어머님은 발령받아 나간 곳에서 함부로 움직이지 않는 것이 좋겠다고 하십니다. 내내 평안하소서.

12월 초에 시종을 통해 전해진 두 통의 서신을 받은 순신이 감정을 주체하지 못하고 갑자기 울음을 터트렸다.
"아버님…… 못난 아들이 멀리서 마지막 인사 올립니다."
순신은 남쪽을 향해 큰절을 올리고는 넋이 나가기라도 한 것처럼 땅바닥에 주저앉았다. 이 모습을 지켜보던 부관이 달려와 놀라서 물었다. 쉬이 감정을 겉으로 드러내지 않던 상관이었기 때문이다.

"권관 어른, 혹시 집안에 변고라도 생기셨습니까?"

순신은 한참을 울다가 눈물을 닦고는 부관에게 서신을 보여주었다. 부관은 이리저리 서신을 읽어보고는 이상하다는 듯 순신에게 물었다.

"아무 일도 없다 하시는데 혹여 무슨 걱정거리라도 알고 계십니까?"

"아닐세. 어머님이 아버님 소식을 전하시며 이해 겨울을 못날 것을 암시해 주셨기 때문일세."

"어디 그런 구절은 없어 보이는데요."

"내가 어머니를 잘 아네. 오동나무를 베어냈다는 것은 관을 준비하고 있다는 이야기 아닌가? 날더러 이 소식을 듣고 놀라지 말고 자리를 지키라는 명일세. 아, 아버님…… 불효자는 이 천리 길 밖에서 아버님의 임종을 지키지도 못합니다. 저를 용서하소서. 저를 용서하소서."

순신은 막사 안에서 종일토록 울고는 본진으로 나설 때는 얼굴을 고쳤다. 건원보 본진은 야인 추장을 잡은 것 때문에 기쁘고 희망찬 분위기였기 때문이다.

남편 이정은 그해 11월 15일 73세로 세상을 떠났다. 변씨의 나이 열아홉에 만나 49년을 함께 살아온 남편이자 인생의 동반자였다. 남편은 말이 없었으나 살갑고 다정한 사람이었다. 마음이 여리고 불의를 참지 못하는 깨끗한 선비로 일생을 살아왔다. 어떤 일에도 정성을 다해 때로는 같이 일하는 사람의 복장이 터질 때도 있었으나 자신이 한번 세운 원칙을 저버리는 일은 하지 않았다. 그런 성품이었기에 시아버지인 이백록 어른의 무고에 마음을 닫아 출사하지 않은 것이었다. 그런 남편을 잘 알았던 변씨는 일상의 삶은 자신이 나서야 했다.

그리 오래 살아왔으면 좀 덜 슬플 줄 알았다. 자식을 가슴에 묻었던 변씨였기에 그보다 큰 슬픔이 있으랴 싶었다. 그런데 남편은 또 다른 슬픔이었다. 자식이 애간장을 모두 녹이는 슬픔이라면 남편은 자신의 몸 한편이 없어지는 듯한 슬픔이었다. 그랬다. 한 몸이었던 부부가 한쪽을 잃은 것이다. 그러니 왜 아프고 슬프지 않겠는가? 눈물은 흐르지 않았다. 통곡도 나오지 않았다. 그냥 아무 것도 없는 듯 허전할 뿐이었고 믿기지 않은 현실을 받아들일 수 없을 뿐이었다.

순신에게 이 소식이 전해진 것은 다음 해 1월이었다. 먼 거리였지만 변씨가 기별을 서두르지 않은 탓도 있었다.

순신은 부친상의 기별을 듣고는 그날 바로 아산으로 길을 재촉했다. 이른 아침부터 밤늦게까지 한 시도 쉬지 않고 달려 지나가니 길 가던 행인들이 그의 걸음을 멈추게 할 정도였다. 뒤늦게 사연을 안 이들 중 그의 효심에 감동하지 않는 이가 없었다. 때마침 우찬성 정언신이 함경도 순찰사로 도내를 순시하다가 이 소식을 듣고 순신을 위로하며 상복을 보냈으나 순신은 감사의 인사를 하고는 상복은 입지 않은 채 아산으로 말을 달렸다. 상복을 입고서는 동작이 느려 빨리 갈 수가 없었기 때문이었다. 탈진 직전까지 말을 달려 아산에 도착한 순신이 비로소 상복으로 갈아입고 아버지 묘소 앞에 엎드렸다.

"아버님, 불효자가 이제야 왔습니다. 군무를 돌보느라 너무 멀리 나가 있었기에 아버님 가시는 길에도 함께하지 못하는 불효를 저질렀습니다. 저를 용서해 주소서. 아버님, 아버님……."

묘소 참배를 마친 순신이 눈물을 닦고 변씨에게로 왔다. 자신이 우는 모습을 어머니에게 보이기 싫은 그였다.

"어머니, 얼마나 힘드십니까? 제가 가까이만 있었더라도 이런 황망한 일을 겪지 않으셔도 되었을 것을요."

"아니다. 살고 죽는 것이 뭐 대단한 일이라고. 너희 아버지는 네 형 희신이 끝까지 곁에서 임종을 지켰으니 행복하게 돌아가신 것이야. 나도 곧 갈 터인데 뭘. 참, 아버지가 네게 남긴 이야기를 해 줘야겠구나. 처음에는 네가 무관의 길을 가는 것이 그리 탐탁치도 않으셨던가 보다. 그러시더니 돌아가시기 전에 너를 보지 못함을 많이 아쉬워하시면서 '순신이 마음껏 뜻을 펼치는 것을 기다리지 못하고 먼저 가서 애석하다. 가문을 빛내는 인물이 되어주기 바란다'고 하셨느니라."

그 말에 참았던 눈물이 흘러나왔다.

"아버님, 제가 죄인입니다. 아버님……."

삼재가 든 것인가? 아니면 조상님들께 섭섭하게 해 드린 것이 있었나? 변씨는 자신에게 닥친 불행의 연속에 별별 생각이 다 들었다. 그런데 나쁜 일은 꼭 겹친다던가?

남편상을 치른 지 일 년 만인 갑신년(1584년) 3월 10일, 바람이 세차게 부는 봄에 누군가 실수로 불씨를 날렸는지 큰불이 나더니 집을 통째로 태워버렸다. 남편 이정의 손길이 닿았던 모든 서적과 가구들, 변씨 자신이 시집올 때 가지고 온 가재도구와 손수 마련했던 모든 집안물품이 완전히 불타 잿더미가 되어버렸다.

불을 끄느라 정신없이 날을 새운 후 흩어져서 쪽잠을 자고 난 식솔이 아침에 일어나 재만 남은 집을 멍하니 바라보고 있는데, 변씨가 모두를 불러모았다. 이미 일흔이 넘은 나이에 어디서 나온 힘일까?

"너희에게 할 말이 있구나."

마침 아산에 와 있던 순신과 맏이 희신, 그리고 손주들이 모두 모인 자리였다.

"지금 우리에게 주어진 현실이 가혹하다만 그나마 아무도 다치지 않은 것만으로 너무도 감사하다. 그렇지만…… 우리 이 대식구가 살아가려면 전보다 더 큰 집이 있어야 하는데 당장은 쉽지 않은 일이다. 그래서 나는 말이다. 어젯밤 셋째 며느리와 미리 의논을 해 봤다. 우리가 집을 옮겨가는 것이 좋을 듯싶구나."

희신이 의아하여 물었다.

"어머니, 이 많은 식솔이 당장 갈 데가 있나요?"

변씨는 순신을 물끄러미 바라보고는 말을 이었다.

"셋째 순신네 집으로 가자. 사돈 어르신이 남겨준 큰 집을 순신 식구들만 쓰고 있으니 그리로 이사를 들어가서 후일을 도모하는 것이 좋겠다는 생각이 든다."

며느리 방씨는 시어머니의 제안을 흔쾌히 받아들였다. 재만 남은 시댁의 불운을 모른 척 할 수 없는 일인 데다 무남독녀로 외로이 자라온 방씨에게 남편 순신의 집안사람들은 가족 그 자체였다. 순신은 그런 제안을 흔쾌히 받아준 아내가 고마웠다. 한편으로 완전히 불타버린 집안을 다시 일으키는 것이 힘들다는 것을 누구보다 알고 있었기에 어머니가 어렵지만 현명하게 결정하신 것이라고 생각했다.

모두가 한마음이 되어 불에서 건진 가재도구를 정리하고 여러 가지 잔일까지 마무리하여 이사하는 데는 무려 열흘이나 걸렸다. 어려서부터 우애가 좋았던 형제들이라 순신의 집으로 들어가서도 불편하지 않았다.

그러나 변씨는 몹시 울적한 나날이었다. 남편이 남긴 모든 것을 잿더미로 만들어버려 이제 어느 것에도 의지할 것 없게 되었다는 사실이 외롭고 무거웠다.

순신이 그런 변씨의 마음을 알기라도 하는 듯 다 타서 버릴 물건들을 뒤져가며 혹여라도 마음 쓸 만한 물건이 없는지 하나하나 변씨에게 묻고 내다 버렸다.

좋지 않은 일은 왜 이렇게 연이어 다가올까? 맏이 희신이 시름시름 앓기 시작했다. 불이 난 집 안에서 가재도구, 서책 하나라도 더 건져볼 요량으로 동분서주하다가 너무 많은 연기를 마신 탓에 폐가 손상된 모양이었다. 집 안 복구는 어느 정도 끝나 가는데 희신의 병세는 급격하게 나빠져 갔다.

그것도 모르고 부친 탈상을 마친 순신은 종6품 사복시 주부로 복귀하여 수레와 말 목축을 관리하면서 비교적 편안하게 한 달여를 보내고 있었다.

그사이 변경이 소란해지자 조정은 대체할 인물을 찾지 못하고 함경도 조산보 만호로 순신을 불러냈다. 경흥고을에 속한 곳으로 함경도에만 세 번째 부임이었다. 이곳 역시 야인들의 침입이 잦은 곳이라 한시도 마음 놓을 수 없는 곳이었다.

조산보 만호 임무가 눈에 익을 쯤 아산에서 서신이 올라왔다. 변씨의 편지였다.

순신아, 이제 내게는 너만 남았구나. 너희 큰형 희신이 병중에 세상을 떠나고 말았다. 이런 비통한 일이 있을 수가 있느냐? 요신에 이어 너희 아버지가 먼저 나를 떠나더니 이번엔 희신마저 떠나버렸다. 얼마나 더 어려운 일을 겪어야 할지 앞이 깜깜하다. 세상 사는 일이 어렵다고는 하지만 이처럼 참담하기도 어려울 것이다. 부디 너도 슬픔을 이겨내고 자애자중하여 나라를 잘 지키고 돌아오기 바란다. 속히 보기를 고대한다.

지금껏 받아본 어머니의 편지 가운데 이처럼 슬픔이 깊은 편지는 없었다. 왜 아니 그러겠는가? 요 몇 년 사이에 아들 둘에 남편의 죽음을 받아들여야 했고, 집마저 큰불로 잃어야 했으니 늙으신 어머니로서는 감당키 어려운 일들의 연속이었을 게다. 순신도 정신을 차릴 수가 없었다. 큰형 희신이 세상을 떠나다니. 일찌감치 장남으로서 집안을 돌보며 아우들 뒷바라지를 하겠다고 선언했던 큰형. 마치 공기나 물처럼 있을 때는 귀한 줄 모르다가 없으면 안 되는 그런 존재였다. 순신은 그제야 형을 잃은 슬픔보다 어린 조카들이 너무나도 눈에 걸렸다. 큰형 희신이 남긴 뇌와 분, 번과 완 등 사내 조카 넷에 요신 형이 남긴 봉과 해까지 조카만 여섯이었다. 여기에 자신의 아들 회, 울, 면과 서자 훈과 신까지 무려 열한 명의 어린 가솔을 책임져야 한다는 사실에 갑자기 가슴이 짓눌려지는 것을 느꼈다.

동생 우신이 있다고는 하나 아직은 이들을 먹여 살릴 역량이 못 되는 인사였다. 새삼 큰형의 그늘이 컸음을 절감하는 순간이었다. 후방으로 발령이 나야 조카들을 챙길 텐데, 그러나 후방으로의 발령은 쉽지 않았다. 함경도 지역 방어를 맡길 만한 장수가 쉬이 나타나지 않기 때문이었다. 순신의 바람과는 반대로 조정에서는 그에게 녹둔도 둔전관도 겸임하게 했다. 함경도 관찰사 정언신 대감이 이순신이 아니면 안 된다고 강력하게 추천하였다는 후문이었다.

녹둔도 둔전관은 최전방의 군 식량을 책임지는 자리로 두만강 하류에 있는 삼각주 지역이었는데, 조산보와 얼마 떨어져 있지 않은 지척의 거리에 있었다. 조정에선 이곳을 지킬 마땅할 인물이 없으니 순신에게 겸직까지 시킨 것이었다. 주변을 둘러보면 온통 산악지대뿐인데 이곳 녹둔도만은 비옥한 삼각주 벌판이라서 제법 많은 식량을 생산할 수 있어 군량미 공급처로 요긴하고 중요한 곳이었다. 순신은 가족 걱정이 쉬이 가시지 않았지만 어머니의 충고대로 묵묵히 변방을 지키며 기회를 기다리고 있었다. 세상만사를 한편만 바라봐서는 언제나 불공평해 보이는 법이나, 순신은 어머님의 가르침대로 늘 밝은 면을 보기 위해 애를 쓰고 또 썼다.

재산 정리

두 아들을 잃고 남편마저 저세상으로 떠나보낸 변씨는 집안을 재정비하겠다고 마음을 먹었다. 아들 순신의 부침이 심한 관직 생활을 보며 집안의 경제 상황을 이리 가만 두어서는 안 되겠다는 생각이 든 것이었다. 변씨는 순신이 아산으로 돌아오기로 한 무자년(1588년) 윤 6월 이전에 재산 정리를 확실하게 해 두고 싶었다.

어쨌든 간에 나라의 국방을 책임지고 있는 순신에게 가문과 집안의 모든 대소사에 대한 짐을 내려놓게 해 주고 싶었던 것이다. 게다가 지난번 화재 때 모든 문서가 불에 타서 다시 정리할 필요도 있었다. 세상사 앞을 내다보는 눈과 과단성에 있어서는 타의 추종을 불허하는 변씨 아니던가? 변씨는 다음 날 아들 우신을 비롯하여 희신의 장자인 종손 뢰와 둘째 아들 요신의 아들 봉과 해, 그리고 순신의 아들 회를 불러들였다. 유례없는 할머니의 호출에 아들 손자들이 놀란 것은 당연한 일이었다.

네 손자가 나란히 들어와 할머니 앞에 무릎을 꿇었다. 평소에는 인자하던 할머니의 모습이 오늘따라 엄숙해 보였는지 손자들이 눈치를 보았다.

"편하게 앉거라."

"네, 할머니."

"너희 우신 숙부는 집에 없느냐?"

"우신 숙부는 잠시 출타했습니다."

"그래? 오늘은 내가 너희에게 긴히 할 이야기가 있다. 내가 너희들을 불러놓고 이 이야기를 하는 것은 만일의 사태에 대비코자 하는 것이다. 알다시피 너희들 숙부 순신이 외지에서 나랏일을 하느라 집안일을 신경 쓸 틈이 없지 않느냐? 사내대장부는 모름지기 나랏일이 먼저요, 가솔의 일은 그 다음이라. 너희도 들었겠지만 순신 숙부가 억울하게 모함을 받아 조산보 만호 자리에서 파직당하고 백의종군까지 했다. 더구나 나랏일을 하다 보면 이런 일은 부지기수로 당하기 마련이니 크게 신경 쓸 일은 아니나, 우리도 나름대로 미리미리 집안일을 잘 살펴서 유비무환의 자세로 살아가야겠다는 생각을 하게 되었단다."

변씨는 잠시 숨을 고르기라도 하려는 듯 말을 멈추었다. 갑자기 얼굴이 일그러지며 주름진 눈에 눈물방울이 그렁그렁 맺히기 시작했다. 그녀는 손자들 앞에 그런 모습을 보이기 싫었는지 얼른 마른기침을 몇 번 하고서는 이야기를 다시 이어나갔다.

"게다가 우리 가문의 장자인 희신 백부도 작년에 세상을 하직하지 않았느냐? 그래서 만일의 불행한 사태에 대비하기 위해서라도 우리 집안의 재산 소유내역을 정확히 정리하고 기록을 남겨서 내가 세상에 없더라도 또 순신 숙부나 우신 숙부가 없더라도 너희가 차질 없이 집안을 돌보도록 해야겠다는 생각이 들었다. 너희들 생각은 어떠하냐?"

"할머님의 생각을 따르겠습니다. 그래도 순신 숙부에게는 전 갈을 넣는 것이 어떠하겠습니까?"

종손인 뢰가 맏이답게 말하자 변씨는 흐뭇한 표정을 지었다.

"그래, 종손이라면 그래야지. 이제 이 집안에 어른이라고는 순 신 숙부와 우신 숙부밖에 없으니 너희가 숙부들과 상의하며 잘 해나가길 바란다. 우리 집안은 여느 대갓집보다는 못해도 스물 한 명의 노비가 식구처럼 살아가고 있다. 이들은 영광, 나주, 흥양, 영변, 은율, 평산, 전주, 광주, 남원, 아산에 이르기까지 여러 곳 에서 우리를 도와주고 있는 고마운 이들이다. 큰 부자는 아니다 만……."

변씨는 자신이 관리해 온 노비와 토지 문제를 정리하기 위해 말을 꺼낸 참이었다.

"그럼 우리는 가난한 집안이라는 말씀이죠?"

순신의 셋째 아들 면이 불쑥 끼어들며 할머니 변씨에게 한 말 이다.

변씨는 가만히 웃으면서 고개를 저었다.

"아니다. 가난한 것은 아니다. 적어도 남에게 손을 벌릴 정도 는 아니다. 너는 아직 어려서 무슨 말인지 모를 게야. 하지만 다 른 형들과 사촌들은 다 알고 있는 사실이란다. 하지만…… 이제 부터는 각지에 있는 전답에서 수확하는 식량을 잘 관리하고, 이 를 재산으로 축적해 가도록 제대로 준비할 필요가 있다. 또 그동안 내가 하인들을 시켜 아산 유궁포구로 들여오는 특산물을 사서 조금씩 이문을 남겨 팔아 모은 재산이 조금 있는 것을 너희들도 알 것이다. 과거에는 너희 할아버지와 희신 백부가 생존해 있어 내가 깊이 개입하지 않았으나, 이제는 내가 직접 관리를 해야 할 때라는 생각이 든다. 재산을 늘리는 것보다 더 중요한 것은 지키는 것이다. 헛된 욕심을 버리고 모두가 힘을 모아 이미 있는 것을 잘 관리하는 것, 이것이 참으로 중요하다. 나는 너희 아버지들을 낳아 키우면서 매번 이 교훈을 가르쳐왔다. 아무리 어려워도 현재 남아 있는 것이 무엇인지 잘 파악해 그것을 잘 활용만 해도 우리는 얼마든지 많은 것을 만들어낼 수 있다. 하여 나는 너희에게 별급문기를 만들어 정리한 것을 오늘 알려줄 작정이다. 내 나이 이미 일흔셋이다. 지금 내가 이 일을 정리해 놓지 못하면 외지로 나가 나랏일에 바쁜 순신 숙부가 정리하기란 어려운 일이다. 나누어주는 문건을 잘 간직해서 틈나는 대로 읽어보고 너희가 할 일을 써둔 부분도 명심해서 실천하기 바란다.”

말을 마친 변씨는 미리 정리해 둔 별급문기 사본을 손자들에게 나누어주었다. 거기에는 모든 아들 손자들에게 골고루 재산을 나누고 어떻게 경영할 것인지를 적어둔 변씨의 꼼꼼한 당부가 들어 있었다.

무엇보다 공평하고 공정하게, 그리고 기준을 정확하게 세워 재산을 나누니 어떤 손자도 이에 불만을 터뜨리지 않았다. 그리고 얼마 후 순신은 고향 아산으로 돌아와 지쳐 있던 몸과 마음을 잠시 추스를 수 있었다. 순신은 어머니를 제외하고는 어느새 집안에서 가장 어른이 되어 있었다. 그런 그가 어머니가 다시 만들어 준 별급문서를 보고 고마워했음은 당연한 일이었다.

초대 정읍현감

한편 나라 밖의 정세는 급변하고 있었다. 절대 강자로 있던 명나라가 환관들의 발호로 힘이 약화되는 틈을 타 만주에서 여진족이 본격적으로 발호하기 시작했다. 바다 건너 왜는 피비린내 나는 막부와 영주들 간의 싸움이 종착역으로 달려가고 있었다. 그 가운데서 도요토미 히데요시가 온 나라를 무력으로 통일하고 호시탐탐 중원 진출을 꿈꾸고 있었다. 조정에서도 왜의 침략설이 솔솔 흘러나오고 이를 염려하는 분위기가 조성되고 있었다. 선조는 중신들의 요청을 받아들여 벼슬의 연차를 따지지 않고 유능한 인재를 추천받아 지역 수비 임무를 맡기기로 했다. 그 바람에 북쪽에만 묶여 있던 순신에게도 남쪽으로 내려올 수 있는 기회가 찾아왔다.

전라감사 이광의 추천으로 기축년(1589년) 2월 전라감사 군관 겸 조방장이 되었으니 변방 생활을 그제야 벗어나게 된 셈이었다. 곧이어 전방으로 전전하던 이순신을 안타까워하던 류성룡이 정읍현감 자리로 그를 추천했다. 조방장은 종4품이고 현감은 정6품이라 직급은 낮았으나 한 고을을 책임지는 수장 자리인지라 누구나 선호하는 자리였다. 식솔을 거느리기가 수월했고 상대적으로 안전한 자리이기도 했기 때문이다. 특히 물산이 풍부한 평야 지대의 고을은 너도나도 가고 싶어 하는 요직이었다. 순신은 같은 해 12월에 정읍 초대 현감으로 나갔다.

고을에서 가장 소식이 빠른 이들은 아전들이다. 자신들이 모셔야 할 원님의 취향을 알아야 대처할 수 있기 때문이다. 순신이 부임하기도 전에 이미 순신의 강직한 성품이 소문났는지 아전들이 순신을 두려워했다.

한 달여가 지나면서 순신이 변씨를 비롯한 많은 식솔을 데리고 오자, 이를 기회로 여긴 고을 이방이 변씨를 찾아왔다.

"마님, 아산서 여기까지 연로하신데 이사하시느라 대단히 수고로우셨죠?"

"괜찮아요. 말씀이라도 고맙소. 그런데 무슨 일로?"

인사차 들른 이방에게서 뭔가 할 말이 있는 듯한 낌새를 눈치챈 변씨가 물었다.

"예, 마님께 드릴 것이 좀 있어서요."

그는 가져온 보따리 안에서 한지로 싼 두툼한 물건을 변씨에게 내놓았다.

"그게 무엇이오?"

"예, 산삼이옵니다. 연로한 마님께서 이사하느라 힘드셨을 거라서 기운 차리시라고 아전들이 돈을 모아 준비했습니다."

"뭐라고요?"

순간 눈꼬리가 치켜 올라가려는 걸 참고 변씨가 이방에게 되물었다.

"그래…… 내가 뭐 도울 일이라도 있소?"

이방은 신이 나서 연신 고개를 조아리며 웃어대더니 말문을 열었다.

"뭐 특별한 부탁이 있어서는 아닙니다. 신임 현감께서 아침 꼭 두새벽부터 점고를 하시고 이것저것 지시를 하시는 통에 아전들이 온종일 대기 상태라 몹시 버겁습니다. 저희들 할 일도 많은데 일 처리가 전임 현감 때보다 배나 늘었습니다. 조금만 부드럽게 살펴 주십사 하고 말씀입니다. 조금만 여유를……."

이방은 이야기를 하면서도 눈치를 계속 보았다. 변씨의 입가에서 웃음기가 점점 사라지고 있는 것을 보았기 때문이다.

"이방 나리, 초면에 참 실례가 되는 말이오만 난 이런 거 못 받겠소. 평생 먹어본 적도 없는 산삼을 내가 어찌 받겠소? 내가 이걸 받으면 현감에게 어떤 부담이 되리라는 걸 뻔히 알진대, 세상 물정도 모르는 만만한 노인네로 보이시오? 당장 가져가시오."

이방의 얼굴이 벌게졌다. 그렇다고 도로 집어넣기도 애매한 상황이다.

"그러지 말고 달여 드십시오. 정말 몸에 좋은 겁니다. 마님이 건강하시면 효성이 지극한 현감께서 얼마나 기뻐하시겠습니까?"

"당장 가져가라지 않소?"

변씨는 두말하지 않고 일어서서 안방으로 들어가버렸다. 이방이 고개를 절레절레 흔들며 투덜거렸다.

"현감이 대쪽 같다더니 마님은 한 수 더 뜨네그려. 삶은 호박에 이도 안 들어가겠어. 쩝."

그 소문은 금방 아랫것들 사이에 퍼졌고, 정읍 고을 안에서 힘깨나 쓴다는 이들의 귀에도 들어갔다. 그 일이 있고 난 후 청탁 같은 것이 다시는 들어오지 않았다.

순신이 정읍현감으로 일하면서 그의 진가는 세상에 드러나기 시작했다. 순신이 겸임하고 있던 태인 고을 백성들의 칭송은 하늘을 뒤덮었다. 오랫동안 현감 자리가 비어 있던 탓에 처결되지 못한 일이 산더미처럼 쌓여 백성들의 원성이 자자했는데, 순신이 와서 오래된 소송 등 고을 현안을 차례로 신속하고 공명정대하게 처리하니 어찌 기쁘지 아니하겠는가. 백성들은 암행어사에게 순신을 아예 태인현감으로 전무하게 해 달라고 요구할 정도였다. 정읍에선 정읍 백성들대로 순신의 공명정대함을 두고 칭송이 자자했다. 그의 나이 마흔다섯에 드디어 백성들부터 참모습을 알아보기 시작한 것이다. 처음에 순신을 싫어하던 아전들도 점차 순신의 진면목을 알고는 진심으로 존경하고 따르기 시작했다. 이들도 현감이 돈이나 뇌물에 대한 욕심을 도무지 내지 않으니 갖다 바쳐야 할 것이 없어 신관이 편해졌고, 억지로 바치느라 고을 백성들을 괴롭히지 않아도 되니 고을 사정도 점차 나아졌다.

변씨는 어릴 적부터 사람을 한 번 만나면 잊지 않고 반드시 기억했다. 그래서 다음에 인사할 일이 있으면 놓치지 않고 작지만 정성이 깃든 선물을 보내거나, 하다못해 서신을 보내서라도 마음을 전하는 습관이 몸에 배어 있었다. 이런 습관은 만든다고 되는 것이 아니다. 경우에 맞지 않은 선물은 자칫 뇌물이 되기 십상이고 높은 사람이라고 챙기는 인사는 아부로 보이기 쉬운지라, 계산이 빠른 사람이나 일이 아닌 이익을 따지는 사람들에게는 있을 수 없는 습관이다.

변씨는 매사 일 처리가 정확하고 사람에 대해 정직하고 인자한 태도를 잃지 않았다. 그러니 그녀가 보낸 선물과 관심에 사람들은 점점 더 그녀를 따르게 되는 법. 변씨의 연륜이 깊어지면서 그녀가 선택하고 골라낸 인물들은 하나같이 순신에게 도움이 될 인맥들이 되어 갔다.

순신이 정읍현감으로 부임한 지 수개월이 지나고 홍양현감 배홍립이 찾아왔다. 순신보다 나이는 한 살 적지만 무과는 4년 먼저 급제하여 선조 임금을 경호하는 선전관을 거쳐 장흥, 흥양 등의 현감으로 일한 인물이었다. 그런 그가 순신의 사람됨을 듣고 시간을 내어 찾아온 참이었다.

"초면에 불쑥 찾아와서 송구합니다. 현감 나리. 흥양현감 배흥립올시다."

배흥립이 먼저 순신에게 인사를 했다.

"아닙니다. 제가 먼저 인사를 올려야 하는데 오히려 송구하지요. 이순신이라고 하오."

통성명을 하고 마주 앉은 두 사람에게 차가 오가고 몇 마디 이야기를 나누더니 금세 친해져 호탕한 웃음소리가 들려왔다. 마침 동헌 뒤를 산책하던 변씨가 손님을 흘끗 보고는 시종에게 누구인지 묻자 흥양현감 배흥립이 찾아온 것이라고 귀띔했다. 변씨는 흐뭇한 표정을 짓더니 이내 며느리 방씨를 찾았다.

"며늘아! 너는 얼른 조촐한 술상을 차려 현감을 사랑방으로 모시게 해라. 흥양현감을 대접해 보내야겠다. 앞으로 네 서방에게 큰 도움이 될 인물이니 대접에 소홀함이 없도록 하거라."

"네, 어머님!"

잠시 후 순신이 배흥립을 데리고 안채로 들어서는데 변씨가 이들을 반갑게 맞았다. 순신이 미소를 가득 담은 어머니 변씨를 소개하자 배흥립이 고개를 깊숙이 숙이며 인사했다. 그러자 변씨가 큰절로 배흥립을 맞았다.

"어르신, 아이구 왜 이러십니까? 제가 절 받을 자격이나 있습니까?"

배홍립이 깜짝 놀라 절을 사양하자 변씨가 웃으며 말했다.

"내가 사람 보는 눈이 좀 있다오. 홍양현감은 장차 내 아들과 함께 반드시 큰일을 하게 될 상이오. 나를 믿어보시오. 삼국지에 나오는 도원의 결의라도 해야 할 판인데 내가 큰절 좀 하기로 무슨 허물이 되겠소?"

변씨의 말에 배홍립이 깜짝 놀라는 표정을 짓더니 이내 감사의 인사를 표했다.

"제가 정읍현감의 인품을 듣고 인사차 들렀으니 뭔가 도움이 된다면야 견마지로를 아끼지 않겠습니다만, 어르신께서 그렇게 말씀해 주시니 큰 힘이 됩니다."

변씨가 내당으로 들어간 후에 배홍립은 순신에게 말했다.

"어머님이 보통 분이 아니십니다."

"외조부님이신 변수림 장군께서 우리 어머니를 당차게 키우셨답니다. 저도 어머니를 스승처럼 여기며 아직도 배우는 중이지요."

"이것 참 부럽습니다."

두 사람은 취할 때까지 거나하게 술을 나누며 나라를 위해 싸울 결의를 다졌다. 이날의 만남으로 순신은 평생 함께할 훌륭한 조력자 한 사람을 얻게 된다.

순신이 정읍현감으로 부임한 지 일 년이 넘어 전라좌수영으로 발령받기 직전 순천부사 권준이 그를 찾아온 일도 있었다. 권준은 이미 순신과 일면식이 있는 인물이었다. 순신이 전라감사 이광의 조방장으로 있으면서 권준을 공무차 찾은 적이 있었다. 당시 권준은 종3품 순천부사였고, 나이도 네 살이나 많은 선배였다. 이순신이 대단한 인물이라는 평을 듣고 시험해 보고 싶은 권준이 이렇게 말했다.

"순천은 참 지경도 넓고 곡식도 많이 나는 좋은 곳입니다. 그대가 내 대신 한번 맡아 다스려 보시겠소?"

농반진반의 이 말에 순신은 가볍게 웃으며 대꾸도 하지 않았다. 어떻게 대답하든 좋은 답이 아니었다. 그때 이후로 서로 연락이 없다가 정읍현감이 되어 처결한 일들로 평가가 급상승한 순신을 잘 활용할 필요가 있겠다고 느낀 권준이 찾아온 참이었다.

두 사람이 동헌뜰 앞에서 인사를 하고 한잔 술을 나눈 후 안채로 들어서자 지난번 배흥립의 예처럼 어머니 변씨가 맞아 인사했다. 그러나 이번에는 큰절이 아니라 가벼운 목례로 인사만 받을 뿐이었다.

"순천부사께서 오시다니 참 감사하외다. 잘 쉬었다가 가시기 바랍니다."

순신은 속으로 의아하게 여겼다. 권준이 돌아가자 순신은 내당으로 들어가 어머니께 물었다.

"어머니께서는 오늘 권준 부사를 대접하는 인사가 지난번 배흥립 현감과는 많이 달라 궁금합니다."

"그렇더냐? 권준은 열정이 과해 탈이 날 수 있는 상이다. 재주 많고 욕심도 많으니 말이다. 너와 함께 일하게 되면 조심해서 잘 활용하거라. 득이 될 것이나 부침이 심할 것이니 각별히 신경 쓰는 것이 좋겠구나. 어쨌든 권준 부사가 한몫은 할 상이야."

순신은 그 말씀을 깊이 간직하고 물러나왔다.

4부 · 기어이 터진 왜란

바다를 얻다

경인년(1590년) 들어 조선 안팎의 상황은 매우 어수선해졌다. 왜적이 쳐들어올 것이라는 소문은 백성들 사이에서 이미 널리 퍼져 있었다. 이런 소문은 정읍에 있는 변씨에게도 들려왔다.

"자네, 요즘 백성들 소문을 들은 바 있는가?"

"어떤 소문 말씀입니까?"

순신은 알면서도 모른 체했다. 공연히 어머니께 걱정만 끼칠 일이니까 말이다.

"전쟁이 난다는 소문이 아주 그럴 듯하게 나돌고 있어. 왜놈들이 자기네 땅에 백만 대군을 길러놓고 우리 조선을 곧 침략하려 한다던데 못 들었는가?"

"예, 저도 들은 바 있는데 너무 신경 쓰지 마십시오. 원래 백성들이란 다 그렇게 소문에 쉽게 현혹되지 않습니까?"

"아닐세, 자넨 세상을 너무 좋게 보려는 경향이 있네. 민심이 천심인데 이 모두가 임금님이 백성을 잘 다스리지 못해서 생겨난 일이네. 정읍이야 자네가 잘 다스리니 평온하네만 다른 하삼도 쪽 인심이 말이 아니라 들었네."

"음…… 그래서 저도 정읍현만이라도 자구책을 세워두려고 군사들을 훈련시키고 말과 화약도 늘려가는 중입니다."

"활과 화살이 더 중요하지. 멀리서 다가오는 적부터 잡아야 하니까."

무장 변수림의 딸이 아니랄까 그녀는 사소한 대책까지 다 순
신에게 내놓는다.

"염려 마세요. 적어도 정읍만은 제가 잘 지키겠습니다."

"아닐세."

변씨는 순신을 쳐다보며 단호하게 말했다.

"어디 여기 정읍에만 자네가 있을 수 있겠는가? 난리가 정말
난다면 자네는 요충지로 발령받을 게야. 그때를 대비해서 병서도
읽고 무술도 게을리하지 않는 게 좋겠네."

"예, 알겠습니다."

순신은 다시 한번 어머니의 앞을 내다보는 식견에 놀라며 물
러나왔다.

한편 조선 조정은 처처에 왜적의 동태가 심상치 않다는 소문
이 돌아, 경인년(1590년) 3월 황윤길과 김성일을 정사와 부사로 한
통신사를 파견해 일본의 형편을 살피기로 했다. 황윤길과 김성일
은 교토에서 도요토미 히데요시를 만나 온갖 냉대를 받으며 간
신히 답서를 받고 귀국했다. 정사 황윤길은 왜가 곧 전쟁을 일으
킬 것이라고 보고했고, 김성일은 반대로 전쟁이 나지 않을 것이
라 보고해 조정의 여론이 둘로 쪼개져버렸다.

이미 전국을 통일한 도요토미 히데요시는 세계 최강의 군사력

으로 조선 반도를 휩쓸고 나서 명나라를 치겠다는 원대한 야망으로 가득했다. 명나라는 국운이 다해 약해지고 있었고, 조선은 당쟁으로 인해 힘을 소진하여 왜의 군사력에 맞설 상태가 아니었다. 이를 알고 있는 도요토미 히데요시는 절호의 기회를 놓치기 싫었다. 그래서 그해 4월 겐소 등을 조선으로 보내 1년 후에 '명나라로 쳐들어갈 길을 빌리겠다(假道入明)'고 통고했고, 조정에서는 깜짝 놀라 뒤늦게 하삼도 각 진영의 무기를 정비하고 군사를 점고하게 했다. 그러나 당파에 썩어빠진 조정 대신들과 자신의 안위를 지키기에 바쁜 지방 관료들로 인해 전쟁에 대비한 방어책을 제대로 준비하지 못한 채 큰 위기에 빠져들고 있었다.

이런 어수선한 상황에서 순신은 전라좌도수군절도사 발령을 앞두게 된다.

이 어려운 시기에 조정 안에 류성룡이 좌의정이라는 요직으로 자리 잡고 있는 것이 순신에게는 참으로 다행스러운 일이었다. 사실 류성룡은 순신의 배포와 능력을 누구보다도 잘 알고 있었다. 동학의 동무였던 이요신이 특별히 부탁하지 않았더라도 그런 인재를 썩히기에는 안타까웠다.

좌의정 류성룡이 영의정 이산해를 찾았다.

"영상 대감, 제 생각으로는 왜적의 침범이 반드시 일어날 것 같습니다. 지금 나라가 태평한 지 오래되었으니, 국경에 근심거리가 생기지 않을까 염려하지 않을 수 없기 때문입니다. 또 한 가지,

동해에서 나는 물고기가 요즘 서해로 옮겨가서, 한강에까지 올라오는 일도 있답니다. 이런 괴상한 일이 일어나는 것도 해기(海氣)가 바뀐 탓이 아닐까요?"

이산해는 백발을 흔들며 이맛살을 찌푸렸다.

"그러게 말이오. 나도 전국에서 전란의 소문이 나돈다 하니 걱정이 되어서 도통 잠을 편히 잘 수가 없는 형편이구려."

류성룡은 이때다 싶어 자신의 생각을 털어놓았다.

"이처럼 나라가 어수선하고 어지러우니 이런 때일수록 꼭 필요한 곳에 꼭 필요한 인재를 심어두어야 하지 않겠습니까?"

이산해는 고개를 끄덕이며 말했다.

"어디 좋은 인재라도 눈에 띄셨습니까?"

좌의정 류성룡이 대답했다.

"대감, 권율과 이순신이라는 자를 유심히 살펴보시옵소서. 둘 다 직위가 높지는 않으나 능력이 있는 인재들이니 앞으로 분명히 나라에 큰 도움이 되고도 남을 것입니다."

"권율과 이순신이라…… 나도 들은 적은 있는 인물들이니 유심히 살펴보았다가 임금께서 인재를 찾으실 때 같이 이야기해 보기로 합시다."

"고맙습니다. 대감."

류성룡은 이미 임진왜란의 두 핵심적인 인물 권율과 이순신에게 중책을 맡기기로 결심한 참이었다.

조정은 갈수록 전쟁설로 뒤숭숭해졌다. 왜인들이 전해 주는 진짜와 가짜 정보가 조정을 뒤흔들고 있었다. 선조도 귀가 있는 지라 이런저런 경로를 통해 난리가 곧 날 것이라는 소문을 듣고 있었다. 마음이 바빠진 그는 인재를 구할 방법을 대신들에게 물었다.

그때 여기저기에서 이순신의 이름이 거론되었다. 선조가 류성룡에게 물었다.

"이순신이라는 자는 어떤 인물이요?"

"능히 전라도의 좌측을 맡을 만큼 유능한 인재입니다. 아직 정읍현감에 불과하지만 바다나 육지 어디에서나 그를 수장으로 맡겨놓으신다면 절대 후회할 일이 없을 것이옵니다."

"그래요? 알았소. 그러면 내 대감의 말을 믿고 전라좌수사로 그를 내보내리다."

이때만 해도 선조가 류성룡을 신임하고 있었기에 이런 파격적인 승진이 가능했다. 정읍현감에서 전라좌수사, 즉 전라좌도수군절도사로 간다는 것은 종6품에서 정3품으로 7단계나 뛰어오르는 특진이다. 조정에서는 난리가 났을 것이 뻔한 일이었다. 삼사를 비롯한 언관들에게서 불평이 쏟아져 나왔다. 그러나 선조는 삼사의 반대를 무시하고 파격적인 승진을 승인했다. 임진왜란 발발 1년 2개월 전인 신묘년(1591년) 2월 16일의 일이었다.

한편 전라좌수사로 발령을 받은 이순신은 비교적 환경이 윤택

한 정읍현을 떠나는 것이 몹시 아쉬웠지만 여수로 가서 새로 주어진 군무를 봐야 했다. 그는 이번에도 어머니 변씨와 가족 문제를 상의하기로 했다.

"어머니, 제가 일단 여수로 먼저 가서 상황을 보겠습니다. 우리 식솔을 어떻게 하는 것이 좋겠습니까?"

"좌수사, 걱정 말게. 아산으로 돌아가면 되지. 며느리도 몸이 성하지 않으니 내가 데리고 가려고 하네. 군무에 바쁠 자네가 아내 돌볼 틈이 있겠는가? 자네 맏이 회가 벌써 스물넷이야. 또 다른 손주들도 이미 장성하여 이사 걱정은 깨끗이 접어도 되네. 자네가 있는 여수로 가는 문제는 좀 더 두고 보는 것이 옳겠어. 이곳 정읍에서도 자네가 식솔을 많이 거느리고 왔다고 좀 말이 많았는가? 이제 좌수사직이니 보는 눈도 생각하고 살아야지. 안 그런가?"

변씨는 언제나 순신의 공무에서 일을 생각했다.

"그건 그렇게 하기로 하고. 그래, 좌수사로서 방책은 마련했는가?"

"네, 아무래도 전란이 터질 듯합니다. 유비무환이니 언제 전쟁이 터져도 즉시 대응할 수 있도록 준비를 철저히 해 두겠습니다."

"그래야지, 허나 아무리 중차대한 일이고 급한 일이어도 혼자 서두르면 일을 이룰 수 없을 걸세. 먼저 그 일에 맞는 사람을 찾고 그 사람들이 자네를 도와 일이 되도록 하면 그리 어려운 일도 아닐 터. 나라가 풍전등화의 기로에 서 있으니 가족은 후사이고 나랏일을 먼저 생각하게."

"저도 그리 생각하고 있습니다. 함부로 덤비지 않고 어머니 말씀대로 자중자애하면서 전라도와 바다를 지키겠습니다. 어머니께서도 건강을 잘 보전하시어 다시 곧 뵈올 때 건강하셔야 합니다."

"한 가지만 더 부탁함세. 장성한 조카들을 전쟁 전에 데려가 그 쓰임새에 맞게 활용하여 나랏일에 도움이 되도록 했으면 좋겠네."

"네, 어머니. 안 그래도 그럴 생각이었습니다. 뢰는 장손이니 두고 분과 완, 그리고 해와 제 자식인 회를 데리고 가서 제 곁에서 군무를 보게 할 참입니다."

"잘 생각했네. 그런데 말이야."

변씨는 아들들이 남겨 둔 손주들이 순신의 곁에서 잘 성장해 나가기를 간절히 바랐다.

"그런데 내가……."

변씨답지 않게 몹시 겸연쩍었다. 아들을 위해 해 주고 싶은 이야기인데 순신이 어찌 생각할지, 어떤 반응을 보여줄지 갈피를 잡지 못하고 있었다.

"어머니, 하고 싶은 이야기가 있으시면 뭐든지 하십시오. 아들에게 못할 이야기가 있겠습니까?"

"그래, 그래. 이야기를 해야지……."

조방장 정결

오늘은 순신이 발령을 받고 임지로 떠나기 전날 아닌가? 오늘이 아니면 한동안 못 볼 테니 꼭 해 주고 싶은 말이 있었다.

"자네에게 도움이 될는지 모르겠지만, 내 생각에는 틀림없이 큰 도움이 될 성싶으니 내 이야기를 듣고 한번 청을 넣어보시게."

"말씀하십시오. 무슨 일이신지?"

"자네가 이번에 전라좌수영을 맡았지만 수군을 통솔한 경험이라고는 발포 만호 시절 잠시뿐이 아닌가?"

"예, 저도 그래서 수군에 대한 모든 서적과 장수들의 경험담을 공부하고 있습니다. 특별히 제게 주실 말씀이라도 계십니까?"

"그게…… 음, 거참."

변씨는 성격이 화통하여 무엇이나 뜸 들이는 성격은 아니었다. 그런데 오늘은 유난히 이야기 꺼내기를 주저하는 모습이 순신에게는 퍽이나 낯설었다.

"어머님, 무엇이라도 좋으니 소자에게 말씀해 보십시오."

"그래……."

"오래전 내 혼사가 오갈 때, 자네 아버지 외에 따로 청혼을 했던 사람이 있었네."

"아, 그런 일이 있었어요? 금시초문입니다."

아무리 자식이라도 쉬이 할 수 있는 이야기가 아님에도, 오늘 변씨는 작정하고 말을 하기로 결심이 선 참이었다.

"그분이 누구신가요?"

"누구라 해도 잘 모를 것이야. 자네가 태어나기 한 해 전에 무과에 급제하신 분이니. 나보다 한 살이 많고 전라도 흥양 땅에서 태어난 기개 있는 장수이시지. 정자 걸자 쓰는 분이라고."

"정걸? 성함을 들은 적이 있습니다. 직접 만나 뵙진 못했구요. 그런데 그분이 왜요?"

"내가 그분께 신세를 지고 은혜를 입었어. 젊은 시절…… 공세창이 있는 유궁포에 들른 적이 있었네. 그날 내가 그곳에 놀러 나갔다가 갑자기 바다로 떨어지는 사고가 나서 물에 빠진 적이 있었지. 그때 어떤 기골이 장대한 분이 물에 뛰어들어 나를 구해 주셨어. 창피해서 어쩔 줄 몰랐지만 선실에 들어가서 옷을 갈아입고 나와 존함을 여쭈었더니, 전라도 흥양(지금의 고흥) 출신의 정걸이라고 자신을 소개하더구나. 길지는 않았지만 잠시 동안 감사의 인사를 하고 돌아섰는데 그분이 나를 좋게 보고 부친께 달려와 청혼을 넣겠다고 했다네. 그만……."

"아, 희한한 인연이었는데 신세까지 지셨군요."

"그러게 말이야. 그런데 그분을 만난 부친은 애석해하며 혼사를 거절하셨다네."

"외할아버님은 왜 그 혼사를 거절하셨습니까? 무슨 흠이라도 있으셨습니까?"

변씨가 고개를 크게 가로저었다.

"아니다. 아무 흠도 없었으니까 더 안타까워하셨지."

"대체 무슨 일로 혼사가 이루어지지 않았습니까?"

순신으로서는 갈수록 궁금하고 호기심이 일었다. 어떤 사내이
길래 어머니가 이토록 부끄러워하시며 이야기를 꺼낸 것일까?

변씨는 잠시 숨을 고르고는 다시 이야기를 조곤조곤 이어가기
시작했다.

"그때 외할아버지가 이미 할아버지와 결혼을 약조한 후였거
든."

"그럼 어머니께서는 아버지 얼굴도 보지 못한 상태셨고, 만약
조부님들의 혼약이 아니었다면 정걸이라는 분과 결혼하실 뻔 했
군요."

"그랬지……."

모친 변씨의 얼굴에 홍조가 떠올랐다. 그 시절 자신의 목숨을
구해 준 은인 아니던가? 처음 보는 남자였지만 그 모습은 아직까
지 잊히질 않고 있었다.

"그래서 말인데 가끔 그분이 어떻게 살아오셨는지를 풍문으로
만 듣고 있었다네. 그런데 지난번 자네 혼사를 중매해 주신 이준
경 대감이 을묘년에 왜적을 물리치실 때 정걸 그분과 함께했다
는 이야기를 들었다네. 그분이 배를 만드는 일과 무기 만드는 일
에 해박하셔서 큰 공을 세우셨다고……. 그래서 지금 그분이야말

로 자네에게 꼭 필요한 분이 아닐까 싶어 이런 이야기를 하게 된 것이네."

순신으로서는 놀라기 그지없는 어머니의 고백이었지만 이미 지난 옛일이니 자신이 뭐라 할 수는 없는 일이고, 그저 정걸이라는 인물이 궁금해졌다. 도대체 어떤 인물이길래 어머니가 평생 기억하고 있었다는 말인가?

"그렇다면 지금은 어디서 무얼 하시는 분인가요?"

"그건 자네가 찾아봐야지. 내가 알기로는 서른 살에 무과에 급제하셨는데 그때가 자네가 태어나기 전해였네. 그러고는 전라좌수사를 거쳐서 수군과 육군의 요직을 두루 거치신 것으로 알고 있지. 연세가 많으셔서 어떨지는 몰라도 자네에게 그분이 꼭 필요할 것 같으이. 아마 자네 장인과도 함께 싸우셨으니 서로 아셨을 거네."

"그래요? 장인이 살아 계신다면 여쭙겠으나…… 아무튼 어머님, 고비마다 늘 이토록 좋은 분을 소개해 주시고 올바른 길을 가르쳐 주시니 감사드립니다."

"무슨 그런 과분한 이야기를 하는가? 시골 무지렁이 할멈의 소리라고 무시하지 않으니 오히려 고마울 따름이지."

"어머니는 제게 세상을 살아가는 이정표 같은 분이십니다. 당치 않은 말씀입니다. 늘 새기고 따르려고 해도 제가 부족합니다. 저, 그럼 그분을 찾아뵐 때 당부하실 말씀이라도 있습니까?"

"그래, 동서고금에 귀한 인재를 얻기 위해서는 근신하며 예를 다하는 법. 유비가 제갈량을 모시기 위해 했던 삼고초려를 기억하시게. 그분을 얻으면 좌수영의 앞날이 밝아질 것이야."

"예, 알겠습니다."

변씨는 떠나려는 아들을 붙잡고 재삼 당부했다.

"상황이 이리 시급하니 목숨을 걸고 나라를 지켜야 하네. 나라가 있고 백성이 있는 법일세. 나를 신경 쓸 여유가 있거든 적을 쳐부술 계획을 짜야 할 게야."

어머니 앞을 나온 이순신은 기대감과 함께 호기심으로 들뜨기 시작했다.

'어머니 말대로라면 대단한 장수 한 명을 얻는 셈이다. 과연 그리 연세가 많은 분이 다시 전쟁터로 나오시려 할까?'

그것이 문제였다.

순신은 자신의 기록 담당관으로 일하고 있는 희신 형님의 둘째 아들 분을 급히 불렀다.

"분아, 너는 지금 홍양 출신인 정걸 장군이라는 분에 대한 기록을 다 찾아오너라. 급한 일이니 서둘러야 할 것이야. 그리고 지금은 어디에서 살고 계신지도 알아보거라."

평소 잘 서두르지 않는 순신이 오늘따라 급하게 서두는 모습에 놀란 분은 자신의 첩보망을 최대한 동원하여 정걸 장군을 찾기 시작했다. 조카 분은 문서를 찾고 정보를 뒤지며 사람과 교류하는 데 남다른 특기가 있었기에 순신이 늘 그를 가까이 두고 활용하고 있었다. 과연 며칠이 지나지 않아 정걸의 정보가 하나둘 들어오기 시작했다.

"숙부님, 이 정걸이란 분이 대단한 분이시군요."

"그래? 뭐가 좀 나왔나 보구나. 얼마나 찾았느냐?"

"먼저 명종 임금님 시절 사간원 기록에 그분의 이름이 나와 있습니다."

"사간원에서?"

그가 말하는 사간원 기록은 병인년(1566년) 2월 27일 전라우수사의 만행을 탄핵하는 보고서를 말함이었다.

"그 기록을 부탁했더니 지인이 베껴 보내왔습니다. 한번 보시죠."

전라우도 수사 최호는 왜적이 몰래 초도에 정박하였을 때 적의 선봉을 보고는 지레 겁을 먹고 후퇴하여 피하고 진격하지 않았고, 남도포 만호 정걸이 홀로 진격하여 힘껏 싸워서 전선의 왜적을 전부 잡았습니다. 그런데 최호가 계문할 때에 공을 자기에게 돌려서 가선대부까지 올랐으므로 남방 사람들이 지금도 통분해 하고 있습니다.

이순신은 조카 분이 들고 온 정걸 장군의 기록을 보며 눈을 지그시 감았다. 그의 호탕한 기개와 장쾌한 실력이 눈에 보이는 듯

했다.

기실 이때가 조정에서 정걸 장군을 주목한 첫 순간이었다. 정걸은 죽음을 겁내지 않고 적진에 홀로 뛰어들어 대승을 거두었다. 그의 나이 42세였다. 당시가 병인년이니 이순신이 과거 공부를 해야 할지 무과로 나아가야 할지를 두고 한창 고민하고 있던 시절이었다.

분이 가지고 온 기록에 의하면 정걸 장군은 갑진년(1544년) 무과에 급제한 뒤 훈련원 봉사, 선전관, 서북면 병마만호를 지내고 을묘왜변 때 달량성에서 왜군을 무찌른 공으로 남도포 만호가 되었으니 오로지 전장에서 잔뼈가 굵은 전형적인 무장이었다.

"그래서? 그동안 어떤 직을 거쳤는지 알아보았느냐?"

"네, 정걸은 부안현감을 거쳐 종성부사로 있으면서 여진 정벌과 국경 수비에 공을 세웠다고 합니다. 그리고 또 경상우도와 전라좌우도 수군절도사, 전라도 병마절도사 등의 요직을 거쳤답니다. 그런데……"

"그런데 뭣이란 말이냐?"

"나이가 좀."

"얼마나 됐는데?"

"올해 일흔일곱입니다."

일흔일곱은 아무래도 너무 많은 나이가 아닌가? 그러나 순신은 어머니의 사람 보는 눈을 믿었다.

"그래, 지금은 어디서 사신다고 하더냐?"

"여기서 멀지 않은 흥양에 거주하신다고 합니다."

"알았다. 네가 먼저 가서 내가 곧 찾아뵙겠노라고 전하고 오너라."

"직접 가시기 힘드실 텐데 오라 하면 될 일 아닙니까?"

"아니다. 반드시 직접 가야 한다. 삼고초려를 해서라도 모셔 와야 할 만큼 내게는 정말 소중한 분이다. 알겠느냐?"

흥양 포두 땅에 머물며 은퇴 후의 삶을 정리하고 있던 정걸의 집으로 순신과 분이 말을 달려갔다. 먼저 다녀온 조카 분이 앞서 가는 대로 따르다 보니 포두 마을 끝자락에 울창한 대나무 숲이 나타났다. 그 속으로 달려가니 말을 타고 내릴 때 내딛는 마석이 커다랗게 자리 잡은 아담한 초가집 한 채가 숨어 있었다. 정걸 장군의 집이었다.

"장군님 계십니까?"

초가 사랑방 문이 삐걱 열리더니 풍채가 좋은 노인이 뜨락으로 내려섰다.

"뉘신지요?"

순신의 제복을 보며 궁금해하는 정걸을 향해 순신이 맨땅에 무릎을 꿇고 큰절을 올렸다.

"전라좌도수군절도사 이순신, 장군님께 인사 올립니다."

"아이고, 좌수사 어른. 제가 뭐라고 예까지 찾아오시고 이렇게 큰절까지요?"

황송해하며 뜨락에서 맞절을 하고 난 정걸이 순신을 지그시 살펴보았다. 지혜롭고 담력이 뛰어나 보이는 것이 여느 장수와 다르다는 생각이 들었다.

"기별은 받았습니다만, 어떤 일로 좌수사께서 이런 누추한 곳을 찾으셨습니까? 방에라도 들어가시렵니까?"

"아닙니다. 여기 툇마루에 앉아도 좋습니다. 분아! 거기 가져온 것을 이리 갖고 오너라."

순신은 분으로부터 준비해 온 선물을 정걸에게 내주었다.

"약소합니다만 받아주십시오. 인삼입니다. 찾아뵌 성의입니다."

"어려운 시국에 귀한 것을 어찌 제가 받겠습니까?"

두 사람은 선물을 들고 이리 밀고 저리 밀기를 한참 하다가 겨우 정걸이 절하며 받았다.

"너희는 좀 물러나 있거라."

순신은 주위를 물린 다음 정걸에게 찾아온 용건을 이야기하기 시작했다.

"장군, 부족한 저를 좀 도와주시기를 부탁드리려고 찾아왔습니다. 저는 용렬하고 수전 경험도 없는데 임금께서 전라좌수사의 직분을 맡기셨으니 참 난감하고 걱정스럽습니다. 장군께선 수전은 물론이고, 육전에도 고루 경험을 갖고 계시니 도와만 주신다면 저로서는 백만 대군을 얻은 듯 큰 힘이 될 것이옵니다.”

정걸은 순신의 부탁이 의외라는 표정을 지으며 말했다.

“제가 올해로 일흔일곱이외다. 산전수전을 다 겪었고 전투라면 겁내지 않고 뛰어들었지만 저 같은 힘 빠진 노인을 데려다가 어디에 쓰려고요?”

“아닙니다. 장군, 사양치 마시고 도와주소서. 조방장 자리를 비워두고 장군을 모시러 오는 길입니다. 나이 연소한 저와 일하시는 것이 불편하지 않도록 최선을 다해 섬길 터이니 꼭 도와주시기 부탁드립니다. 나라가 풍전등화의 위기에 처해 있습니다. 왜적들이 전쟁을 준비하고 있다는 소문도 들립니다. 우리 강토 전역에서 인재들이 일어나야 할 때가 아닙니까? 부디 백성을 불쌍히 여겨주셔서 제 청을 들어주시기 부탁드립니다.”

정걸은 순신을 빤히 쳐다보다가 물었다.

“그 말씀 진심이시오? 내 좌수사 이야기를 익히 들어 알고 있소. 좌수사의 충성스런 마음도 소문이 나 있더군요. 좋습니다. 나 같은 노인도 쓰신다면야 전력을 다해 보지요. 그런데 도대체 누가 제 이야기를 좌수사께 하셨기에 이런 행차를 다 하셨습니까?”

순신은 일어나 옷깃을 여미고 다시 큰절을 올렸다. 정걸이 놀라 벌떡 일어났다.

“장군을 추천하신 분이 제 어머니이십니다. 옛날 젊은 시절 아산에서 장군이 만나셨던, 한때 장군과 인연이 닿을 뻔했던……."

정결은 소스라치게 놀라며 눈을 크게 뜨고 순신을 지그시 바라보았다.

"아니, 그 낭자가 좌수사의 어머니시라구요?"

정결은 눈을 감고 잠시 동안 아무 말도 하지 못했다. 그 진지한 표정을 보며 순신도 감동하지 않을 수 없었다. 정결이 눈을 뜨고 다시 순신을 바라보며 손을 잡았다.

"다 들으셨나 보오. 바람을 타고 찾아온 좌수사 어릴 적 이야기를 들은 적이 있는데 허 참. 인연이라는 것이 이렇게 신비롭군요. 도와야지요. 그래 낭자, 아니 어머님은…… 미안하외다. 그 어른은 그래 강녕하십니까?"

"네, 요즘은 많이 연로해지셨습니다."

"왜 아니겠소. 아마도 올해 춘추가 일흔여섯 되셨지요?"

"네, 맞습니다."

두 사람은 술상을 차리게 하여 그날 밤새도록 세상 이야기와 어머님 이야기로 밤을 새웠다. 흥양에서 돌아온 순신은 선조에게 장계를 올려 은퇴하고 있었던 전 전라좌수사 정결을 전라좌수영 경장(조방장)으로 임명토록 해 주실 것을 건의했다.

일흔이면 임금이 궤장(지팡이와 의자)을 내려 예를 갖추는 전통이 있는데 정결은 그것보다 일곱 살이나 많음에도 기꺼이 순신의 곁을 지키기로 한 것이었다.

조방장은 주장을 도와 어떤 지역이나 분야를 맡는 각 군영 소속의 종4품 직함이었다. 정걸은 종2품까지 오른 백전노장이었지만 거리낌 없이 이순신과 한 배를 탔다.

열흘 후 조방장으로 부임한 정걸에게 순신은 전선의 개조와 수리, 그리고 수군 훈련을 부탁했다. 좌수영 안팎에서 이순신과 정걸의 동맹을 신기해하는 소리가 들려왔다.

정걸은 순신 휘하의 어떤 장수보다 돋보이는 능력을 갖추고 있었다. 그는 이미 조선 최고 수준의 핵심 전력인 판옥선을 건조하고 대포를 실어 실전에 활용한 경험이 있었다. 무엇보다 정걸의 업적은 판옥선의 키를 높여 육박전에 강한 왜선이 쉽게 넘어오지 못하도록 배를 보수하고 강화했다는 점이었다.

정걸은 부임 후에 판옥선 11척과 정병 1,000명 이상의 실전 가능한 병력을 키워내 순신을 도왔다. 판옥선은 조선 수군의 주력 전선이었으니 그의 손으로 재탄생한 판옥선은 임진왜란에서 큰 역할을 맡게 되었다. 정걸은 또 화전, 철령전, 대총통 등 여러 가지 전투용 무기를 만들어 다가올 해전에 대비토록 했다. 대포는 왜적을 이기는 데 가장 효용성이 높은 공격용 무기였다. 조방장의 신분이었지만 정걸은 사실상 순신의 전술적 스승으로 참전한 셈이었다. 물론 자신보다 무려 31세나 많은 연배인 정걸을 불러내 함께 참전토록 한 이순신의 용병술도 대단한 것이었고, 그를 추천한 어머니 변씨의 눈도 대단하다 할 것이었다. 백전노장과 수전 경험이 일천한 이순신의 만남. 그 실험적인 결과는 놀라운 대승으로 나타났다.

그는 훗날인 임진년(1592년) 5월 7일, 이순신 함대의 첫 해전인 옥포해전에서 전공을 세웠고 7월 한산대첩에 이어, 9월 1일 부산포해전에서도 큰 공을 세웠다.

그와 함께 전투를 치른 이순신은 장계를 올려 "정걸은 80세의 나이에도 나랏일에 힘을 바치려고 아직도 한산도의 진중에 머물렀다."면서 "그에게 은사가 내려진다면 군사들의 마음이 필시 감동할 것."이라고 치하했다.

당시 왜군들은 정걸 장군이 전선의 갑판을 궁(弓) 자형으로 하고, 철로 만든 불화살과 큰 대포 등을 이용해 공격하자 그 이름만 들어도 놀라 도망갔다고 전한다.

순신은 정걸을 곁에 두고 있을 때 한 번도 이름을 함부로 부르지 않았고 늘 정영공이라 부르며 그를 존경했다.

좌수사에 부임한 순신이 정걸 장군과 힘을 모아 혹여 일어날 전란에 대비하여 준비를 착착 진행하고 있을 때, 변씨는 온 식솔을 독려해 정읍에서 고향 아산으로 이사를 진두지휘했다. 삼 일이나 걸린 이사였지만 모든 짐을 정리하고도 친정집에 인사를 하고 나서야 잠을 청했다. 한번 일을 벌이면 뿌리를 뽑는 근성과 열정이 그녀에게 있었고 순신도 그런 변씨를 꼭 닮았다. 변씨의 일

처리는 늘 일정한 원칙을 가지고 있었다. 일을 시작하기 전에는 세세한 것까지 살피고 점검한다. 일을 시작하면 앞장서서 몰입하고, 일이 마무리될 때까지 마음을 놓지 않고 끝을 본다. 일이 끝나면 빠진 기운을 추스르느라 숨을 고르는데, 일을 하면서 생긴 일에 대해 왈가왈부하지 않는다. 마지막으로 일을 하다가 혹여 다치거나 손해를 본 사람이 있으면 일일이 찾아다니며 치료와 보상을 해 주곤 했다. 그러니 누군들 그를 원망하겠는가?

전라좌수사로 취임한 순신도 그랬다. 그가 제일 먼저 한 일은 병기고를 찾아가 검열한 것이었다.

"이게 뭔가? 군영에 변변한 활과 화살도 제대로 갖추어 놓지 않고 어떻게 전라도와 바다를 지키겠다는 허망한 말을 늘어놓는가? 여기 병기고 책임자를 당장 불러들여라."

병기고 책임자는 좌수사가 온다는 말에 전임자들과 같이 술판을 벌여 거나한 접대를 해 보내려고 준비하고 있다가 곧바로 끌려나왔다.

"네가 병기고를 책임진 자냐?"

"네, 그러하옵니다. 무슨 일이신지요? 좌수사 영감?"

"무슨 일이라니, 지금 좌수영 병기고가 텅텅 비어 있는데 이게 무슨 일이냐니?"

병기고를 맡은 군관은 볼멘소리로 대답했다.

"나라에서 돈이 내려오는 것도 아니고 전임 좌수사 때도 이랬는데 제가 뭘 하겠습니까요?"

"이놈이 입만 살았구나? 당장 끌어내 곤장부터 치고 이야기를 들어보자."

그때까지 뻗대던 군관이 놀라서 벌떡 엎드리더니 싹싹 빌기 시작했다.

"좌수사 영감, 살려주십시오. 당장 채워놓겠습니다."

"잔말 말고 볼기부터 쳐라. 병기 관리는 네 목숨 하나보다 중하느니라."

병기고 군관이 볼기가 피투성이가 되도록 맞았다는 소문은 금세 좌수영 안에 파다하게 퍼졌다.

두 번째로 찾은 곳은 한 식경 거리에 있는 선소였다. 선소는 배를 만드는 곳으로, 중요한 무기 생산시설인지라 적이 쉽게 접근하기 어려운 은밀한 포구에 갖추어져 있었다. 좌수영 선소가 있는 앞바다를 가리켜 사람들은 소호라 불렀다. 이곳을 본 순신은 장탄식을 하지 않을 수 없었다. 한 척의 배도 성한 것이 없고, 그야말로 파산 직전의 선소 건물만 덩그러니 서 있었다. 한숨밖에 나오지 않은 상황이었다. 그러나 어찌 이대로 두고 볼 것인가? 순신은 목청을 높였다.

"어머님 말씀이 하나도 그른 것이 없구나. 장수가 게으름을 피우면 군졸이 살이 찌고 원님이 금을 밝히면 논바닥에 남는 게 없다더니. 도대체 좌수영에 있는 전선과 무기로 무슨 적을 막을 수가 있겠는가? 여봐라, 지금부터 나를 따라 온 장졸은 들으라. 여기 선소와 병기고, 그리고 5포진 병력 전체와 무기 상황을 점검할 테니 열흘 안에 모든 무기를 재배치하고 갖추어 놓도록 하라. 명령 불복종 시에는 어떤 이유를 대더라도 참수형을 내릴 것이다."

전라좌수영의 대개혁이라고 불릴, 놀라운 변화를 겪게 될 명령이었다.

임진왜란

소문으로만 나돌던 왜적들의 침입이 현실로 드러났다. 임진년 (1592년) 4월 13일 왜군이 쳐들어온 것이다.

도요토미 히데요시는 1591년부터 조선 침략을 위한 준비를 시작해 규슈, 시코쿠, 주고쿠 등의 주요 다이묘 군대를 재편성했다. 도요토미는 나고야(名古屋) 성을 구축해 전쟁 지휘본부를 설치하여 수륙군의 편성을 완료했다. 분위기는 최고조에 달했고 왜군은 자신감으로 가득 차 있었다.

임진년 4월 13일 부산 앞바다.

부산성 망루에서 망을 보고 있던 군관이 급하게 징을 치며 큰소리를 질렀다.

"여보게, 빨리 사냥을 나가신 첨사 어른께 전하시게. 끝도 없는 수백 척의 전선이 대마도 쪽에서 넘어오고 있다고. 필시 전쟁일세. 빨리빨리!"

마침 사냥 중이던 첨사 정발에게 이 소식이 전해졌다.

"첨사 나리, 첨사 나리……. 사냥을 그만두고 빨리 돌아가야 할 듯합니다."

"무슨 일이냐?"

부산 영도섬의 중턱 숲속에서 한참 꿩 사냥에 열을 올리고 있던 정발의 눈살이 찌푸려졌다. 모처럼 나온 사냥의 흥이 깨질 판인 데다 아직 개시도 못해 한 마리도 잡지 못했던 것이다. 연락병이 숨이 턱에 차서 정발 앞에 엎드렸다.

"왜적이 새까맣게 쳐들어오고 있다고 합니다. 군관이 빨리 첨사 어른을 모시고 돌아오라고 해서 보고 드리는 겁니다."

"무슨 헛소리를 하는가? 왜놈들이 도대체 몇 척이나 끌고 왔는데 이 난리인가?"

시종이 거친 숨을 몰아쉬며 대답했다.

"영도섬 외항 쪽을 살펴보옵소서. 바다를 가득 덮어서 끝이 보이지 않는다 하옵니다."

"뭐라? 그럴 리가."

반신반의하면서도 정발은 활을 들고 한달음에 영도섬 반대편 외항을 바라볼 수 있는 섬 꼭대기로 달려갔다. 과연 연락병의 말대로 부산포 앞바다가 왜선들로 가득 차 있었다. 빈틈이라고는 전혀 없이 왜선의 돛대만 바다를 채우고 있는 듯 보였다.

정발은 곧바로 부산성으로 죽을힘을 다해 달려갔다.

'오늘 내가 살아남는다면 하늘이 돕는 것이겠으나 만일 그렇지 못한다 해도 나라의 녹을 먹은 몸으로 끝까지 적을 막아야 할 것이다.'

정발이 성에 도착했을 때는 이미 군사들이 활과 창을 꺼내 대오를 정비하고 있었다. 정발은 망루 위에 올라 비장한 목소리로 외쳤다.

"오늘 저 왜적들을 우리가 막지 못하면 어떻게 조상들 얼굴을 대하리요? 그대들은 목숨을 바쳐 나라와 백성을 구하자. 왜적의 배가 항구에 접근하지 못하도록 선창에 있는 몇 척의 배에 모두 구멍을 뚫어 가라앉혀버려라. 살아서 돌아갈 꿈은 아예 버려라. 우리는 오늘 여기서 죽을 것이다."

첨사 정발의 수염이 파르르 떨렸다.

정발은 성으로 돌아오자마자 전선에 구멍을 뚫고 가라앉혀 적선이 항구 안으로 들어오지 못하도록 했고, 군사와 백성들을 모두 거느리며 성가퀴를 지켰다. 정발은 왜군의 접근을 심각한 눈으로 바라보는 한편, 경상좌수사 박홍에게 이를 통보하여 대비토록 했다.

"이번 왜적은 평상시 우리가 보았던 왜구가 아닙니다. 대선, 중선, 소선을 포함하여 완벽한 수군 체계를 갖춘 정규군 함대 편성입니다. 각 전선에 어림잡아 수십 명씩 탔다 해도 그 수가 수십만 명입니다. 바다 끝까지 보이지 않을 정도로 가득 찬 전선은 숫자를 헤아리기도 어렵습니다. 단단히 준비하십시오. 그리고 전하께 장계를 올려주십시오. 저는 이곳에서 적을 막을 때까지 목숨을 다할 것입니다."

14일 오전, 절영도 앞바다에 배를 댄 왜군은 부산성의 정발에게 이렇게 통고했다.

명나라를 치러 가는 길이니 길을 빌려 달라.

정발이 이를 단호히 거부하자 왜군은 부산성을 공격하기 시작했다. 부산성을 지키고 있던 병력은 1천여 명. 그들은 미약한 무기로 끝까지 저항했다. 정발은 왜적의 진군을 막고 아군의 시간을 벌어주기 위해 쇠못인 철질려를 길목에 뿌렸다. 하지만 공성전에 능한 적은 이미 이를 예상했는지 나무판자를 쇠못 위에 깔고 손쉽게 건너버렸다. 결국 정발을 포함한 전군이 전사했고 그의 첩 애향은 왜군의 손에 죽을 수 없다 하여 자결했다. 병사들 중 아무도 살아남은 사람이 없다고 알려졌으니 얼마나 처절한 싸움이었겠는가?

부산성을 점령한 왜군은 여세를 몰아 인근 다대포와 서평포까지 쉽게 손에 넣고, 다음 날인 15일에는 동래로 진격했다. 동래를 지켜야 할 경상좌수사 박홍은 성을 포기하고 달아났으나 동래부사 송상현은 결사 항전에 나섰다. 왜적들은 동래성 문 앞에 팻말을 세웠다.

싸울 테면 싸우고 싸우지 못하겠으면 길을 비켜 달라.

송상현은 이미 부산성의 정발 소식을 들은 터였다. 그는 왜군들이 볼 수 있도록 성문에 항전의 글을 내걸었다.

죽기는 쉬우나 길을 비키기는 어렵다.

이날 군관민이 합심하여 항전했으나 그리 오래 버티지 못했다. 조총으로 무장한 적 앞에 조선군은 맥없이 무너졌다. 동래성 문이 열리자 송상현은 조복(朝服)을 갈아입고 단정히 앉은 채 적병에게 살해되었다. 그의 기개에 적병들도 탄복했다.

이틀 만에 부산포를 비롯한 경상도 바닷가 일대를 장악하여 교두보를 확보한 왜군은 4월 18일까지 속속 도착하는 후군을 맞이하여 전열을 정비하고 병력을 강화한 다음 곧바로 세 갈래로 나뉘어 서울을 향해 진격을 시작했다.

제1진, 고니시 유키나가는 부산—동래—양산—청도—대구—선산—상주—조령—충주—죽산—용산—서울로 이어지는 진로였다.

제2진, 가토 기요마사는 동래—언양—경주—영천—군위—용궁—조령—충주—여주—서울로 치고 올라갔다.

제3진, 구로다 나가마사는 다대포—김해—성주—지례—추풍령—영동—청주—천안—서울로 진격했다.

바야흐로 온 나라가 전란의 불꽃으로 타올랐다.

순신의 전라좌수영에 왜군의 공격을 알린 것은 원균이었다. 원균의 파발이 도착한 것은 4월 16일 밤 10시. 순신은 그 즉시 조정에 장계를 올렸고 아울러 경상, 전라, 충청도에도 왜의 침략을 알리는 파발을 보냈다. 순신은 자신이 그동안 심혈을 기울여 준비하고 키워온 휘하 장졸 천여 명을 비상소집하여 임전 태세를 갖추었다. 전선, 화포, 무기 준비만 되었다고 전투 준비가 된 것이 아니다. 전투는 사기가 생명이다. 그런데 부산포와 동래성의 소식을 듣고 군관 황옥현이 겁에 질려 도주를 시도했다. 순신은 당장 그를 잡아다가 군영 앞에서 공개 참수를 했다. 그러자 날이 바짝 선 칼처럼 군기가 벼려졌다. 순신의 전라좌수영은 금방이라도 출동할 수 있는 준비가 되어 있었다. 임진왜란의 불꽃은 전국으로 번지기 시작했다.

순신의 승전보

변씨는 전란이 일어난 이후로 새벽마다 일어나 아들 순신이 싸워 이기기를, 그리고 무탈하기를 빌고 또 빌었다.

조정 대신들과 선조는 올라오는 장계마다 패전이요, 들려오는 소문마다 흉흉한 왜적의 소문뿐이라 전전긍긍하다가 신립의 충주 패전 소식이 전해지자 도성을 버리고 개성으로 피난을 가고 말았다.

이 와중에 연전연승의 승리를 이루어낼 이가 전라 앞바다에 대기하고 있었으니 바로 순신이었다. 마침내 이해 5월 6일, 경상 우수사 원균이 가지고 온 4척의 함대와 전라좌수군 24척의 함대가 거제도를 돌아 진군했다. 옥포 앞바다로 나아가니 그곳에 적선 30여 척이 정박해 있었다.

사면에 휘장을 두르고 기다란 장대를 세워 홍기·백기들을 현란하게 달고 있는 대장선을 가운데 두고, 왜적들은 육지로 올라가 마을 집들을 불사르고 백성들을 겁탈하느라 여념이 없었다. 정신없이 약탈을 하다가 이순신 함대를 발견한 적들은 조선 수군을 얕잡아보고 노를 빨리 저어 바다 가운데로 나왔다. 그도 그럴 것이 지금까지 조선군은 육지에서나 바다에서나 자신들을 만나면 도망부터 치고 보는 겁쟁이들이었다. 그런데 감히 자신들을 상대로 싸움을 걸어오니 우스꽝스러울 수밖에. 그런데 어찌 상상이나 했겠는가? 이순신의 함대는 지금껏 보지도 듣지도 못한 막강한 수군이었다. 1,000보도 넘는 거리에서 쏘아올린 포탄이 왜선을 무자비하게 격파해 버렸다. 왜놈들은 인정할 수 없었다. 아니, 이해할 수 없었다. 기를 쓰고 대적해 보려고 노를 저었으나 그들은 이순신 함대와 500보 거리도 좁혀보지 못한 채, 즉 적의 얼굴조차 보지 못한 채 26척의 전선이 불타며 수많은 병사들이 물에 빠져 죽어갔다. 첫 승이었다. 대승이었고 완벽한 승리였다.

5월 27일 이번에는 사천포에 왜적이 정박해 있다는 첩보가 원균에게서 전해졌다. 이번 출전은 이억기 장군이 이끄는 전라우수군과 6월 3일 합세하여 출정하기로 하였는데, 형세가 급박하여 순신은 29일 먼저 23척의 함대를 이끌고 경상 앞바다로 나아갔다. 노량에서 원균 함대 3척과 만난 순신은 사천으로 향했다. 과연 그곳에는 바닷가에 면한 지형에 산성을 쌓고 왜적 4백여 명이 전투 준비를 하고 있었다. 그 아래로는 전선 12척이 벼랑을 따라 일자진을 치고 정박해 있었다. 때마침 일찍 들어온 썰물이 빠져나가 바닷물이 얕아져서 큰 배는 나아갈 수 없었다. 순신이 외쳤다.

"우리가 거짓 퇴각하면 왜적들이 반드시 배를 타고 우리를 추격할 것이니, 그들을 바다 가운데로 유인해서 큰 군함으로 합동하여 공격하면 승전하지 못할 리가 없다."

순신의 대장선이 먼저 배를 몰았다. 한 마장을 가기도 전에 왜적들이 과연 배를 타고서 추격해 왔다. 놀라서 대피하는 것처럼 달아나는 시늉을 하니 추격을 나오기 시작한 것이다. 그때 순신의 명령에 따라 아군은 뱃머리를 돌려 거북선을 앞세우며 돌진하여 들어갔다. 먼저 크고 작은 총통들을 쏘아대어 선봉에 선 왜적의 배를 불살랐다. 그랬더니 왜적들이 나머지 배들과 산성에서 발을 구르며 필사적으로 저항해 왔다. 이전 전투와는 완전히 다른 양상의 싸움으로 그제야 전투다운 전투를 치르기 시작했다. 한창 싸움이 치열한 와중에 갑자기 적의 철환이 날아와 순신의 왼쪽 어깨에 박혔다. 순신은 흐르는 피를 닦으며 연신 활을 당겨 적을 궤멸시켰다.

하루를 쉬고 6월 2일 당포에 왜적의 배 21척이 정박해 있다는 소식이 들려왔다. 순신과 원균 함대가 즉시 출전하여 도착해 보니 과연 수백 명의 왜적이 배를 정박시키고 민가를 분탕질하기에 여념이 없었다. 순신은 철환이 박힌 어깨가 아파 활을 당길 수 없었지만 장졸을 격려하며 거북선으로 적의 중심을 타격케 했다.

특히 높은 누대에 금색 휘장을 두른 큰 배를 집중 공격하게 했더니 비단옷을 입은 장수가 물에 떨어졌다. 이것을 지켜보고 있던 순천부사 권준이 달려들어 목을 베어버렸다. 장수가 죽은 것을 본 왜군은 전의를 상실하고 뿔뿔이 흩어져 물에 빠져 죽고 아군의 칼에 베여 목숨을 잃었다. 이번 전투도 완벽한 승리였다. 힘든 전투를 연거푸 두 번 치른 조선 수군이 지쳐 있을 때쯤 전라우수사 이억기가 전선 25척을 거느리고 와 합류하니, 여러 장수들이 사기가 높아져 승리를 외치지 않는 이가 없었다.

연합 함대로 기세가 오른 조선 수군이 당항포로 나아가자 그곳에는 26척의 크고 작은 왜적이 정박해 있었다. 이번에도 조선 함대는 지자, 현자총통을 번갈아가며 마구 쏘아댔고 거의 모든 배가 불타 깨어져버렸다. 그러자 남은 적들은 배를 버려두고 육지로 도망쳤다. 순신은 한 척의 배를 남기고 모조리 부셔버리라는 명을 내렸다. 이를 이상하게 여긴 군졸이 묻자 "100여 명에 이르는 적들이 도망갈 배가 없으면 우리 백성들을 괴롭힐 것이니 배를 한 척 남겨 그들이 바다로 도망할 수 있도록 하기 위함이다." 하였다.

과연 그날 저녁 왜적 100여 명은 그 배를 타고 도주하였고 그걸 본 이순신은 명을 내려 배를 잡아오게 하였다. 그 100여 명 안에는 유독 눈에 띄는 젊은 장수가 한 사람 있었는데 제법 호기롭게 칼을 휘둘렀다. 아군이 그를 향해 활을 집중하자 10여 대나 되는 살을 맞고서야 고꾸라졌다.

2차 출전도 완벽한 승리였다. 본영으로 돌아온 이순신은 피곤한 중에도 선조에게 장계를 올렸다. 6월 14일 평양성마저 버리고 의주로 피난하여 절망에 빠져 있던 선조는 이순신의 승전 장계에 벌떡 일어나 신하들에게 말했다.

"순신이 나라를 다시 있게 하였다!"

그러고는 즉시 이순신을 '자헌대부(정2품)'로 승격시키고 다음과 같은 유서를 보냈다.

전쟁이 시작된 뒤로 모든 장수가 모조리 패전하여 물러났는데, 이번 당항포 싸움에서 비로소 크게 이겼으므로 특히 그대를 자헌으로 올리는 바이니 끝까지 힘써 하라.

순신은 임진왜란 첫해 모두 네 번을 출전하여 열 차례의 싸움을 전부 승리로 이끌었다.

한편 이제나저제나 순신의 소식을 애타게 기다리고 있던 변씨에게 좋은 소식과 나쁜 소식이 함께 전해졌다. 두 번에 걸친 출전으로 대승을 거두어 임금님으로부터 큰 상을 받았다는 것은 그야말로 기쁜 소식이 아닐 수 없었으나 2차 전투 중에 어깨에 총상을 입었다는 소식은 청천병력 같은 일이었다. 변씨는 정안수를 떠놓고 손을 모으며 하늘님께 간절히 빌었다.

'하늘님, 하늘님. 이제 저에게는 순신밖에 없사옵니다. 그 아들의 안위를 맡기오니 보살펴주옵소서. 간절히 비오니 이 늙은이의 소망을 들어주옵소서.'

기도를 마친 변씨는 손자 분을 불러 의원에게 부탁해 고약을 지어 손에 쥐어주며 말했다.

"너는 숙부 곁을 한시도 떠나지 말고 지켜라. 그리고 이 약을 가져가 직접 발라 드리거라. 매일 갈아붙이는 것 잊지 말고……."

고음천으로

7월 8일. 이순신, 이억기, 원균 이렇게 세 장군의 56척의 연합
함대는 견내량에 정박해 있던 와키자카 야스하루가 이끄는 왜의
정예수군 약 10,000여 명, 76척의 대선단을 한산도 앞바다에서
학익진으로 쳐부쉈다. 뒤이어 와키자카를 지원하러 오던 가토군
42척을 안골포에서 쳐부수자 전쟁은 소강상태를 보이고 있었다.
이 두 싸움으로 왜의 수군은 거의 궤멸되어 도요토미 히데요시
조차 다시는 이순신과 대적하지 말라는 명을 내렸다고들 했다.

그래서 이순신은 여수 본영에서 군사를 훈련시키고, 부족한
식량과 염초, 그리고 전선을 확보하며 바쁘게 시간을 보내고 있
었다. 그러던 어느 날 장남 회가 군영으로 들어왔다. 순신은 반갑
게 그를 맞아들였다.

"어쩐 일이냐?"

"아버님을 뵙습니다. 무고하신 것을 보니 기쁩니다. 그런데 몇
달 못 뵌 사이에 얼굴이 많이 상하셨습니다. 아버님! 아산에 계
신 할머니 건강이 예전보다 못합니다. 보고 싶어 하시면서도 군
무에 방해가 될까 싶어 전언을 넣지 않으시겠다는 걸 제가 눈치

를 보다 아버님께 와 보았습니다. 아버님이 한번 다녀가시면 어떨까 싶긴 한데 어떠신지요?"

장남이라 생각하는 깊이가 달랐다.

"그래, 그러자꾸나……. 전쟁의 기운이 썰물처럼 빠졌다고 해도 언제 밀려들지 모르는 밀물과 같으니 내가 발을 빼기가 어렵구나. 이리로 모시고 오면 좋을 텐데. 어머님 건강이 걱정이로다."

변씨는 회의 말대로 몸이 점점 쇠약해지고 있었는데, 정신만은 오히려 더욱 또렷해 순신에 관한 모든 일정과 전투 지역까지 듣고 싶어 했다.

그런고로 순신의 맏이 회와 둘째 울, 그리고 셋째 면이 전령이 되어 변씨와 순신 사이를 바지런히 다니며 소식을 전하고 전황을 알려주었다.

변씨는 이 손주들 가운데에서도 면이 가져다주는 소식을 좋아했다.

면은 말하는 품새나 노는 모습이 순신과 판박이였다. 일찍부터 제 아비를 따라 활을 쏘고 검술을 배우면서 무장의 꿈을 키워 나가는 모습이 무장 변수림의 딸인 변씨로서는 애틋할 수밖에 없었다. 아직 어린 나이에도 형들을 따라다니며 전령으로 임무를 감당하는 것도 여간 대견하지 않았다.

"어쩌면 하는 짓도 노는 모습도 말하는 모양까지도 저리 아비를 닮았을꼬?"

아이들에게 무뚝뚝한 순신도 셋째 면에게는 살가운 애정을 숨기지 않았다.

면을 보는 것이 순신에게는 즐거움이었기에 어머니의 편지 심부름은 두 형보다 면이 자주 다니곤 했다.

한편 전란 중에 아산으로 계속해서 인편을 보내 어머니의 안위를 걱정하던 순신으로서는 연로한 어머니를 아산에 내버려둔다는 것이 너무도 마음에 걸렸다. 혹여 돌아가시기라도 하면 전란 중에 어떻게 할 것인가를 생각하지 않을 수 없었다. 순신은 상황이 더 심각해지기 전에 어머니를 모셔와야겠다는 결심을 굳혀 갔다. 변씨도 마찬가지였다. 그래서 모든 식솔을 모아 이렇게 말했다.

"얘들아, 우리가 여수로 내려가야겠다. 순신 숙부가 좌수사로 부임하려 할 때 내가 미리 알아봐 둔 일이 있으니 이번에 또 순신 숙부의 신세를 져야 할 게야. 신세를 지는 것은 미안한 일이나 전쟁 중에 우리가 만일 왜적들에게 잡히기라도 한다면 좌수사에게 큰 짐이 되는 일이다. 그러니 너희들도 조심하고 또 조심하여 좌수사에게 해가 되지 않도록 해야 한다."

"예, 할머님!"

그녀는 한번 결심하면 반드시 결행에 옮기는 사람이었다.

한편 순신은 여수 좌수영에서 전쟁을 지휘해야 할 형편이라 전란 중에 마땅히 사적인 일을 부탁할 만한 이도 없는데, 당장 어머니 변씨 일행이 이사를 와도 기거할 곳이 마땅치 않았다. 순신으로서도 고민이 될 수밖에 없었다. 그래서 이 문제를 어머니와 의논하기 위해 인편으로 서신을 보냈다.

어머님, 전란이 깊어졌다가 다소 소강상태라 이번에 이사를 했으면 합니다. 날이 더울 때 하지 않으면 장기전에 들어가 겨우살이도 힘들 것이니 이사 준비를 하셔야 하겠습니다. 아직 우리 식솔이 기거할 곳을 찾지 못했습니다. 우리 식솔의 수가 적지 않아서 제법 큰 집을 얻어야 하는데 여수에서 그럴 만한 곳을 알아보지 못했습니다. 그러나 반드시 조치를 할 터이니 조금만 기다려 주십시오. 순신 올림.

변씨는 웃으면서 생각했다.

'우리 아들은 나와 생각이 똑같군. 이사는 해야겠어. 아무래도 빨리. 더는 아들에게 짐이 되고픈 생각이 없지만 만약 내가 어찌 된다면……. 순신에게 한 번 더 기탁해야지. 참 사람의 일은 알다가다 모를 일이로다. 인연의 샘은 한없이 깊고 사람의 연은 결코 끊어지는 법이 없는가 보구나.'

잠시 생각에 잠겨 미소를 짓던 모친 변씨는 순신에게 당장 이사를 할 수 있다고 회신을 내려보냈다. 여든에 가까운 나이에 몸은 많이 쇠약해졌지만, 생각하는 것만은 여전히 지혜로웠다.

좌수사 아들, 좌수사라고 부를 수 있어 내 너무도 기쁘네. 이사 문제
는 내가 시키는 대로 하는 것이 좋겠네. 좌수영 근처에 율촌이라는 곳이
있다고 들었는데 말이지. 거기 성생원이라는 곳으로 우리가 이삿짐을 옮
겨갈 테니 자네는 좌수영에서 오래 근무한 향리들을 찾아 믿을 만한 사
대부 집안이 근처에 있는가 물어보게나. 십중팔구 간성 댁을 말해 줄 터
이니 그렇게 대답하거든 그곳에서 집을 얻을 수 있는가 꼭 물어보게. 좋
은 소식을 듣게 될 게야.

이 편지를 받은 순신은 영문도 모른 채 여수 전라좌수영에서
사대부 집안을 찾아보게 하였고, 그 결과 간성 댁이라고 불리는
창원 정씨 가문이 송현마을 고음천에 살고 있음을 알게 되었다.
좌수영에서 송현까지는 걸어서 반나절도 안 되는 거리였다.

변씨의 이사 행렬은 만만치 않게 길었다. 소달구지만 여섯 대,
스물 남짓한 식솔이 움직였는데 전란 중에 이만한 행렬이 움직이
는 것이 쉽지 않았으나 변씨의 주도면밀한 준비 아래 이사는 평
온하게 진행되었다. 변씨는 계사년(1593년) 5월 28일에 율촌 성생
원에 도착해 마중 나온 이순신과 회포를 풀었고, 정씨 집안의 정
대수 집에 이삿짐을 풀게 되었다.

생각보다 집의 규모가 작아서 어머니 변씨와 아내 방씨, 그리
고 이들을 지근거리에서 돌볼 몇 명의 시종을 제외하고 순신의
조카들과 인척들은 밖에 나가 따로 방을 구해야 했다. 이 모든 것

이 마무리되고 순신은 어머니와 마주할 기회가 생기자마자 변씨에게 궁금증을 참지 못하고 물었다.

"말씀하신 대로 여기 간성 댁의 정철이라는 사람 집으로부터 초가집 한 채를 무사히 구했습니다만, 어떻게 어머님이 간성 댁을 알고 계셨는지 궁금하고, 이런 일을 어쩌면 그렇게 치밀하게 준비하셨는지 놀랍기만 합니다. 말씀해 주십시오."

먼 이삿길로 인해 피곤에 지쳐 누워 있던 변씨는 입을 가리고 웃었다. 그녀는 아들 앞이라도 한 번도 흐트러지는 모습을 보인 적이 없었다.

"놀랄 것 없네, 이 사람아. 어미가 무슨 신통술을 부린 것도 아니니까. 자네가 좌수사로 발령받아 먼저 떠나고 아산으로 돌아가 있던 내게 한 가지 생각이 떠올랐느니라. 우리 식솔이 왜란통에 누구라도 왜적에게 잡힌다면 자네가 좌수사 일을 제대로 하기 어려워질 거라고 판단했단 말이지. 그래서 우리도 좌수영 근처로 이사를 가야겠는데 어디로 거처를 정해야 하나 고심하다가 마침 좌수영 근처에 사시는 분들이 생각이 났다네. 바로 간성 댁이라 불리는 정계생 군수 가문이지. 이분이 그 옛날 강원도 고성 옆에 있는 간성 군수로 부임하셨기에 모두 그 집안을 간성 댁이라고 불렀어. 내가 이분을 어떻게 알게 되었는가 하면 조부님이신 이백록 할아버님에게서 정계생 군수와 함께 기묘사화의 수난을 겪었다는 이야기를 들은 적이 있기 때문이네. 기묘사화는 조광조 대감이 사약을 받고 숱한 사람들이 목숨을 잃었던 큰 사건이거든. 나도 어릴 적이라 소문만 들었네. 그 당시 정계생이라는 분은 이조좌랑으로 계시다가 기묘사화에 당한 이들을 구명했는데 일이 틀어지자 관직을 버리고 순천부 고음천으로 이거하였다는 소문을 들은 적이 있었다네. 그분이 일이 고약해져 순천부로 가실 때 이백록 조부님이 약간의 도움을 드렸다지. 아마? 그래서 우리 이야기를 하면 간성 댁의 후손들이 박대하지 않고 거처를 마련해 줄 것으로 믿었던 게야."

순신은 어머니의 박학다식함과 가문의 사정을 완전히 꿰뚫고 있는 지혜에 감탄하지 않을 수 없어 변씨에게 몇 번이고 머리를 조아렸다.

"어머님의 지혜와 준비성은 제가 따라갈 수가 없군요."

고음천은 전라좌수영 본영과 그리 멀지 않았다. 이순신이 공무를 시작하고 한바탕 회의를 마친 다음 쪽배를 타고 느지막이 출발하여도 점심 전에 도착할 만큼 가까운 거리였다. 그런 곳에 기거하게 된 변씨로서는 모든 일이 참으로 고마웠다.

이곳은 돌산의 방답진, 바다 건너 여도진, 사도진, 발포진, 녹도진 등 오포진이 떡하니 버티고 있어 왜적들이 침입이라도 할라치면 반드시 거쳐야만 했으니, 이만큼 천연적인 요새는 어디에도 없어 안전을 도모할 수 있는 곳이기도 했다.

지척에 있는 정대수 집에 어머니를 모시고 난 순신은 한결 마음이 놓였다. 이 전란 중에 만약 어머니에게 무슨 일이라도 생긴다면 생각만으로도 끔찍한 일 아닌가.

"어르신 계십니까?"

고음천 변씨 집에 낯선 손님이 찾아왔다. 큰 손주 뢰가 이 낯선 남자를 안방으로 맞아들였다.

"마님, 만수무강하셨사옵니까?"

하얀 도포 자락을 접고 큰절을 한 사내가 변씨에게 정중한 인사말을 드렸다.

"뉘신지요?"

변씨는 손주가 데리고 들어온 이 남자가 어디선가 본 듯하긴 한데 기억이 나지 않았다.

"저 정종지입니다. 마님, 기억이 나지 않으십니까?"

"정종지?"

"예, 소인 정종지입니다. 마님, 서울 건천동 마른내에 살 때 저를 죽음 직전에 구해 주시지 않으셨습니까?"

"아, 그때 그 아이가?"

"예, 그게 바로 접니다. 마님, 마님을 여기서 뵈옵습니다. 마님의 은혜로……"

그는 다시 일어나 큰절을 하고는 일어나지 못했다. 눈물이 비오듯 쏟아졌기 때문이었다.

고음천 변씨의 집에 불쑥 나타난 정종지라는 이는 그리 멀지 않은 송현마을에서 의원으로 있다고 했다. 의원 정종지는 원래 서울 마른내골 순신의 집과 가까운 곳에 이웃하며 살았던 군관 정수한의 손자였다. 그러나 정수한이 역모 사건에 연루된 네 사람을 체포하여 돌아오던 중에 두 사람이 도망치는 바람에 그를 비롯한 군관 셋이 죄인을 풀어준 역모죄의 협조꾼이라는 누명을 쓰고 포도청으로 끌려가 곤장을 맞았다. 그 일로 정수한은 목숨을 잃는 불운을 겪었는데, 그가 포청에 끌려가기 직전 이웃인 변씨에게 순신과 또래인 손자 종지를 숨겨달라고 부탁하고서는 돌아오지 못하고 불귀의 객이 되고 말았던 것이다.

변씨는 이런 딱한 처지의 정종지를 숨겨둔 채 돌보고 있다가 아산으로 내려오면서 동대문 밖에 있는 한약방에 맡기고 왔던 것이다. 한약방에서 잔심부름을 하며 성장한 정종지는 침술을 익혀 의원이 되고 결혼도 하여 여기 전라도 송현마을로 이거해 한약방을 하고 있었다. 그런데 변씨가 고음천으로 내려온 것을 알게 되어 한달음에 달려온 것이었다.

"어허! 반갑네, 반가워. 이렇게 고맙고 반가울 데가."

변씨는 이렇게 잘 성장하여 찾아준 그가 진심으로 반갑고 고마웠다. 이후로 정종지는 변씨는 물론이고 순신의 전체 가솔들 건강을 책임지는 주치의가 되어 은혜를 갚았다.

아, 거북선

온 힘을 다 짜내 이사했던 변씨가 긴장이 풀어지면서 탈이 난 것인지 병환이 길어져 달을 넘기고 있었다. 의원 정종지가 밤낮으로 치료를 하고 있으니 곧 회복될 것으로 믿어 의심치 않지만 순신은 걱정이 깊었다. 그러다가 갑자기 어머니가 보고 싶어졌다.

'오늘따라 어머니가 왜 이리 뵙고 싶은가?'

순신은 새벽 점호를 끝내고 조회를 급히 열고는 바로 쪽배를 타고 고음천 어머니 곁으로 노를 저었다. 말을 타고 가도 한 시간이면 달려갈 수 있는 곳이었지만 마을 주민들이 말발굽 소리에 놀랄까, 또 연로한 어머니도 놀랄까 싶어 늘 배를 타고 가는 그였다. 떠나기 전 그는 정성스럽게 면경을 보며 자신의 흰머리를 보이는 족족 뽑아냈다. 연로하신 어머니께 아들 흰머리를 보이는 것은 불효라는 생각이었다.

아침 해가 제법 떠올랐는데 집 안이 조용했다. 이 시간까지 주무시다니, 무슨 일이 있나 싶어 순신이 방으로 뛰어들었다.

"어머니, 어디 편찮으십니까?"

"으응? 누구? 오호, 좌수사 자네인가? 웬일이야? 어디 다른 데라도 발령받은 겐가? 어쩐 일인가, 이 시간에?"

"아닙니다. 오랜만에 뵙고 싶어서 들렀는데 평소 일찍 일어나시는 분이 아직 누워 계셔서 혹여 자리를 보전하신 게 아닌가 싶어 놀랐습니다."

"아니야, 그리 많이 아프지는 않아. 종지 그 사람이 돌봐주고 있어서 많이 좋아졌다네. 그저 늙으면 여기저기가 쑤시고 그런 법이지. 왔으니까 점심은 먹고 갈 시간이 있겠는가?"

"손수 해 주시게요? 그러지 않으셔도 됩니다. 종들도 있고 질부들도 있는데 그러실 필요 없어요. 그냥 저랑 쉬시다가 점심 같이 하세요."

"아닐세. 그래도 내 아들 밥을 내가 챙겨야지. 기력이 이제 예전만 못하네만 그거야 어떡하겠어?"

변씨는 말리는 아들을 떼어두고 기어이 나가 정갈하고 소박한 밥상 하나를 얼른 준비해 왔다.

"자네가 좋아하는 나물 몇 가지와 시래깃국뿐이야. 전란 중에 뭐 먹을 만한 게 있어야지. 맛없지?"

연로한 몸에 밥상을 차려놓고도 변씨는 아들에게 미안한 마음이 들었다.

"아닙니다. 아주 맛이 있어요. 저는 좌수영에서도 잘 먹고 있습니다. 그래도 어디 어머니가 차려주시는 밥상만 하겠습니까? 그래서 어머니 밥 먹으려고 들른다니까요."

허허 웃는 순신에게 변씨는 고개를 설레설레 흔들며 말했다.

"장수가 사적인 일로 자주 자리를 비우면 반드시 말썽이 생기는 법이야. 이제 나랑 같이 늙어갈 나이인데 뭐 그리 다 늙은 할머니를 보고 싶어 하누?"

"어디요? 저야 평생 어머니만 사모하잖습니까? 늘 뵙고 싶고 못 뵈면 안타깝죠."

잡은 어머니 손이 가시나무마냥 앙상한 것이 마음에 걸렸다. 순신은 기력이 점점 쇠해 가는 어머니 앞에서 차마 눈물을 흘리지는 못하고 갑자기 농을 치며 얼굴을 외면했다.

변씨는 그 말이 듣기 좋았는지 콧소리를 내며 웃었다. 모처럼 모자간에 즐거운 만남이었다.

이튿날 순신은 아침부터 고음천으로 다시 와 잠시 다녀올 데가 있다며 어머니를 졸랐다.

"어딜 가게?"

"어머니, 제가 오늘은 보여드릴 것이 있어 잠시 어머니를 번거롭게 해 드렸습니다. 거동이 좀 불편하시니 말을 태워드릴 겁니다. 같이 가세요."

"말은 이제 타기 어려워. 어지러워서……."

"아닙니다. 제가 타고 뒤에 모시고 갈 겁니다. 염려 놓으세요."

"그럼 어디인지 모르지만 오늘은 우리 아들 말 뒤에 타고 한번 가 보자꾸나."

변씨는 순신이 탄 말 뒤에 간신히 몸을 올려놓았다. 물론 손자 울이 뒤에서 안아 올려드렸기에 가능한 일이었다.

"잘 잡으십시오. 천천히 가겠습니다. 애들아, 너희가 앞장서서 선소까지 가 보자꾸나."

휘하 장졸들 수십 명과 조카와 아들들이 그의 뒤를 따랐다. 천천히 한 식경 정도 거리의 선소와 병기고 앞에 이르러 말을 멈추었다. 좌수영의 조선창인 선소는 뱀이 똬리라도 튼 듯 바깥 바다로부터 깊이 감추어져 내해 깊숙이 들어와 있었다. 여수 밖 바다에서 보면 천상 뱃길이 막힌 것 같지만 오른쪽 물길을 따라 천천히 돌아 들어와 보면, 맨 마지막 내항 안에 조선 시설을 갖춘 선소가 있음을 알 수 있는 천혜의 요지였다. 아주 비밀스럽고 은밀한 조선소로 왜적들이 절대 알 수가 없을 곳이었다.

변씨는 아들의 부축을 받아 말에서 내리다가 멀미로 현기증을 느꼈는지 잠시 비틀거리며 눈을 감고 간신히 서 있었다. 게다가 정오의 햇살이 눈을 강렬하게 내리쬐어 눈 뜨기가 어려울 정도였다. 겨우 눈을 뜨고 앞을 바라보니 눈앞의 광경은 놀라움 그 자체였다.

"이 무어냐? 세상에……."

용머리 입에서 시커먼 연기가 솟아나오고 등에는 쇠못이 잔뜩 꽂혀 있어서 도대체 정체를 알기 어려운 구조물이 변씨 앞에 떡하니 버티고 있었다. 다시 보니 그동안 말로만 듣던 바로 그 거북선이었다.

"이것이 자네가 말하던 거북선인가?"

변씨는 그 위용에 감탄하며 절로 박수를 칠 수밖에 없었다.

"예, 어머니."

순신은 싱긋 웃으면서 손가락으로 용머리를 가리키며 말했다.

"저 뒤편 거북선 등에는 철로 얇은 판을 덧붙였고 쇠못을 꽂아서 왜놈들이 들어오지 못하도록 했습니다. 이 뱃머리에 있는 용머리가 연기를 내뿜는 곳입니다. 연기로 앞을 가려 적선들이 우왕좌왕하게 하고는 왜선의 측면을 들이받아 구멍을 내도록 한 것입니다. 그러고 나면 용머리의 굴뚝을 이용해서 불을 내뿜기도 합니다. 전투 중에 약간 수리할 곳이 있어 선소로 들어온 겁니다. 어떠십니까?"

"좋네, 좋아. 이런 거북선이 많이 있다면 왜놈들이 꼼짝을 못할 텐데. 어떻게 이런 신기한 배를 만들 생각을 했는가? 내 생전에 이런 진기한 광경은 처음이야. 장하네. 정말 장해."

"웬걸요? 이것도 어머님이 먼저 생각하셨던 것을 제가 나대용의 도움을 받아 만든 것뿐입니다. 정읍에 계실 때 아산 앞바다에 정박해 있던 판옥선에 대해 말씀하신 것을 기억 못하십니까?"

변씨는 희미해진 기억을 되살리려는 듯 잠시 눈을 깜박깜박했다.

"내가 언제 뭐라 했던가?"

"왜, 아산에서 물에 빠진 이야기를 하실 때 말입니다."

"아, 그래……. 내가 아산 바닷가에서 물에 빠졌을 때. 그때 어전에서 유궁포항 어물전과 배 구경을 하고 있었는데 입항하던 다른 큰 배가 너무 급히 들어오는 바람에 근처 정박해 있던 판옥선에 부딪히게 되었단다. 그때 그 큰 배가 구멍이 너무 쉽게 나서 침몰하는 것을 보고 놀랐었지. 그런데 그것이 왜?"

"제가 크고 나서도 그 이야기를 가끔씩 하시면서 '싸움배라고 하는 전선들이 너무 약해 옆에서 들이받히면 맥없이 가라앉더라'라고 말씀하셨잖아요?"

순신은 옛날 일을 생각하며 활짝 웃었다.

변씨는 영문을 모르겠다는 듯 어리둥절한 표정을 지었다.

"어머니, 왜놈들 선박이 우리 판옥선보다 키가 높아요. 거기서 조총을 쏘며 판옥선 갑판에 있는 우리 병사들을 쓰러뜨리고는 줄을 걸어 우리 배로 마음 놓고 건너와서 살육을 하지 뭡니까? 그게 수전에서 골치가 아픈 점입니다. 좌수사로 부임하면서 어느 날 갑자기 어머니 말씀이 생각났답니다. 왜선도 측면이 약하니 들이받아 구멍을 내고 불을 쏟아부을 수 있으면 이기겠다 싶었죠. 그래서 나대용과 머리를 맞대고 돌격선을 만들어보자고 궁리하게 되었고 그가 여러 가지 시도를 해 본 끝에 결국 이런 거북선을 만들 수 있게 되었습니다. 작년 4월 12일 비로소 완성된 이 거북선으로 왜적들을 많이 깨뜨렸습니다. 그러니 오늘 거북선을 보여드릴 수 있게 된 것은 모두 어머니 덕분입니다."

순신이 어머니 앞에서 큰절을 올렸다. 휘하 장졸들과 거북선을 지키고 있던 병사들이 모두 변씨에게 절을 올렸다.

"아니구, 내가 무슨 절을 받을 자격이나 돼? 자, 자, 됐어요. 고만 합시다. 나는 이러면 자꾸 어지러워져서 말이야……."

변씨는 놀라서 손을 저으며 사양했으나 기분만은 하늘을 날아오를 것 같았다.

'아, 아버지! 제가 딸이라고 아쉬워하시더니 당신께서 물려주신 무인의 핏줄이 순신에게로 이어져 이런 놀라운 거북선까지 만들게 되었습니다. 지하에서 외손자를 보고 계십니까? 당신의 딸이 낳은 순신이 좌수사가 되어 왜적을 물리치는 큰 장수가 되었습니다. 자랑스럽지 않으세요? 아버지, 이 충성스럽고 멋진 외손자를 보호해 주세요.'

돌아가신 아버지 생각에 눈물이 흘러나왔다.

이른 저녁을 먹은 순신이 좌수영으로 돌아가려 하자 변씨가 불러놓고 부탁을 했다.

"여기 고음천에서 이 많은 식솔이 하는 일 없이 기거하는 것을 남들이 보면 좋지 않고, 식량을 대는 것도 만만치 않아. 좌수사로 일하려면 많은 사람이 필요할 텐데. 그래서 말인데 자네 아들, 형 아들 가릴 것 없이 불러다가 활용했으면 좋겠어. 연락책도 좋고, 척후병으로도 좋고, 그 외에도 할 일이 많을 것 아닌가? 이미 종질 유헌이와 윤엽이도 곁에 두고 있어 고맙게 생각하고 있네만."

순신이 고개를 끄덕였다.

"그럼요. 저야 좋고말고요. 변유헌은 무과 출신이어서 여러 부장과 함께 저를 돕게 하였더니 군사 전략을 짜고 전술 배치를 하는 데 아주 중요한 역할을 하고 있습니다. 나머지 조카들도 아들 녀석들과 교대로 연락책으로 쓰고 있고 또 아산의 면이 어미와 집안 살림을 돌보도록 이야기해 두었습니다. 그저 어미가 계속 아파서 걱정이지요. 가 보지도 못하고……. 그래도 곧 툴툴 털고 일어날 겁니다. 염려 마세요."

순신의 조카들은 경상 좌도, 우도를 부지런히 오가면서 때로는 연락책으로, 때로는 중요한 정보책으로 요긴하게 활약하고 있었다.

삼도수군통제사 아들

전라좌도수군절도사 이순신을 삼도수군통제사로 겸무 발령하니 맡은 바 군무를 철저히 하여 나라에 충성토록 하라.

계사년(1593년) 8월 1일의 일이었다. 조정에서 삼도수군통제사를 두기로 한 데에는 원균과의 불화가 그 원인이기도 했다. 원균은 이순신을 못마땅해했는데 여기에는 자신이 순신보다 다섯 살이 많고 무과 급제도 9년이나 빠른 선배인데도, 순신의 밑에 있게 됨을 부끄럽게 여겨 명령을 잘 들으려 하지 않았다는 데 이유가 있었다. 어쩌면 어린 시절 마른내골에서의 구원도 작용했으리라.

반면에 순신은 공과 사를 구별하여 사사로운 인연으로 나랏일을 망쳐서는 안 된다는 확고한 생각이 있었다. 이런 두 사람의 마찰은 전쟁이라는 중차대한 일을 수행하는 데 걸림돌이 되었다. 그래서 조정에서는 통제사를 두어 이를 효율적으로 해결하고자 하였다. 허나 원균은 이후로도 계속 통제사의 명에 불복하다가 결국 충청병사로 전보 발령을 받게 된다.

이런저런 우여곡절을 거쳐 수군의 명령 체계를 정비한 이순신은 이제 군량과 군수물자 등의 확충에 나섰다. 그러나 전쟁 중에 나라에서의 물자 보급은 기대하기 어려운 형편이었다. 명나라 5만 대군의 식량과 군수를 조달하는 것도 버거운 형편이었다. 그래서 이순신은 선조에게 삼도수군통제영에서는 통제영 스스로 자급자족할 수 있는 체제를 갖추겠다고 장계를 올려 윤허가 떨어졌다. 이로써 순신은 한산도를 중심으로 좌수영의 돌산도, 거제도 일부를 포함한 해안가를 축으로 소금을 구워 팔고, 농사를 지어 군량미를 확보하는 한편 굶어 죽는 백성들을 위해 구제미까지 확보해 나갔다.

통제영이 들어선 한산도는 왜적이 함부로 넘볼 수 없도록 요새화하고 섬 안에 병사들이 기거할 숙소와 훈련장, 그리고 선소 등을 설치했다. 또한 자신이 주로 기거하면서 주요 장수들과 전략을 짜고 논의할 운주당(후일 제승당)을 지어 명실공히 조선 수군의 최고 사령부를 만들었다.

순신이 조선 수군삼도통제사가 되어 동분서주하고 있는 사이 변씨도 아들을 위해 바삐 움직이고 있었다. 여수 고음천에 있으면서 보아둔 종 옥지와 박옥, 그리고 무재 이렇게 셋을 추려 보냈는데 이들은 나무를 다루는 데 기가 막힌 솜씨와 안목을 가지고 있었다. 순신은 이들을 반갑게 맞이하면서 이들을 데리고 온 조카 편에 부쳐온 어머니의 편지를 읽어보았다.

내가 옥지와 박옥과 무재 등을 데려와 써보니 이 아이들이 특별한 재주가 있었네. 특히 나무를 다루고 뭘 만드는 데는 다른 이들이 따르지 못할 재주를 가졌으니 자네가 이들을 잘 활용하면 군수를 조달하는 데 큰 도움이 될 걸세. 부디 몸조심하고 또 보세나.

순신은 이들에게 조카 분의 감독 아래 화살 만드는 임무를 맡겨보았다. 순신이 분에게 주문한 화살은 큰 살대 111개와 작은 살대 154개였다.

"가장 강한 화살을 만들어야 할 게야. 수군이 쓸 무기니 습기에 약하지 않도록 주의하고."

분도 순신 숙부의 생각을 잘 아는 터라 이들에게 각별하게 신경 써서 최고의 화살을 만들 것을 요구했다.

"예, 하지만 처음 말씀드린 것보다 시일이 좀 더 걸릴 듯하니 조금만 기다려주십시오. 해풍에 그늘에서 충분히 말려야 살대가 휘지 않는 법이잖습니까? 하지만 염려 놓으십시오. 조선 수군 중에서 가장 강한 화살을 만져보시게 될 것이옵니다."

"오냐, 통제사 대감께 너희들 수고를 아뢰어 두마."

종 옥지와 박옥, 무재는 석 달이 채 안 된 6월 초 장마가 시작되기 전에 연습용 화살 150개를 만들어 납품했다. 이들이 만든 연습용 화살을 들고 순신은 활 10순을 쏴보고는 감탄하지 않을 수 없었다.

"어머님의 사람 보는 눈은 정말이지 내가 따라갈 수가 없구나. 외할아버지께서 어머니를 두고 아들로 태어났다면 도원수 감이라고 칭찬하셨다던 말씀이 헛된 말이 아니었어. 허 참, 이렇게 좋은 화살을 만들 수 있다면 왜적들의 조총도 겁낼 것이 없겠구나."

순신은 이들의 실력을 인정하고 그 가운데서 출중한 실력을 보인 옥지를 선소에 보내 판옥선을 만드는 대장 목수로 일하게 했다.

한편 고음천에서 변씨는 여전히 식솔을 보살피고 다독이느라 애를 쓰고 있었다. 아들이 통제사가 된 후 집안일에 마음 쓰지 않도록 배려하는 한편 음으로 양으로 힘을 보탰다. 순신이 통제사가 되어 한산도로 간 이후로는 여간해서 시간을 못 내니 집으로 올 수가 없었다. 당연히 손자 면이 아버지와 할머니 사이에서 연락병 노릇하느라 바빴다. 그러던 갑오년(1594년) 6월 날이 더워지면서 면이 더위를 먹어 쓰러져 회복하지 못하고 있었다. 그렇잖아도 체력이 달린 아이가 무리하게 무술 연습을 한 게 화근이 되어 7월에는 피까지 토해 냈다. 변씨는 의사 정종지를 데려와 처방을 하고 약을 달여 먹이는 등 갖은 수단을 썼지만 회복이 더뎠다. 어미가 아프다는 소식까지 들은 면의 마음 걱정까지 겹치면서 도무지 나을 조짐이 보이지 않았던 것이다. 변씨는 모자를 같이 두고 정종지를 보내 두 사람을 함께 치료하는 방법을 생각해 보게 되었고 정종지의 의견을 물었다.

"그게 좋겠습니다. 아직 어려서 어머니를 그리는 마음이 큰 듯합니다. 제가 가서 도움이 된다면 부인 마님 질환도 살필 수 있을 것이라고 생각합니다."

정종지가 기꺼이 가 준다니 고마운 일이었다.

결과적으로 이 조치가 두 사람을 살린 셈이 되었다. 정종지가 두 사람을 정성껏 치료하고 모자간에 서로 보고 싶은 정을 한번에 해결하고 나니 몸도 조금씩 좋아지게 된 것이다.

변씨가 식음을 전폐할 정도로 며느리와 손자 걱정을 하는 가운데, 아산으로부터 편지가 날아들었다. 면과 방씨가 차례로 털고 일어났다는 편지였다.

면은 집에 도착하면서부터 조금씩 좋아지더니 어머니를 지극 정성으로 돌보기 시작했고 하늘이 감동했는지 며느리 방씨도 중한 병세에서 기적적으로 호전되어 건강을 점차 회복하고 있다는 것이었다. 물론 의원 정종지의 역할이 컸음은 두말할 필요도 없었다. 며느리가 살아났다는 소식을 들은 변씨는 한바탕 실컷 울더니 긴장이 풀리면서 주저앉고 말았다. 이제는 변씨의 병이 깊어졌다. 다행히도 의원 정종지가 아산에서 달려와 뜸을 뜨고 약을 달여 먹였더니 이틀 만에 깨어났다.

"큰일 날 뻔했네."

순신의 장남 회가 걱정스런 얼굴로 할머니 곁을 지키고 있었다.

"침을 맞지 못하실 만큼 기력이 쇠하셨어. 나이 드신 어르신이 너무 많이 우시면 종종 저렇게 탈수 증세를 보이시니 보리차를 좀 끓여서 계속 드시게 하고 미음도 조금씩 자주 드시도록 하시게. 내가 약을 달여서 보내드릴 테니 조석으로 사흘만 드시도록 하면 좋아질 것이네."

변씨는 기력을 되찾자 손주들에게 부탁해 면과 며느리 방씨를 위로하는 서신을 적어 인편으로 보냈다.

사랑하는 손자 면아! 네가 오늘따라 너무나 보고 싶구나. 너도 이 할미가 보고 싶지? 어미를 잃을 뻔했으니 얼마나 놀랐겠느냐? 그 마음 짐작하고도 남는다. 네 어미가 완전히 회복이 되고 나면 이곳으로 한번 오거라. 애태우고 있을 네 아버지도 찾아뵙고 위로해 드리면 좋겠다. 그리고 당부할 것은 이제 그곳 아산에서는 네가 가장이다. 그러니 네 어머니가 집안일 신경 쓰지 않고 건강을 챙길 수 있도록 농사짓는 하인이나 종들을 잘 단속하여 말썽이 생기지 않도록 아끼고 보살펴야 할 것이다. 우리 가문의 터전을 잘 지켜야 할 막중한 책임이 네게 주어졌구나. 형들이나 사촌 형들처럼 너도 전장에 나가 활약을 펼치고 싶겠지만, 네 아버지가 언젠가 돌아가면 편히 쉴 수 있는 집을 잘 지키는 것도 중요한 일이란다. 나도 곧 아산으로 돌아가지 않겠느냐? 잘 부탁하마.

며늘아! 고생이 얼마나 많았느냐. 무남독녀 외동으로 자라나서 덕수이씨 가문으로 시집온 네가 그동안 얼마나 수고가 많았는지 내 이미 다 알고 있었건만 이렇게 죽음의 문턱을 드나들 정도가 되어서야 고맙다는 말을 하게 되는구나. 부디 몸 간수 잘해서 천수를 누리는 복을 받기 바란다. 어려움을 겪고 나야 좋은 일이 더욱 빛이 나는 법. 나는 아산으로 돌아갈 날만 간절히 기다리고 있다. 그때까지 몸조심하고 면과 함께 잘 지내기 바란다.

한편 통제영에서 순신은 순신대로 아내의 위중한 병세를 걱정하며 마음 졸이고 있었다. 삼도수군을 모두 거느리고 있는 통제사로서 촌각을 지체할 수 없는 몸이었다. 마음으로는 하루에 열두 번도 더 '이대로 죽으면 안 되오. 부인!'이라고 중얼거렸지만 군사들 앞에선 조금도 티를 내지 않았다.

스승 집에 훈련하러 드나들며 설렘을 느꼈던 기억을 시작으로 장인이 몸져누워 연습을 할 수 없을 때 무술 상대를 해 주던 방씨의 모습이 주마등처럼 스쳐갔다. 허나 애를 태우고 발을 굴러도 어찌할 수 없는 전시 상황인지라 자신의 처지를 한탄할 수밖에 없었다. 그래서 느는 게 술이라, 활쏘기만이 유일한 낙이었다. 활은 지친 심신과 울적한 마음을 달래는 데 그만이었다. 그날도 순신은 바닷가 절벽 끝에 자리한 한산정에서 바다 건너 약 100보 거리의 과녁으로 살을 쏘아 보내고 있었다. 순신이 이곳에 활터를 만든 것은 밀물과 썰물의 교차를 이용해 해전에 필요한 실전 거리의 적응 훈련을 시키기 위해서였다. 바다에서는 육지와 달리 거리감을 잡기가 어렵다. 그래서 바다를 건너 활을 쏘는 연습을 해 두면 실전이 벌어졌을 때 거리감을 잃지 않게 된다. 1순, 2순…… 10순의 살을 날리고도 활을 손에서 놓지 못했다. 그걸 보고 있던 군관 하나가 물었다.

"아니, 대감! 무슨 일이 있으십니까?"

"아닐세, 활을 쏘고 있으면 근심 걱정이 없어지니 좋지 아니한가? 게다가 근력도 느니 일석이조지."

한산정에 아직 열기가 식지 않은 무더위를 식힐 바람이 불어와 흐르는 땀을 시원하게 말려주었다. 잠시 활을 놓고 우두커니 바다를 바라보고 있는데 뒤에서 반가운 목소리가 들렸다. 면의 목소리였다.

"아버님! 어머니 병 때문에 심려가 크셨지요? 걱정하지 않으셔도 좋을 만큼 병세가 호전되었습니다."

"오, 그래? 다행, 아니 천행이다. 네가 고생이 많았구나."

"아닙니다. 저야 당연한 일을 한 것뿐입니다. 할머니께서 심려하시는 아버님께 소식 전하라 하셔서 달려왔습니다."

"너도 아팠다고 들었는데 괜찮느냐? 몸을 잘 간수하는 것도 효도이니라."

"네, 명심하겠습니다. 아버님!"

오늘따라 아들 순신이 보고 싶어 사람을 보냈다.

'나이가 들면 어린애가 된다더니.'

아침까지 늦잠이 들었던 변씨는 갑자기 전갈을 받고 부리나케 달려온 순신을 보니 그만 눈물이 날 듯했다.

"어머니, 전갈을 받고도 일찍 오지 못해 죄송합니다. 평강하셨습니까? 아이고, 어째 이리 마르셨습니까? 식사는 잘 하시고 계시나요?"

"그래그래, 왔는가. 나도 이제 늙어서 자네를 앉아서 맞을 힘도 없네."

변씨는 비스듬히 앉아서 반가운 아들을 맞아들였다. 그러곤

급하게 말을 이었다.

"자네는 어떤가? 장수는 몸이 성해야 하느니. 내가 주책이지. 나이를 먹더니 한 번도 하지 않던 떼를 쓰고 말았네. 늙으면 자기 생각만 한다더니 내가 그 짝이야. 이 일로 통제사가 책잡힐까 두렵구먼. 괜찮은가?"

"어머니도 참, 무슨 말씀을…… 아무 염려 마십시오. 선소에서 배 만드는 일을 감독하고, 좌수영 내에서 하는 군사 훈련을 시찰하러 나온 길이라 그 참에 들렀습니다. 내일까지는 짬이 있으니 걱정 마십시오."

변씨는 그 말에 마음을 놓고는 순신을 바짝 불러 앉혀 아산의 모든 재산 상황과 노비의 관리 사항까지 꼼꼼히 적어서 면에게 다 넘겨놓았노라고 집안 돌아가는 대소사를 전해 주었다. 변씨는 그런 사람이었다. 언제나 철두철미하게 준비하고 만약의 사태에 대비해 두었다. 유비무환의 마음 자세는 자손들 모두에게 전해지고 있었다.

사실 그녀는 자신이 고령이라는 것을 익히 알고 있었다. 아들을 위해 해야 할 일이 많지만 이제는 혹시 모를 신변의 변화를 생각해 두어야 했다. 언제 어떻게 될지 모르는 나이라는 걸 그 누구보다 잘 알고 있는 변씨였다. 오늘이 순신과의 마지막 밤이라도 되는 듯 잠을 이루지 못하고 이런저런 이야기로 오래도록 밤을 새웠다.

"그리고…… 내가 부탁이 하나 더 있네. 여기 있는 손주들과 자네 아들들이 기특하게도 자네를 도와 톡톡히 한몫을 거들어 주고 있어 걱정이 없네만, 자네가 나랏일에 몰두하는 동안 우신이 집안 어른으로 제 역할을 해내야 하는데 사람이 무량이 없어 걱정이네. 그래서 내가 면에게는 우신을 도와 집안을 잘 지키라고 부탁하고 당부해 두었네만 자네도 알다시피 그 아이가 몸이 약해. 무술 실력이나 활쏘기 같은 것만 닮지 어찌 그리 예민한 것까지 자네를 꼭 **빼닮았는지** 원. 자네가 각별하게 면을 챙겨줬으면 하네."

"잘 알았습니다. 어머니! 그러니 이제 걱정하지 마시고 잠시라도 눈을 붙이셔야 합니다. 아침 같이 들고 갈 테니 그 전까지 한숨 주무세요."

변씨는 모로 누워 순신의 손을 꼭 잡더니 눈을 감고 스르르 잠이 들었다. 순신은 끝까지 손자들과 집안 생각으로 짐을 내려놓지 못하는 어머니가 너무 안타까우면서도 이런 어머니가 없었다면 가문을 어떻게 지켜냈을까 싶었다.

먼저 가신 두 형님 몫을 순신 자신이 해내야 하는데, 그러는 사이에 집안의 무거운 짐을 어머니가 대신 짊어지셨구나 싶어 눈물을 감출 수 없었다.

이튿날 잠깐 눈을 붙이고 모자가 함께 아침밥을 한 후 순신은 어머니를 하직했다.

하직 인사를 하는 순신의 마음이 착잡하고 안타까워 눈물이 핑 돌았다. 변씨는 아들이 조금만 더 있었으면 좋겠다 싶었다. 밤새 이야기를 나누었어도 금세 왔다가 가는 것마냥 섭섭한 것이 어미의 마음 아닌가. 그러나 순신은 이미 변씨의 아들만이 아니라 조선 수군을 호령하는 삼도수군통제사요, 전란에 고통받은 백성들의 안위를 책임지는 울타리였다. 생각이 이에 미친 변씨는 함께 아쉬워하는 순신의 등을 밀어냈다.

"나라의 상황이 위급하니 섭섭해 말고 가서, 부디 나라의 치욕을 크게 씻어라."

영웅을 낳고 길러낸 위대한 어머니의 당부였다.

그렇게 두 해가 훌쩍 흘러 병신년(1596년) 가을이 되었다. 변씨는 건강이 조금씩 안 좋아지면서도 잘 버텨내고 있었지만, 가을에 접어들자 갑자기 몸 상태가 악화되었다. 순신은 도체찰사 이원익 대감에게 잠시 여수에 다녀올 말미를 달라는 서신을 띄웠다. 아버지의 임종을 지키지 못해 평생의 한이 되지 않았던가? 늙으신 어머니는 오늘과 내일을 장담하지 못한다. 생각이 여기에 미치자 조바심이 났다.

저는 언제나 부족한 재목이라 임무를 맡으면서도 늘 어머니 걱정을 한시도 하지 않는 날이 없었습니다. 얼마 전 하인 편에 어머니가 글을 띄워 보냈습니다. '늙은 몸의 병이 나날이 더해 가니 앞날인들 얼마나 되겠느냐. 죽기 전에 네 얼굴이나 한 번 보고 싶구나.' 이렇게 전갈이 왔으니 제가 이 겨울에 어머님을 뵙지 못하면 봄이 되어 왜군이 또 쳐들어올 조짐이 있어 도저히 진을 떠나기가 어려울 것인즉, 각하께서는 이 애틋한 정곡을 살펴주시기 바랍니다. 제가 지난날 계미년에 함경도에서 근무할 때 선친이 돌아가셔서 임종도 지키지 못하고 천 리 밖에서 문상한 일이 있는데 언제나 그것이 평생의 한으로 남아 있습니다. 이미 어머니가 여든을 넘기셨는데 이번이 아니면 뵙기 어려울 듯하니, 며칠만 말미를 주시면 배를 타고 한 번 모친을 뵘으로 연로하신 어머님께 위로가 되겠습니다. 그리고 혹시 그사이에 무슨 변고가 생긴다 해도 각하의 허락을 받았다 하지 않겠습니다.

이순신의 편지를 받은 이원익 대감은 어찌된 일인지 아주 사무적인 듯한 태도로 이렇게 답장을 보냈다.

지극한 정곡이야 피차에 같습니다. 이 편지야말로 사람의 마음을 감동시킵니다. 하지만 공의와 관련된 일이라 내 입장에선 있으라, 떠나라 말하기 어렵습니다.

이순신이 조정에서 심한 질시와 견제를 받고 있던 터여서 대놓고 그를 감싸 안았다가는 오히려 낭패를 볼 것이 뻔한지라, 도체찰사로서 매정한 공무의 답장을 보낼 수밖에 없었다. 그러고는 서신을 전하러 온 이순신의 조카 분을 따로 불러 '다녀와서 보자'고 전하라 하였다. 도체찰사는 순신으로 하여금 비공식적으로 어머니를 볼 수 있도록 배려해 준 참이었다.

순신은 조카 분이 들고 온 답장을 받자 도체찰사의 의중을 간파하고 삼도수군통제사로서 공식적으로 영광 앞바다까지 돌아보는 남해안 시찰 일정을 잡았다. 그러고는 한산도로 돌아오는 길에 고음천으로 배를 댔다. 부지런히 배를 저어 도착한 것이 밤중이었다. 어머니가 기거하는 초가집 앞 대나무 숲이 우수수 소리를 내며 순신의 일행을 반겨주었다.

변씨는 자다가 깜짝 놀라서 일어났다. 모자는 부둥켜안고 눈물을 흘렸다. 서로를 그리워하는 마음은 간절한데 전란의 시절이니 누구를 원망하겠는가?

순신은 잠시 어머니를 하직하고 전라도와 남해안 일대를 돌아보고는 10월 7일 다시 고음천으로 돌아와 팔순이 된 어머니를 모시고 여수 본영으로 가서 수연상을 차려 드렸다. 좌수영 장수들과 고음천 정씨 집안사람들, 그리고 종 옥지와 의원 정종지 등 변씨를 도와준 이들, 그 외 일가친지를 초대하여 조촐한 잔치를 열고 어머니를 위로해 드렸다. 모처럼 웃고 떠들며 기쁜 하루가 쏜살같이 지나갔다. 순신은 10일 어머니를 다시 고음천으로 모셔다 드리고 밤새도록 노를 저어 한산진으로 돌아왔다. 허나 순신이나 변씨 모두 이것이 모자간의 마지막 만남이 될 줄은 짐작도 하지 못했다. 6개월 후 변씨는 아들 이순신이 파직당해 서울로 압송되었다는 소식을 듣는다.

5부 · 아 , 어머니 !

명량해전

아산 안흥량에서 어머니를 여읜 이순신은 슬픔을 추스를 겨를도 없이 초계 권율 도원수의 막사에서 백의종군하다가 조선 수군이 칠천량에서 전멸했다는 소식을 들었다. 연전연승했던 조선 수군인지라 선조는 누가 지휘를 해도 쉽게 승리를 거둘 줄 알았다. 그래서 백성들이 따르는 껄끄러운 이순신을 내치고 원균에게 그 자리를 내주었지만, 처참한 패배를 맛보고 말았던 것이다. 3척의 거북선과 180척이 넘는 전선, 그리고 15,000명이 넘는 조선 수군이 삽시간에 전멸했다. 어찌할 것인가? 선조와 함께 이순신을 내치기에 열을 올렸던 조정 대신들 그 누구도 입을 열지 못했다. 다급해진 선조는 다시 이순신에게 삼도수군통제사 교지를 내렸다.

그대의 이름은 일찍이 수사의 책임을 맡겼던 그날 진작 드러났고, 공적은 임진년 대첩이 있은 뒤부터 크게 떨치어 변방 백성과 군인들이 만리장성처럼 믿었는데, 지난번에 직함을 갈고 그대로 하여금 죄인의 이름을 쓴 채 백의종군하게 했던 것은 역시 사람의 지모가 밝지 못한 데서 생긴 일이오. 그래서 오늘 이 같은 패전의 욕됨을 당한 것이라 무슨 할 말이 있으리오. 무슨 할 말이 있으리오.

솔직한 선조의 사과문이었다.

한마디 불평도 없이 교지를 받아 든 이순신은 전투가 치러졌던 칠천량 바다 앞에서부터 진주, 하동, 옥과, 순천, 보성을 거쳐 300여 리의 길을 돌아 남아 있는 무기와 식량, 그리고 장졸들을 찾아나섰다. 그는 장흥 회룡포에 이르러서야 배설이 도망하여 남겨진 12척의 판옥선을 되찾아 겨우 삼도수군통제사로 재취임할 수 있었다. 그로부터 한 달 후 그러니까 정유년(1597년) 9월 15일 저녁, 울돌목에서 순신은 조선 수군을 궤멸하고 사기가 충천해 있던 400여 척의 왜적과 맞서고자 준비 중이었다.

왜적에 비하면 조선 수군은 판옥선 13척에 1,000여 명의 병사가 고작이었다. 이순신이 다시 삼도수군통제사로 돌아왔다는 소식에 목숨을 걸고 따라나선 장졸들이었지만 막강한 위세의 왜적에 비해 초라한 군세를 보고 두려움과 공포에 휩싸였다. 울돌목을 '죽을 자리'로 선택한 순신이지만 막상 이 상태라면 싸워보지도 못하고 지리멸렬 죽음을 맞이해야 할 상황이었다.

'이대로는 안 된다. 이곳에서 내가 죽더라도 적에게 치명상은 입혀야 조선에 희망이 있다. 내가 여기에서 무기력하게 패하고 나면 서울은 이틀 안에 적의 수중에 떨어지고 우리 백성은 왜적의 노예로 전락하고 만다.'

생각이 여기에 미치자 순신의 마음속에서 알 수 없는 불꽃이 일었다. 그 불꽃은 어머니의 영혼이었다. 모진 삶 속에서도 운명 앞에 무릎을 꿇지 않으셨던 어머니, 서울에서 아산으로 이사를 결행할 때도, 가문의 기대주 둘째 요신의 시신 앞에서도, 사랑하고 존경하는 평생의 반려자 남편 이정의 죽음 앞에서도, 집안의 기둥이자 변씨 자신의 기둥이었던 장남 희신의 죽음 앞에서도, 평생을 일궈온 터전이 잿더미가 되었을 때도, 생명처럼 사랑하는 자신이 파직당해 서울로 압송되었을 때도 불꽃처럼 타올라 역경을 헤쳐내던 뜨거운 혼불이 순신의 가슴에서 일어나고 있었다.

"아, 어머니! 저를 지켜봐 주십시오. 이제 큰 적을 무너뜨릴 기회가 왔습니다. 제게 용기를 불어넣어 주십시오. 어머니."

순신은 휘하 장졸들을 당장 불러 모았다. 커다란 보름달이 울돌목 바다 위로 덩그러니 떠 있고 좁은 목을 지나는 바닷물은 '쿠르르르' 괴성을 지르고 있다. 순신은 달빛을 가르고 바닷물 소리를 압도할 만큼 큰 소리로 장졸들의 가슴을 헤집었다.

"병법에 이르기를 죽고자 하면 살고 살고자 하면 죽는다고 했다. 한 사람이 길목을 지키면 1,000명의 적도 두렵게 할 수 있다고 했는데, 이는 모두 오늘 우리를 두고 한 말이다. 너희 여러 장수들은 오늘 살려는 생각을 하지 마라. 조금이라도 명령을 어긴다면 군율에 따라 비록 작은 일이라도 용서치 않을 것이다."

순신은 비록 죽을 각오를 하고 있었지만 한 가닥 희망이 있었다. 작년 10월 도체찰사 이원익 대감에게 비공식적인 휴가를 받아 남해안 시찰과 함께 어머니를 뵈었던 그때, 순신은 전라좌수영 관할뿐만 아니라 전라우수영 관할 구석구석까지 시찰하며 바다와 섬들의 지형지세를 머릿속에 넣고 있었다. 흥양, 완도, 진도, 압해도, 증도, 영광 법성포까지 어느 한 곳 허술히 지나치지 않으며 기억에 잡아둔 참이었다. 그때 이곳 울돌목을 지나며 곤욕을 치른 기억이 또렷했다. 수십 년 노를 잡아온 노련한 수병조차 물때를 놓쳐 쩔쩔매던 일이 눈에 선했다. 겨우 벗어나 안좌도에 배를 대고 막걸리 한 사발을 들이켜고 있을 때 들었던 어부의 말이 생각났다.

"사리 때면 저희 뱃놈들도 그곳을 피합니다요. 월매나 물살이 센지 마치 귀신이 붙들고 놔주지 않은 것 같다니께요. 장군님은 운이 좋으신 게라."

'울돌목', 전체 폭이 세 마장에 배가 다닐 수 있는 폭은 두 마장 남짓으로, 판옥선 10척이 일렬로 지키면 빠져나갈 공간이 없을 만큼 좁았다. 400여 척이 와도 앞세울 수 있는 배는 10척 남짓에 불과할 터. 이는 마치 좁은 골목에서 많은 적을 대적하는 것과 같은 이치였다. 여기에 사리 때와 조금 때를 잘 살핀다면 승리의 기회를 잡을 수도 있다고 본 것이다.

'아! 하늘님이 보우하신다면…… 어머님이 지켜주신다면…… 얼마든지 이길 수 있다!'

그는 비장한 마음으로 승리를 다짐하고 또 다짐했다.

다음 날 오전 9시 왜적 133척이 벽파진을 출병했다는 탐망꾼의 정보를 받고 우수영을 출진한 이순신 함대는 울돌목에 먼저 들어가 적을 기다렸다. 물살은 이순신 함대 쪽으로 밀려드는 상황이었다. 대장선을 따라야 할 장수들이 두려움에 미적대다가 물살에 밀려 뒤로 처져 있었다. 전투는 시작되었다. 홀로 닻을 내리고 바위처럼 버티고 선 대장선의 지자, 현자, 천자총통에서 우레와 같은 포탄이 뿜어져 나갔다. 기세 좋던 왜적들이 주춤했다. 왜선에 타고 있던 적장은 깜짝 놀랐다.

"이순신이 나왔다고?"

왜적에게는 지옥 야차와 같고 철천지원수에다 언제부터인가 전쟁의 신으로 추앙되고 있는 그 이순신이 눈앞에 있다니. 뉘라서 함부로 덤비겠는가?

그러나 그사이 거센 물살이 빠르게 순신의 대장선 앞으로 밀려들었다. 그 물살에 밀려들어온 왜적들이 대장선을 노리고 달려들었다.

절체절명의 순간에 순신은 장수들을 부리고 지휘하는 초요기를 앞세우게 하고, 영각(지금의 호각)을 힘껏 불어 주위의 장수들을 모았다.

"안위야, 네가 군법에 죽고 싶으냐? 네가 도망한다고 어디 가서 살 것이냐?"

"응함아, 너는 중군으로서 멀리 피해 대장선을 구하지 않으니 그 죄를 어찌 면할 것이냐? 당장 처형할 것이지만 적세 또한 급하니 우선 공을 세우게 둔다."

이순신의 호령에 정신을 가다듬은 나머지 12척의 함선이 대장선을 가운데 두고 일자진을 이루어 일제히 포문을 열었다. 포탄 쏘는 소리는 천지를 진동하고 포탄에서 나오는 연기와 불길에 휩싸인 왜선에서 나는 연기는 하늘을 뒤덮었다. 그러는 사이 물살도 바뀌어 조선 수군의 편이 되었다. 전세는 일시에 뒤집혔다.

나라와 백성, 무엇보다 사랑하는 가족을 위해 기꺼이 목숨을 내놓은 병사들과 패배의 치욕을 씻고 명예를 되찾고자 죽음을 각오하고 울돌목으로 뛰어든 장수들이 승리를 예감하고 적극 나섰다.

싸움이 시작되자 이순신은 아들 회에게 일러 백성들을 이끌고 벽파정이 있는 산 위로 피하라 일렀다. 울돌목이 내려다보이는 벽파정에 모여 가슴을 졸이며 싸움을 지켜보던 그들 앞에 나타난 바다의 모습은 처참했다. 깨어진 배에서 뛰어내리는 왜적의 절규, 허우적거리는 왜적의 외마디, 이미 숨이 끊어진 왜적의 시신이 여기저기 흩어진 바다 위로 검붉은 휘장 '조선수군삼도통제사' 깃발이 크게 휘날렸다. 대장선이 울돌목 그 한가운데 위풍당당하게 떠 있었다. 그 주위로 하나, 둘, 셋 … 열세 척의 조선 함대는 한 척도 부서지지 않고 두둥실 떠 있었다.

"아… 아… 우리가 이겼다!"

"이순신 장군 만세! 조선 수군 만세!"

"하늘님, 하늘님! 감사합니다, 감사합니다."

순신은 도망가는 적을 더는 추격하지 않고 보하도로 배를 물려 전투에 지친 장졸들을 쉬게 하였다. 승리, 허나 이는 단순한 승리가 아니었다. 천우, 하늘의 도우심이었다. 하늘이 간절한 조선 백성의 기도를 외면하지 않은 것이리라. 죄 없는 백성을 괴롭히는 저 간악한 침략의 무리에 대한 응징이리라. 그리고 죽어서도 아들을 지키려는 어머니의 염원이 하늘을 감동시킨 것이리라.

순신은 피 묻은 갑옷을 벗고 목욕재계를 한 다음 어머니의 위패 앞에서 한동안 일어날 줄 몰랐다. 정신을 추스른 순신은 붓을 들고 선조 임금에게 오늘의 장계를 올렸다.

저희 수군은 칠천량에서 패전한 이후 전선과 무기가 거의 다 흩어져 없어져버렸기에 신은 남은 전력을 모아 급한 대로 수군을 재건해 왔습니다. 신은 전라우도 수군절도사 김억추 등과 함께 전선 13척과 정탐선 32척을 모아 해남현 바닷길의 중요한 길목을 가로막고 있었는데, 적의 전선 130여 척이 저희 쪽을 향하여 공격해 왔습니다. 신은 수사 김억추, 조방장 배흥립, 거제 현령 안위 등을 지휘하여 각각 전선을 정비하며 진도의 벽파정 앞바다에서 적들과 죽음을 무릅쓰고 힘껏 싸웠습니다. 그리하여 대포로 적선 20여 척을 쳐부수고 쏘아 죽인 것만도 대단히 많았습니다.

면아, 면아

명량에서 패한 왜군은 심각한 타격을 입었다. 타격이 문제가 아니라 전쟁의 향배가 바뀌어버렸다. 왜장들은 천신만고 끝에 음모와 계략을 통해 이순신을 제거하고 원균이 이끄는 조선 수군을 칠천량에서 전멸시켜 이제 조선은 자신의 손아귀에 들어 왔다고 생각했다. 아니, 실제로 9할은 그리 되었다 해도 과언이 아니었다.

400여 척 대 13척. 누가 봐도 이건 말도 안 되는 싸움이었다. 그런데도 졌다. 그것도 최정예 수군 장수들이 총출동하여 조선의 판옥선 한 척도 불사르지 못하고 처참하게 패배한 것이다. 이쯤 되면 전쟁을 떠나서라도 이순신을 살려둘 수 없었다. 울산성에 머무르며 수군의 소식을 기다리고 있던 가토 기요마사가 직접 나섰다.

"모든 정보를 총동원하여 이순신의 가족이 있는 곳을 찾아내라."

먼저 가족부터 찾아 죽여서 이순신을 흔들어야 했다. 그래서 이순신의 가족이 있는 곳을 알려주는 자와 그들을 베는 자에게 큰 포상금을 내걸었다.

세상 어디에나 있듯이 순신의 가족에 대한 정보가 배신자들에게서 왜적에게로 흘러나갔다. 아산 백암리에 기거하던 순신의 가족 정보가 적들에게 노출된 것이다. 가토는 날랜 무사들을 보내 백암리를 치게 했다. 아산에 있는 순신의 본가는 거의 무방비 상태였다. 아랫마을부터 불이 나기 시작하면서 종들이 달려와 면에게 왜적이 쳐들어왔음을 고했다.

"도련님, 왜적들이 아랫마을을 뒤지며 통제사 대감의 가족을 찾아내라고 난리가 아닙니다. 빨리 피신하셔야 합니다. 빨리요."

정유년(1597년) 10월 초하루의 일이었다. 깜짝 놀란 면은 어머니인 방씨를 급히 방화산 기슭으로 피신시키고 칼을 비껴든 채 마을 입구에서 왜적을 기다렸다. 장정들은 모두 전장에 나가고 남은 이들이라고는 아녀자들과 노인들뿐이었다.

왜군들이 아랫마을을 지나 백암리로 들어서자 순신의 동네 입구에서 나이 어린 청년과 맞부딪쳤다.

면은 순식간에 활을 들어 왜적 서너 명을 쓰러뜨렸다. 그 아버지에 그 아들이었다. 어린 청년이라고 쉽게 생각했던 왜군은 서너 명이 목숨을 잃고서야 그가 이순신의 아들임을 상기했다.

'살려서 데려가자. 목숨 값에다 큰 상이 기다릴 것이다.'

왜장이 나와서 면을 설득했다.

"항복해라. 항복하면 살려준다. 목숨이 아깝지 아니하냐?"

면이 누구인가? 일찍이 말하는 것이나 행동거지가 이순신을 꼭 닮았다고 하는 아들이 아니었던가?

"네 이놈들! 무엄하다. 이곳은 너희 같은 도적떼들이 들어올

곳이 아니다. 내가 너희가 찾는 통제사의 아들 면이다. 네놈들이 감히 어디를 들어오려 하느냐? 너희야말로 목숨이 아깝거든 썩 물러가라."

그의 기개를 본 적장은 '과연 그 아비에 그 아들이구나' 싶어 사로잡는 것을 포기하고 공격을 명했다. 아무리 무술이 뛰어나다고 해도 아직 연소한 면이 아니던가? 백전노장 왜장을 물리칠 수는 없었다. 힘이 부치는 면과 칼싸움을 주고받던 왜장은 잠시 망설이다가 크게 힘을 쓰고서 면을 베었다. 면은 쓰러지며 외쳤다.

"네 이놈! 내 아버지가 이 원수를 갚아주실 것이다."

한편 전투를 마친 이순신은 당사도에 와서 잠을 자고 이튿날 영광 법성포, 위도를 훑은 후 옥구 땅 고군산도에 도착했다. 배를 대고 몸을 뉘이자 그간의 긴장과 고단함이 한꺼번에 몰려들었다. 몸을 꼼짝할 수가 없었다. 근 열흘을 그렇게 누워 있어야 했다. 겨우 몸을 추스른 이순신이 배를 돌려 우수영에 오는 길에 만난 마을들은 왜적의 분탕질에 몸살을 앓고 있었다. 10월 1일 들려오는 전언에 아산 본가에도 왜적이 들이닥쳤다고 한다. 순신은 큰 아들 회를 급히 아산으로 보내고 함대는 우수영으로 향했다. 10월 9일 도착한 우수영은 잿더미로 변해 있었다. 패전의 분을 풀기 위해 우수영에 들이닥친 왜적은 풀 한 포기 남기지 않고 모든 것을 불태우는 만행을 저지르다가 조선 수군이 다시 오고 있다는 정보에 황급히 도주한 것이었다.

10월 14일 새벽녘 이순신은 꿈을 꾸었다. 말을 타고 언덕 위를 달리다가 말이 발을 헛디뎌 냇물 가운데로 떨어졌다. 다행히 고꾸라지지는 않았다. 막내아들 면을 붙들어 안고 꿈에서 깼다.

그날 저녁 아산에서 왔다는 어떤 이가 편지를 전하고 갔다. 봉투를 뜯기도 전에 뼈와 살이 부르르 떨고 정신이 혼미해졌다. 아니나 다를까? 편지는 둘째 아들 필치로 '통곡' 두 글자가 쓰여 있었다.

'아… 하늘이 어찌 이리 인자하지 못하시던가? 내 간담이 타고 찢어지는 듯하구나. 내가 죽고 네가 사는 것이 이치에 마땅하거늘 네가 죽고 내가 살았으니 이런 변이 어디 있을꼬? 천지가 깜깜하고 해조차도 빛이 바랬구나. 슬프다, 내 아들아!'

순신은 비통한 마음을 가누지 못해 군무를 제치고 슬픔에 잠겼다. 19일에도 통곡을 하다가 피를 한 됫박이나 쏟았다.

전선이 잠시 소강상태에 빠진 뒤, 순신이 고금도에 진을 치고 있던 어느 날 꿈에 면이 나타났다.

"저를 죽인 적이 진중에 있는데 아버지는 어찌 그를 살려두고 있습니까?"

이순신은 깜짝 놀라 잠을 깨어 진중에 있는 왜놈들을 살펴보았다. 과연 며칠 전에 잡혀 온 왜적 중 한 놈이 면을 죽인 그놈이었다. 이순신을 당장 그의 목을 쳐서 아들 면의 영혼을 위로했다.

그러고 나니 그나마 마음이 안온해졌다. 그러나 고문으로 받은 상처와 명량의 큰 전투에다 면의 죽음으로 받은 충격은 그렇잖아도 예민한 이순신의 성정을 다치게 하였다. 자신에게도 조금씩 죽음의 기운이 다가옴을 느꼈다. 몇 해 전 어머니가 기별을 하여 고음천에 갔을 적에 하셨던 말씀이 생각났다.

　'내가 없더라도 가문의 재산과 하인들의 모든 상태를 면에게 상세히 전해 놓았다.'

　언제나 그러셨다. 알 수 없는 미래에 대비하여 한순간도 허투루 대하지 않으셨다. 순신은 지금이 그런 어머님의 가르침을 실천해야 할 때라는 것을 본능적으로 알아차렸다. 급히 완을 찾았다. 그는 큰형님 희신의 넷째 아들로 자신의 휘하에서 종군하고 있었다.

　"숙부님, 찾으셨습니까?"

　"그래, 완아! 돌아가신 할머니가 너에게 우리 가문을 어찌하라 가르치시더냐?"

　"네, 할머님께서는 아버지의 다음은 숙부님을 따르고, 숙부님 다음은 저희 세대이며, 저희에게는 다음 세대를 가르쳐 가문을 이으라 가르쳐 주셨습니다."

　"그래, 네가 바로 알아들었구나. 네 아버지 희신 형님은 장남으로서 모든 것을 희생하며 묵묵히 집안을 지켜내셨지만, 애석하게도 일찍 세상을 떠나시는 바람에 네가 알다시피 할머니가 큰 짐을 짊어지고 집안을 돌봐오셨다. 의당 이 숙부가 해야 하는데도 나랏일을 한다고 배려하여 스스로 그리 하신 할머니셨다. 그렇게 지켜온 우리 가문을 이제는 너희들이 이어야 할 차례다. 지난해 찾아뵈었을 때 유언처럼 모든 걸 정리해 놓으셨던 할머니는 네 둘째 형 분이 내 뒤를 이어 집안을 보살펴 주길 바라셨다. 그런데 집안은 분이 맡는다 해도 내 군무를 이을 이는 너였으면 좋겠구나. 회나 면을 생각해 보았으나 회는 무과보다는 문재가 밝으니 그쪽으로 길을 열어야 하고, 장남으로서 제 어머니도 챙겨야 할 형편이다. 면은 저 세상으로 떠나고 말았으니……. 그동안 너를 지켜본 바에 의하면 너는 병사에 밝아 장군감이다. 지금까지도 그랬지만 이제부터는 어딜 가더라도 내 곁에서 나를 돕거라. 전투 시에 내가 혹여 잘못되더라도 너는 대장기를 지켜야 한다. 반드시 그리하여 끝까지 장졸들을 독려해서 전투를 승리로 이끌어야 한다. 할머니는 우리 가문에서 너와 면이 장군감이라고 말씀하시곤 했느니라. 장군의 따님이셨던 할머니의 사람 보는 눈은 탁월하셨다. 과단성 있고 호방하며 묵직한 네가 내 곁에 있으니 나는 든든하다. 싸움 중에 장수는 어떠한 일이 있어도 함부로 움직여서는 안 된다. 특히 다치거나 혹여 죽음에 이르러서도 적이 알게 해서는 안 된다. 너는 이를 할 수 있겠느냐?"

"네, 숙부님, 그래도 그런 말씀은 하지 마소서. 불안하옵니다. 제가 대장기를 지키고 큰 방패로 늘 숙부님을 지키겠으나 숙부님께서는 옥체를 보전하소서."

순신은 발악을 하는 왜적과의 마지막 일전이 다가오고 있음을
직감하고 있었다.

편히 쉬거라, 아들아

무술년(1598년) 8월 18일 고금도 통제영에 있는 순신에게 적의
수괴 도요토미 히데요시가 죽었다는 정보가 전해졌다. 임진년
(1592년) 4월 13일에 시작된 길고도 긴 7년 전쟁의 끝이 보이고 있
었다.

순신은 그동안 몇 번이고 배를 몰아 왜의 본토에 있는 수괴의
목을 치고 싶은 마음이 굴뚝같았으나 무망한 일이었다. 아직 조
선 수군만의 힘으로는 무모한 일이었다. 임진년 9월 부산포에 웅
크리고 있었던 적을 치는 데에도 육군의 도움을 받지 못해 몰아
내지를 못하지 않았던가? 류성룡 대감이 좌충우돌 힘써 겨우 마
련한 군량과 군수품조차 무위도식하는 명군이 다 쓰고 소진하
여 국고는 텅텅 비어 있고, 그 명나라에 기대어 굽신거리는 임금
과 조정 대신들은 조선 땅에 있는 왜적조차 어떻게 하면 화의를
맺어 물러나게 할 것인가를 궁리하고 있는 형편에 왜적의 소탕은
언감생심이었다.

그러나 순신은 장성한 후 어떤 경우라도 자신의 감정으로 일을 그르친 적이 없었다. 진을 침범한 어른에게 활을 겨누어 놀라게 한 일이나, 아산에서 참외 한 알 얻으러 갔다가 행패를 부린다고 야단친 어른과 맞붙었던 일 등에 대해 절제하지 못한 자신을 따끔하게 바로잡아준 어머니의 가르침을 한시도 잊은 적이 없는 순신이었다. 그는 지금껏 결코 무모한 감정으로 일을 그르치지 않았다.

다행히 지금 적의 수괴가 죽은 마당에 본토까지 쳐들어가지는 못하지만 단 한 놈도 무사히 보내서는 안 된다는 생각이었다. 한 놈이라도 살려 보낸다면, 인륜과 천륜을 모르는 저놈들은 금세 다시 이 땅을 넘볼 도적떼가 되어 몰려들 것 아닌가? 그동안 받은 핍박이 얼마이며, 무고하게 죽어나간 백성의 원한은 또 얼마인가? 그 원한을 풀자면 모조리 도륙을 내어도 시원찮다. 한시도 이 생각을 내려놓지 않았던 순신은 출전을 앞둔 전날 밤 대장선 선실 안에 모셔 두었던 어머니의 위패를 선반에 올려놓고 술 한 잔과 함께 큰절을 올렸다.

'어머님, 이제 마지막이 될지도 모를 큰 싸움을 준비하고 있습니다. 그동안 저를 가르쳐주시고 지켜주신 은혜에 감사드립니다. 반드시 이번 싸움에서 조선 백성의 억울한 피값을 돌려받겠습니다. 가서 나라의 치욕을 크게 씻으라시던 그 말씀을 못난 아들은 지금도 생생히 기억하고 있습니다. 오늘 저 간악한 왜적 단 한

놈이라도 더 베어 다시는 이 나라를 넘보지 못하도록 응징하겠습니다. 어머님, 이 나라를 지켜주시고 조선 수군을 보호해 주십시오.'

서울 마른내골에서의 어린 시절부터 아산에서 지내왔던 모든 기억이 주마등처럼 스쳐지나갔다. 위기가 닥칠 때마다 곁에 계신 어머니가 삶의 이정표가 되어 주셨음을 생각하니 눈물이 절로 흘러나왔다.

'어떻게 자식을 위해 집안을 위해 그다지도 온몸을 불사르셨습니까? 불효자는 죽어도 그 은혜를 갚지 못합니다만, 마지막으로 한 번만 더 보호하고 돌봐주십시오. 무고한 백성들은 지켜야 하지 않겠습니까? 어머니! 제가 나라와 백성과 우리 가족을 위해 목숨을 다해 싸울 수 있도록 힘을 주소서. 죽기를 두려워하지 않고 힘껏 싸워 어머님을 뵈올 때 당당하고 싶습니다. 어머니의 아들로 힘껏 잘 싸우겠습니다. 곧 뵈올 테니 하늘에서 기다려 주소서.'

무술년 11월 18일 이순신이 이끄는 조선 수군 70여 척과 진린이 이끄는 명나라 수군 400척이 연합 함대를 이루어 퇴각하는 왜군을 섬멸하기 위해 노량으로 출정했다. 총 1만 5천여 명의 군사로 11월 19일 새벽에 노량해협에 모여 있는 왜적을 공격키로 했다. 노량에 도착한 조명 연합 전선은 도망치려던 왜군 500여 척을 상대로 치열하게 싸웠다. 다시는 쳐들어오지 못하도록 응징하려는 자와 목숨을 걸고 도망하려는 자들의 치열한 싸움이었다.

출정 전, 삼도수군통제사 이순신의 지엄한 군령을 받은 조선 수군은 눈을 부릅뜨고 활을 날리고 포를 쏘고 칼을 휘둘렀다. 그 기세에 사기를 회복한 명나라 군사들까지 왜적들을 향해 달려드니 하룻밤 사이에 왜적 함선 250여 척을 격파할 수 있었다. 회복이 불가능할 정도로 깨어진 왜적은 남은 전선 250여 척으로 필사적인 퇴각을 시도했다. 허나 조명 연합 함대도 조금도 고삐를 늦추지 않고 그들을 소탕하면서 추적해 나아갔다. 노량에서 시작된 싸움이 관음포로 이어지는 가운데 동쪽으로 해가 떠오르고 있었다.

그때 방패를 마다하고 전투를 독려하던 이순신에게 갑자기 철환이 날아들었다. 왜적의 저격수가 호시탐탐 노리고 있다가 떠오르는 해로 밝아진 사위에 방패를 벗어난 순신이 눈에 들어온 것이었다.

"탕……!"

잠깐 찬바람이 가슴을 지나가는 것 같았다. 아니, 뜨거운 바늘이 찌르는 것 같았다. 순신이 칼을 들어 올리는데 팔이 올라가지 않았다. 아래를 내려다보자 왼쪽 겨드랑이께 갑옷 사이로 검붉은 피가 흘러내리고 있었다.

'치명상이구나.'

쓰러진 순신은 가쁜 숨을 몰아쉬며 곁에서 싸움을 독려하던 완을 불러 방패로 자신을 가리게 했다.

"완아, 지금 싸움이 한창 급하니 내가 죽었다는 말을 내지 마라."

방패와 방패 사이로 붉고 고운 아침 햇살이 순신의 눈 속으로 들어왔다. 점점이 아름다운 섬들이 잠에서 깨어나 기지개를 켜고 있는 것이 보였다. 수백 번을 넘게 오가며 보아도 언제나 아름다운 우리 바다. 오늘 용맹스러운 장수들과 병사들이 저 바다를 지켜낼 것이다. 감히 우리 땅을 넘본 간악한 무리들은 죗값을 톡톡히 치르게 될 것이다. 아침 햇살이 순간 세상을 가득 채웠다. 사방은 고요했고 바다는 눈부셨다. 그 눈부신 바다 위로 금빛 찬란한 길이 무지개다리처럼 놓였다. 순신이 몸을 일으켜 발걸음을 내딛자 떠오르는 태양을 등지고 새하얀 무명옷을 입은 어머니가 두 팔을 벌리며 맞아주고 있었다.

"고생했다. 아들아. 자랑스러운 내 아들, 어서 오너라. 이제 편히 쉬거라."

가르침을 이어받은 남은 자들

변씨와 아들 이순신의 사랑은 어느 누구도 흉내 내기 어려울
만큼 깊고도 깊었다. 서로에 대한 신뢰와 지지는 한평생을 함께
하고도 조금도 그 사랑의 색이 바래지 않았다.

이런 뜨거운 사랑으로 인해 그 후손들도 변씨의 가르침을 받
은 대로 행하며 정도를 걸었고 정의를 위해, 나라와 백성을 위해
희생적인 삶을 살았다.

순신이 전사한 후 남은 자들은 각자의 삶을 이어갔다. 모두가
순신의 죽음에 충격을 받았지만 그래도 남은 가족들은 변씨의
가르침과 가문에 대한 사랑, 순신의 위대한 호국 정신을 이어받
아 가문과 나라에 부끄럼이 없는 삶을 살아갔던 것이다.

방진의 딸이자 순신의 부인인 방씨는 순신의 전사 이후 조정
으로부터 정경부인의 품계를 받아 영광을 누렸고 여든이 넘도록
살다가 세상을 떠났다. 아산에서 남편도 없이 앓다가 한번 죽을
뻔한 고비를 넘긴 그녀는 오히려 천수를 누렸다.

방씨는 순신과의 사이에 맏이 회, 둘째 울, 셋째 면 등 세 형제
와 딸 하나를 두었다.

큰 아들 회는 아산과 여수 고음천을 오가며 가문을 돌보고 아
버지를 챙겼다. 그는 순신 막하에서 행정수발을 하면서 그림자처

럼 종군했다고 전한다. 전쟁이 끝난 후 노량해전에서의 공훈으로 선무원종공신이 되어 음사로 임실현감을 지냈다. 그는 아버지를 닮아 행정이 맑고 간결하다고 칭송을 받았고 선정으로 이름이 높았다. 벼슬은 첨정(종4품)에 이르렀고 이후 원종공신의 녹훈에 좌승지를 증직받았다.

둘째 울은 광해군 때에 문란한 정치에 진저리를 내어 낙향한 다음 시골집에 묻혀 살았다. 절조가 있었고 담백하기가 아버지처럼 하여 주위의 칭송을 받았다. 광해군이 물러나자 충훈부도 사에 임명되어 벼슬이 형조정랑에 이르고 이후 역시 원종공신의 녹훈에 좌승지를 증직받았다.

셋째 면은 전사하고 나서 후일 이조참의를 추증받았다.

딸은 인근 동리에 살던 홍비라는 선비에게 시집갔는데 홍비는 벼슬이 참판에 이르렀다.

서자인 훈과 신도 이름을 날렸다. 훈은 인조 2년 이괄의 난 중에, 신은 정묘호란 중에 전사했다. 아버지를 그대로 닮아 굵고 짧게 산 것이다.

변씨의 맏아들 희신의 차남 분은 정유재란 이후 순신의 막하에 들어와 있었다. 고금도 통제영에서 군 문서 업무를 맡았는데 명나라 장수 접대를 하며 총명하고 지혜로워 양국 장병들이 다 탄복했다. 문장이 뛰어나 오늘날 순신의 행적을 살필 수 있게 된 것은 그가 모든 일을 〈행장〉으로 다 기록했기 때문이다.

1608년(선조 41) 별시 문과에 병과로 급제하여 형조좌랑·병조 정랑이 되었다. 이때 《선조실록》 편찬에 편수관으로 참여하였고, 1610년(광해군 2)에 서장관으로 동지사 정경세를 따라 염초(焰硝)를 사오는 데 공헌하였다 하여 승급되었다. 1617년(광해군 9) 강원·경상조도사의 종사관이 되었다.

희신의 넷째 아들 완은 19세 때부터 순신의 막하에서 가장 많은 일을 했다. 순신이 노량해전에서 전사할 때 곁을 지켰고 순신의 명을 받아 대신 전투를 독전하여 승리를 이끌어냈다. 1599년(선조 32) 무과에 합격하여 충청병사 의주부윤을 지냈고 1627년(인조 5) 정묘호란 때 몸을 사리지 않고 나아가다가 전사했다.

변씨의 둘째 아들 요신의 장남 이봉은 1585년(선조 18)에 무과에 급제하였으며, 이후 보성과 순천 지역에서 관직 생활을 했다. 1592년(선조 25) 4월에 임진왜란이 일어나자 숙부인 이순신을 수행하였으며, 왜적을 물리쳐서 공을 세웠다. 임진왜란이 끝난 후에는 선무원종공신 2등에 녹훈되었고 품계가 가선대부로 올랐다. 그 후 광해군 때에는 삼척포첨사로 좌천되었으며, 인조 때에는 세상을 피하여 진천 지역에 거주하였다가 1650년(효종 1)에 88세의 나이로 세상을 떠났다.

덕수 이씨 가문에서는 이순신 이후 다섯 세대에 걸쳐 많은 충신과 효자가 나왔다. 충남 아산시 음봉면 삼거리 어라산에는 이순신의 가계 어른들이 잠들어 있다.

무장 변수림의 딸 변씨, 즉 순신의 어머니가 문반 집안의 덕수 이씨 집안으로 들어와 남긴 무반의 혈통은 후일 이순신이 역임했던 통제사 후임에서 12명의 통제사 후손이 나왔을 정도로 무반 가문의 명예를 지켜냈다. 변씨의 기개 높은 가르침은 덕수 이씨 가문을 오래도록 조선 무반 가문으로 성장케 하는 데 큰 힘을 보탰던 것이다.

절체절명의 국난을 극복해 낸 충무공 이순신을 가르친 스승은 누구일까? 그의 지극한 정성과 충만한 사랑, 자력과 정의의 놀라운 삶의 철학은 누가 심어준 것인가? 그것이 궁금해 사료를 뒤지고 탐문하다가 이순신에게 가장 크게 영향을 미친 이가 바로 어머니였다는 것을 알게 되었다.

기실 '조선의 어머니'라고 불리는 신사임당은 현모양처의 표상으로 화폐 속 주인공이 되었고 책으로, 드라마로 재현되어 그 일대기를 기억하게 한다. 그런데 풍전등화의 절대 위기에 놓인 나라를 구한 성웅의 어머니는 이름조차 남지 않았다. 나는 그 점을 눈여겨보고 이 작품을 구상하기 시작했다.

처음 시작은 이러했다.

때마침 나는 충무아트홀에서 주관하던 '이순신 아카데미'에 참여하고 있었다. 서울, 부산, 여수에서 동시에 진행된 이 아카데미는 《이순신, 신은 이미 준비를 마치었나이다》를 쓴 김종대 전

헌법재판관이 '이순신 정신'이야말로 병이 깊은 이 나라를 치유하는 최고의 약재라는 신념으로 이순신 장군 정신을 전파할 '이순신 전도사'를 양성하는 과정이다. 과연 오늘날 이처럼 참담한 '세월호'와 같은 사건이나 역사 속에서도 찾아보기 어려운 '최순실 농단'과 같은 일이 이순신 장군이 살아 있다면 가당키나 할 것인가? 그래서 나는 내가 가장 잘할 수 있는 일인 글로써 '이순신 장군 정신'을 알리는 데 동참하기로 했다.

어머니이신 초계 변씨는 장군에게 어떤 분이셨기에 난중일기 곳곳에(100여 번이 넘는다) 그처럼 많은 이야기를 남겨놓은 것일까? 이 의문은 쉽게 풀리지 않았다. 수많은 이순신 연구자가 있었지만 어머니에 대한 정보는 찾기 어려웠다. 변씨의 고향이자 대부분의 삶을 사셨다는 아산이나 충무공이 모셔진 현충사도, 정읍 현감 시절의 관사도, 임진왜란 당시 기거하셨다는 전라좌수영 근처 여수 고음천 고택도 쉽게 정보를 허락하지는 않았다. 결국 호기심 많은 나는 역사의 추적자가 될 수밖에 없었다.

그러다가 '제1차 서울 부산 여수 이순신 아카데미 세미나'가 여수에서 진행되었는데, 이때 여수문화원으로부터 고음천에 장군의 모친이 기거할 집을 내주고 정성으로 보살핀 집안의 기록이 있다는 제보를 받게 되었다. 바로 압해 정씨 창원파 500년 사료 집(세보)이 그것이었다. 이로써 어머니 변씨와 이순신 장군에 대한 이야기의 얼개가 그려지기 시작했다.

여기에 국회도서관에서 찾아낸 별급문기(재산분급에 대한 기록)가 보태지면서 살을 입힐 수 있었다. 그 밖에 이순신 가계에 대한 논문 두 편이 나온 것도 큰 도움이 되었다. 그럼에도 여전히 군데군데 비어 있는 장군과 모친의 이야기는 난중일기의 기록을 통해 보충할 수 있었다.

그렇다고 해도 이 소설은 분명히 픽션이다. 다만 작가의 상상력으로만 펼쳐놓은 허구만이 아니라 여느 인문서적에 뒤지지 않을 만큼 충실한 사료와 고증을 담고 있음을 밝혀 둔다. 이 작품에 등장한 인물과 지역과 배경은 역사적 연대기에 의해 충실하게 작성되었고 모두 개연성이 충분한, 그야말로 있음직한 사연들과 역사적 사실들을 결합한 것이다.

엄연히 실존했지만 역사 속에 묻혀 있었던 또 한 분의 위대한 어머니를 세상에 내놓고 싶었다. 조선의 천재이자 대학자 율곡을 키워낸 신사임당, 불을 끄고 떡을 썰어 아들을 명필로 길러낸 한석봉의 어머니, '맹모삼천지교'의 주인공인 맹자의 어머니도 훌륭한 어머니들이지만 충무공을 길러낸 어머니 변씨의 삶은 결코 이들에 뒤지지 않았다. 작가로서 나는 이분의 생애를 추적했다. 그리고 일생에 걸쳐 깊은 사랑과 애정으로 충무공을 성웅으로 키워낸 변씨야말로 단연 한반도 최고의 어머니라고 믿어 의심치 않게 되었다. 그래서 기회가 되면 그분의 업적에 걸맞은 이름을 독자 여러분과 함께 지어 헌사하고 싶은 꿈이 생겼다.

이 책을 쓰면서 김종대 전 헌법재판관, 그리고 이순신 전도사를 자처한 200여 명의 이순신 아카데미 여러분의 응원이 큰 힘이 되었다. 그들이 보여준 관심과 도움에 보답하는 길은 이 책이 더 많은 사람들에게 읽혀져 이순신 장군의 정신을 더 많이 알리는 것이다. 또한 귀한 사료를 남겨준 압해 정씨 창원파 어른들께도 늦게나마 감사의 인사를 드린다. 그리고 바쁜 시간을 쪼개 몇 차례에 걸쳐 원고를 정성스레 읽고 코멘트를 해 준 사랑하는 아들 박채환에게도 고마운 마음을 표한다.

첨언 : 뒤에 붙인 초계 변씨에 대한 연표를 봐주시면 좋겠다. 그분과 이순신 장군의 가족들 삶을 연대순으로 짐작하실 수 있을 것이다. 가계도를 한 장 만든 것 또한 초계 변씨와 덕수 이씨 가문의 가족관계를 엿볼 수 있을 듯하여 그리한 것이다. 참고해 주시길 바란다.

충무공 탄생 472년을 맞아

청랑 박기현

329

1480	시조부 이거, 식년시 급제
1486.11.	시조부 이거, 사간원 정언, 사헌부 장령, 이조정랑
1515	초계 변씨 출생
1534	남편 이정과 결혼
1535	맏아들 이희신 출생 53세까지 생존
1542	둘째 아들 이요신 출생 38세까지 생존
1544.1.15.	시부 이백록, 중종 사망일에 차남 결혼잔치에 참석 후 논죄
1545.4.28.	이순신 출생 54세까지 생존
1545	변씨, 남편 이정과 시부 이백록의 무죄 청원
1555	건천동에서 류성룡과 이요신, 이순신의 만남 추측
1558-1576	청소년 시절 아산에서 보냄 추측(13세부터)
1564	변씨, 재산 증여(맏이 이희신과 관련한 증여) 추측
1565	변씨, 보성군수 방진의 무남독녀 외동딸을 셋째 이순신과 결혼시킴 아산 거주
1567	변씨, 손자 회 얻음(이순신 첫째 아들)

1571	변씨, 손자 열 얻음(이순신 둘째 아들)
1573	둘째 아들 이요신 생원시 급제
	변씨, 재산 증여(급제 축하 위해 실시)
1576.2.	셋째 아들 이순신, 식년 무과급제
	32세부터 관직생활
1576	변씨, 이순신 무과급제 기념하여 재산증여,
	별급문기 기록 발행주체-변씨
1577	변씨, 손자 면 얻음(이순신 셋째 아들)
1580	둘째 아들 이요신 사망
1580.7.-1582.1.	이순신 발포 수군만호 근무
1583.7.-1583.10.	이순신 북청 남병사 군관
1583.11.15.	남편 이정 별세(이순신 훈련원 참관 승진 후)
1584.3.10.	집안 화재로 모두 소실
1587.1.24.	맏이 이희신 사망 아산거주
1587.6.	이순신, 녹둔도 둔전관 겸직
1588.3.12.	변씨, 화재로 소실된 별급문기 재작성
1588.6.	변씨, 본가 귀향한 이순신 만남

1589.2.-1589.12.	이순신, 전라감사 군관 겸 조방장
1589.12.-1591.2.	변씨, 정읍현감 태안현감 겸직 이순신에게 온 식솔 인솔 이사^{정읍 거주}
1591.2.13.-1593.7.15.	이순신, 정읍현감에서 전라좌수사(여수)로 파격 승진
1592.4.14.	임진왜란 소서행장 부산포 상륙
1593.5.4.	변씨 생일, 이해 5월 18일까지는 아산에 거주함
1593.5.18.-6.1.	변씨, 순천도호부 관내 여수 고음천으로 이사(정대수 일가)^{여수 고음천 거주}
1593.8.15.-1597.2.26.	이순신, 승진, 삼도수군통제사 한산도(변씨와 거의 만나지 못함)
1596.윤8.10.	변씨 손자, 회, 면 사촌인 완, 봉, 해가 무과 시험 합격
1596.윤8.12.	변씨, 순신과 해후(변씨 82세 고령)
1596.10.1.	변씨, 순신과 해후(마지막 만남)
1597.2.26.-3.4.	이순신 파직 후 서울 압송
1597.3.4.-4.1.	이순신 감옥살이
1597.3.그믐	변씨, 격랑의 바다 헤치며 아산으로 뱃길 이동 (아들 만남 위해)

1597.4.13.	변씨 별세(풍랑과 멀미로), 이순신, 게바위에서
	어머니 주검 목격
1597.10.14.	손자(이순신 아들) 면, 아산에서 왜군과 접전 끝에
	전사
1598.11.18.	이순신 전사

나라의 치욕을 크게 씻어라

초판 1쇄 인쇄	2017년 4월 18일
초판 1쇄 발행	2017년 4월 28일
지은이	박기현
펴낸이	신민식
책임편집	정혜지
편 집	경정은
디자인	임경선
마케팅	이수정 최초아
경영지원	백형준 박현하
펴낸곳	가디언
출판등록	제2010-000113호 (2010.4.15)
주 소	서울시 마포구 토정로 222 한국출판콘텐츠센터 319호
전 화	02-332-4103
팩 스	02-332-4111
이메일	gadian7@naver.com
홈페이지	www.sirubooks.com
인쇄제본	(주)현문자현
종이	월드페이퍼(주)
ISBN	978-89-98480-78-3 03810

* 책값은 뒤표지에 적혀 있습니다.
* 잘못된 책은 구입처에서 바꿔 드립니다.
* 이 책의 전부 또는 일부 내용을 재사용하려면 사전에 가디언의 동의를 받아야 합니다.
* 시루는 가디언의 문학·인문 출판 브랜드입니다.

이 도서의 국립중앙도서관 출판예정도서목록(CIP)은 서지정보유통지원시스템 홈페이지(http://seoji.nl.go.kr)와 국가자료공동목록
시스템(http://www.nl.go.kr/kolisnet)에서 이용하실 수 있습니다. (CIP제어번호 : CIP 2017008956)